广西 2014—2015 年重点文学创作扶持项目

在母语中死去

黄少崇　著

广西人民出版社

图书在版编目（CIP）数据

在母语中死去 / 黄少崇著.—南宁：广西人民出版社，2016.5

广西 2014～2015 年重点文学创作扶持项目

ISBN 978-7-219-09867-7

Ⅰ.①在… Ⅱ.①黄… Ⅲ.①散文集—中国—当代 Ⅳ.①I267

中国版本图书馆CIP数据核字（2016）第 087442 号

策划编辑　吴春霞
责任编辑　曾蔚茹
责任校对　林晓明
印前制作　麦林书装
封面设计　广大迅风艺术
　　　　　李浩丽

出版发行	广西人民出版社
社　　址	广西南宁市桂春路 6 号
邮　　编	530028
印　　刷	广西民族印刷包装集团有限公司
开　　本	787mm×1092mm　1/16
印　　张	12.25
字　　数	190 千字
版　　次	2016 年 5 月　第 1 版
印　　次	2016 年 5 月　第 1 次印刷
书　　号	ISBN 978-7-219-09867-7/I·1875
定　　价	30.00 元

自 序

这是一部关于民族文化、民族记忆的散文集，也是我写作以来正式结集出版的第一本散文集，主要内容涉及我的民族——壮族。

说实在话，在城乡一体化步伐日益加快、民族文化同质化的现象日趋加剧的当今，对我们这些自小以地道的壮语作为母语的人来说，要在母语中死去，只能是一种奢望。

我的出生地是来宾市兴宾区三五乡军屯村。这里的人世代讲着地道的壮语。我自小就只会讲壮语。上学时，一到三年级都在村里的小学读，唯一的老师也是村里的人。除了读课文时老师会用他那带壮语口音的本地官话朗读，讲解时都是用壮语。四、五年级和初中是在离村三里路的分界街上的大队校读。一直到初中毕业，我都没能用稍微流利的汉语与人进行交流。只有到高中时，同学中有不少讲客家方言的，没办法再用壮语跟他们交流，只好硬着头皮用本地官话跟他们交流。这样，高中两年，我的汉语总算达到了勉强可以运用的程度。

此后，我在外奔波数十年，用的当然都是汉语。对于我来说，汉语其实已经悄然变成了另一种“母语”。因此，每当我逢年过节回到老家，虽然发觉母语依然亲切，但一些词语在我这里竟一时说不出来了，不知道怎么说，跟村里人交流时就常常卡壳——我的母语表达开始磕磕巴巴了。我带妻子回家，妻子对家里的侄儿、侄女们说话，开始时用的是来宾本地官话。但很奇怪的是，侄儿、侄女们似乎并不理会她。后来，我才明白，不是他们爱答不理，而是他们根本听不懂本地官话。

我觉得奇怪了，他们是读过初中的，有的甚至是高中生，怎么连官话都听不懂？后来我才弄明白，家乡的学校推广汉语普通话是不遗余力的，那些老师都用普通话进行授课。这样一来，我的侄儿、侄女们在母语的环境之中还学会了普通话，而本地曾经很流行的来宾官话，他们则再也没有机会学习了。

这让我觉得很惊奇。我一直想当然地认为，在我的家乡，会说电视广播里的话——普通话，是一件根本不可能的事情。倒是本地官话，母语中有一些词跟它们的某些词发音很接近，这样的语言是我母语的近邻，侄儿、侄女们应该是懂的。普通话则是居庙堂之高的真正的官话，处江湖之远的壮语自是高攀不上——可是，侄儿、侄女们偏偏就“高攀”上了，反而将自己的“近邻”抛得远远的了。

这是拙作《在母语中死去》发表若干年之后的事情。

我从很小的时候就开始喜欢文学了，相对于村上的同龄人，我比他们任何一个人都喜欢读书。我父亲为我开蒙很早，所以我很早就识字。还没上学，我就搜罗家里和村上人家的书来看了，磕磕巴巴的，也能将那些书看个大概。后来上学后，字识得多了，就有了自己写一些什么的冲动。其实不知道写什么，就盼着作文课，等老师的题目。常常是，老师作文题一布置下来，我立即笔走龙蛇，一堂课就写完了。由于我的识字量和词汇量比同学们要大，我的作文几乎都是班上的范文。写作文对我来说一点困难也没有。我的作文从小学、初中、高中到大学一直在班上甚至在全校都得到老师的肯定，但在那个阶段，我也就是仅仅爱好写作而已，只是将自己从书本中拣来的一些美词好句硬塞进那些文章中，使那些文章显露出一些与众不同的样子来，并不是真正意义上的写作。在我们成长的 20 世纪 80 年代，文学可以说是我们心中的最高殿堂。谁能在文学报刊上发表一篇作品，那就是人人仰慕的“才子”，得到世人极大的尊重。骨子里的喜好加上这种氛围的熏陶，使我也有了当一名作家的想法。1981 年师范毕业后参加工作，我接触的面广了，也能看到一些文学刊物了，就开始试着进行一些创作。这样，我 1982 年就开始在当时柳州地区的文学刊物《百花》上发表作品了。1983 年，我的散文就已经在《广西日报》的副刊上发表了。这些作品的发表，改变了我的命运。厂里的有关领导因此将我从子弟学校调到宣传部门工作。工作的变动让我的创作更加积极了，陆陆续续有更多的作品发表，散文、小说等作品越来越多地登上了一些省级报刊。

但由于才气、积累的不足和毅力的欠缺，加之生活的诸多不如意和文学吸引力的消退，1994年之后至21世纪初，我竟然再没写过一个字！

时间进入21世纪初，我的生活、工作终于稳定下来，尤其是从柳州南迁至来宾之后，人近中年的我觉得自己生活层面上的问题基本解决了，毕竟温饱问题解决了嘛。那么，就需要解决精神层面上的问题了。这样，我重新拿起笔。开始是写小说，写了几篇小说之后，觉得脑子里有一些东西不是小说能够表达的，这样，我就宕开一笔，将长期萦绕在脑子里的一些想法记下来。我是地道的壮族人，我对自己的母语虽然没有刻意观察，但多年游离于母语之外的我却对母语在新时代中的遭遇有了很多不自觉的思考，这些不自觉的思考让我记录了下来。作为一个写作者，一旦进入写作状态，那些平日的不自觉就变成了自觉的行为。在记录的过程中，我在对壮语的思考过程中产生的那些独特感受就渐渐被梳理出来了。这就是我真正意义上的散文——《在母语中死去》。令人始料不及的是，正由于这个“宕开一笔”，促成了后来的民族文化系列散文的写作。

由于有了《在母语中死去》的写作经验，我学会了在生活的沉淀中寻找可以激发写作灵感的东西。这样，我才发觉自己生活的沉淀竟然是一个富矿。多年来盘桓在脑子里的一些想法原来就是可以拿出来和大家分享的文学素材。这样，通过挖掘自己的记忆，我竟然写出了《喑哑时光里的枯涩吟唱》《花婆的春天》《捡金记》等篇章。

回想起来，其实这些文字，都是来源于我对母语的记忆。民族记忆和人生阅历是我的散文题材的主要来源，在挖掘、把握和表述民族文化血脉方面，我进行了一些独特的探索。之所以写出这一系列散文，完全是由我骨子里流淌的壮民族的血液决定的。我出生、成长的地区是桂中壮族聚居区，自小受壮民族文化的熏陶，这种熏陶不是外力的驱使，而是从里到外的一种浸润。这种浸润，让我直到初中毕业还不怎么会说壮语以外的语言——这种状况对我后天改用汉语写作造成了很大的难度，但它也为我在今后的写作中提供了很多养分。因此，这种影响是与生俱来的，是无法挪移也无法置换的。当我在非母语环境中疲于奔命、经常徒劳而返的时候，能够救赎我的，就是骨子里的血脉。这是一种宿命。因此，当我人到中年，开始进入散文写作年龄的时候，我的笔不由自主地会转向我的胞衣之地——只有在这里，我才能得到心灵的安宁和沉静，才能找到我写作的丰饶沃土。我以为，一个人的故乡（不是那种名义上的，是那种你在这里出生、成长的意义上的）是你的宿命，决定了你骨子里当初流淌的血液的成分，是后天任何东西都改变不了的。命既如此，那么，派生出来的写作又怎么可能摆脱她的影响？因此，壮族文化对我的影响是先天的、理所当然的、无可改变的，是从骨子里到外表的一种浸透。

而如今，母语于我，已经有些疏离了。幸而我的父亲现在跟我一起生活，他虽然会说本地官话，也会说普通话，但我跟他的交流，只用母语。这样，我的母语在前些年跟我若即若离之后，重新回归了。我的母语在我这里，重新得到了焕发。

但我知道，我在《在母语中死去》中所憧憬的能够在母语的包围中死去的那种情景，只能是一种理想罢了。我的侄儿、侄女们现在已经离开故土，开始介入城市生活了。侄儿、侄女们在城市里，除了小部分时间跟家人、跟同乡用母语交流，大部分的时间是必须用普通话的。而我的儿子，自小就跟我的母语不搭界。他宁愿去学外语，也不愿学壮语——其实我也没心思教他，就是教，没有了语境，他又怎么能学得会？

所以，当若干年之后，我将死之时，我知道，我是没有办法在母语中死去的。

因此，我只能在自己的想象中在母语中死去。《在母语中死去》其实是我的一种自我安慰，是对自己某种人生愿望的婉转表达。

这本书有幸被列入广西2014—2015年重点文学创作扶持项目。这种扶持，对于一个三心二意的写作者来说是一种压力，也是一种动力。在这样的压力兼动力的推动下，这本书终于得以杀青。

本书的主要篇什大都在《广西文学》上刊出过。在此十分感谢广西文学编辑部诸位老师以及第一个对我的散文给予了充分肯定的罗传洲先生。尤其要感谢的是韦露女士，我在该刊发表的散文几乎都是她精心编辑的，可以说她是我在《广西文学》的“御用编辑”，同时还要感谢众多对我提供了许多帮助的老师、朋友、兄弟姐妹。谢谢你们一路上给予我的关照和支持，谢谢你们一路上的相陪！

2015年11月于红水河北岸

目 录

CONTENTS

在母语中死去

原生态母语

我是壮族人，是那种土生土长、用自己的母语生活、在壮族的泥巴里滚着长大的地地道道的壮族人。而不是那种仅仅为了在各种考试中获得加 5 分或 10 分的好处或别的功利性目的而在档案上“民族”一栏里标注“壮族”两个汉字、一句壮语都不会说的壮族人。

我的母语当然就是壮语了，是原生态的母语。

壮族是一个比较奇怪的民族。它是中国第一大少数民族，人口达到 1700 万。但它在广西壮族自治区基本上不算少数民族。不错，它有自己的语言，而且是那种原生态的母语。一些地方还在一定程度上保留着一些民族风俗，有些人至今还穿着民族服装。

但是，壮族被汉族同化的程度已经很深了，壮族人在生活习惯、处事方式等方面，几乎跟汉族人无异。

除了语言，壮族和汉族的区别并不是很大。在很多地方，壮族人从服饰、居住环境、生活习性乃至民族心理，几乎已经全部被汉化了——至少在我的家乡这一带是这样的。

那么，壮族之所以还称为壮族，它区别于其他民族的明显标志大概就只有语言了。

本来，壮语是一种独特的语言，在语言学上属于汉藏语系壮侗语族壮傣语支，但它却没有真正属于自己的文字。虽然壮文古已有之，但所谓的壮文其实主要就是汉字的一些偏旁部首的变形、变体，叫作古壮字。古壮字产生于唐代，是由壮族一些受汉文化教育的文人（也包括巫师）借助汉字或汉字的偏旁部首创造的。民间普遍使用的古壮字有4800多个。这些土俗字乍看就是一堆缺胳膊少腿的汉字，若不仔细看永远弄不明白是什么意思，犹如天书。但古壮字的构造方式，是借、仿、创三者结合，可以通过一些联想、想象揣摩出其大概的意思。所以，作为一个壮族人，只要经过一番点拨，立即就能将那些天书弄懂个八九不离十，基本上就是个识文断字的壮族人了。20世纪50年代壮文开始拉丁化，以前会壮文的那些人，一下就变成了文盲——没有经过专门的学习，那些蚯蚓一样的拉丁字母他们是看不懂的。而专门学习的大门是不可能对所有人开放的。

对于一种语言的学习，在我的经验里觉得委实太难。我学会不标准的汉语是在高中毕业之后，说得磕磕巴巴的，而且还是汉语方言，即所谓的柳州话。我会说正宗的普通话是在师范毕业参加工作半年之后，说得算是比较流畅，以至于此后我基本上就操着这一口普通话进行所有的语言交际。而现在小学生基本都会说上的那么几句英语，我却十分犯难。英语所有的字母我都认识，但所有的英语句子我基本都听不懂。这样说来，我除了在学习普通话上略有天分，在语言上的才能实在是像我家乡的后山那样，十分贫瘠。

可也难说。我学习壮语的天赋确实是超常的。没有任何人手把手教我，我也自己学会了壮语，而且曾经无师自通地学会了壮文。

我曾经翻看过民间保存的一些壮欢（相当于山歌）、壮师（师公戏，壮族歌剧）的歌书。这些歌书全是古壮文，开始我一个字也看不懂，但当唱欢、唱师公戏的师傅用壮语读那些文字的时候，我立即就基本弄懂了那些莫名其妙的文字。这些文字还是处于原生态，它的原汁原味实在是一种让喜欢它的人倍加喜欢、不喜欢的人倍加不喜欢的味道。

我说不上是不是喜欢它，但我为自己能够在极短的时间内学会一种文字惊喜不已。因为这种文字竟然是我的母语。我为自己竟然无师自通地学会自己母语的文字感到兴奋。

可惜这原生态过于原生态，它在当今这个日新月异的时代没有了存在的理由。这样的文字只存在于我遥远的乡村里寥寥可数的几户人家的箱底。当那些迷恋它的师公戏的师傅真正远行以后，它的命运就明白无误地摆在了那里。

幸好，这种原生态的存在并不仅仅依靠那些缺胳膊少腿的文字。它存在的土壤要比文字宽广得多。至少它还在1700万壮族人中的多数人的口头上生生不息，一时还消失不了。

母语在爱情中失语

壮语是一种十分简省的语言。它用词不多，甚至简省到省略了许多应该有的音。有一个笑话，最能反映壮语的这个特性。柳州有一座鱼峰山，传说是刘三姐传歌的地方。后来她跃入龙潭骑鲤鱼上天也是在这个地方。这座山太有名了，可在壮语里，它没有“名”——名字。因为用壮语无法很好地读出这座山的名字。在壮语中，“鱼”的音读“岜”（念“bia”,）“峰”读“岜”，而“山”也读“岜”。“鱼峰山”连起来就应该读“岜岜岜”，太累，也不好听。所以，壮族人在称呼这座名山时，干脆也就直呼“鱼峰山”。在这里，“鱼峰山”就成了安插在壮语中的钉子户了，从此再无法拔除。这样的钉子户一多，壮语的变异就不可避免了。

糟糕的是壮语中缺省了很多音，也就缺少了很多词，这就给壮族人的表达带来了很多困难，同时也给学习汉语的壮族人带来了很大的阻碍。壮音里没有吐气音，没有翘舌音，在壮音里，波、坡都发“bo”，得、特都念“de”，哥、科都读“ge”……类似的情况很多，如果用它来说汉语，绝对会让没听过壮语的汉族人听得莫名其妙。由于缺少很多语音元素和丰富的词，壮语听起来就显得平淡、僵硬、直白，没有抑扬顿挫。

也正是因为这个原因，壮语的功用仅限于日常交流中。若要将壮语使用于一些正式、庄重的场面，比如公共外交的场合、盛大庆典的场合，壮语就不敷使用了。尤其是在谈情说爱之中，壮语在这方面的词汇尤其缺乏。在它的词汇库里，没有“我爱你”“想你”这类在汉语里所向披靡的语言利器。壮族人谈恋爱，表面看往往是都患了语言贫乏症似的，两个人就木偶般相处着。

可是对于真正的壮族人来说，这些都不构成障碍。壮族人简省的语言是壮族人得心应手的工具，表达是没有问题的。当两个壮族人在对话的时候，当地懂得壮语的汉族人在一旁听着他们的话，一定会觉得十分吃力和乏味。

——吃了？

——嗯。

——听说你那儿子……

——嗯。

——不是说……的吗？怎么就……

——嗯。

很少感叹，极少祈使，疑问不少，更多的是平平淡淡的陈述，甚至这些陈述都不完全，旁人绝对听不出任何的趣味。可是，在断断续续、波澜不惊的对话中，这两个壮族人就像两个正在烟灯旁互点烟枪的老烟枪，有滋有味地品着只有他们才体会得到的滋味！

我疑心壮语还有另外一个表达系统，否则这样简单的对话何以能够成立，而且还能够让对方准确无误地理解自己所要表达的那些微妙的意思。可是，作为一个壮族土著，我实在没能发现这个所谓的另一个表达系统。而这些莫名其妙的对话，在并不拥有另一个表达系统的情况下，我还是以一个壮族人的习惯听懂了。

我没有在我的母语系统中谈过恋爱，但见到过不少壮族人的恋爱，他们在恋爱之中往往拙于表面的言辞，但他们并不缺乏交流和沟通。壮族人性格一般比较内敛，不善口头语言表达，肢体语言也不丰富，眼睛，唯有眼睛，就成了壮族人那两种关键语言的有力替代。一个不经意的眼神，就将所有的深意都表达了。可这些眼神也并不明显，在外人那里这些眼神也就平平常常，不深入其中，是无法体会其奥妙的。只有操着共同母语的壮族人，才能够在无数没有任何夸张的眼神中分辨出谁跟谁是一对。

奇妙就在这里，单单靠耳朵是无法参透壮语的。看似平淡的壮语，只要掌握在真正的壮族人手中，它就是交流的利器，是走向人的内心的捷径，是得以相互理解、相互包容的快速通道。

壮族人的民族心理没有别的少数民族那么复杂，壮族人比较单纯，就像滋养他们的母亲河红水河一样，平静时就是一条清澈碧绿的女儿河，暴怒时就是红涛漫卷的男人河，中间连那些暧昧的过渡都不会有的。所以，外来的汉族人即使精通壮语，可他对话语后面的东西永远捉摸不透，永远弄不清那条河下面隐藏的奥秘。因为他们过于复杂，过于复杂往往容易将极简单的事情弄复杂。极简单的事情弄复杂了，那些事情就不是这些事情了。所以他们脑子里所演绎的那些东西已经不是真正的壮族的东西了。

遭遇汉语的局促的母语

作为一个地道的壮族人，我十五岁离家外出求学，但还是在我母语的势力范围内。一直到十七岁考上外地一所师范院校，才真正离开生养我的母语。我终于以一个外来者的身份进入没有母语的汉语世界里。在这个世界里，同学中只有极小部分跟我操一样的母语。平时，除了我们之间小部分人偶尔用母语交流，以及我们在与别人用汉语交流时夹带母语的口音，就再也没有我的母语的痕迹了。

我不知道我简单、平淡的母语带给我的是怎样一种宿命。在母语的势力式微以后，我的心也就没有了依靠一般空落下来。于是，面对具有强势的话语权的汉语，我骨子里的卑微随着母语的式微开始渗漏出来。简省的母语没有教会我如何与操别的语种的人进行深度的交流，而刚刚进入汉语情境、尚来不及练就一口流利汉语的自卑更增加了我对这种交流的抵触。于是本已沉默的我更加沉默，本就木讷的我越加木讷。这样的心态加重了我的心理负担，能够不开口我就尽量不开口。以至于读完两年师范，我还是操着一口磕磕巴巴的带壮族口音的汉语（而且还是本地的汉语方言——柳州话）。整个人无法打开，依然龟缩在遥远的母语里，近乎冬眠。

我知道误我的是我那简省的母语，但我是无法摆脱它的。

可是，师范毕业后的工作分配使我得到了一次转换语言系统的机会。毕业分配时，绝大多数同学都分回了自己的家乡，而我却幸运地被分到了一家国有大型电力企业。这家电力企业作为桂地的重点企业，员工来自四面八方，所操语言庞杂，所以大家都不得不进入普通话的语境当中。

我的语言才能就是在这里得到发掘的，随着教学的需要和环境的熏陶，我的小聪明立刻起了作用。仅仅不到半年时间，我就操了一口流利的普通话，由于受过一些语言学的训练，我的普通话甚至比一些以汉语为母语的人还要标准。

更重要的是，我学会了在脑子里用汉语进行思考，这样一来，我就摆脱了母语带给我的很多限制，同时填补了因为母语造成的思维缺陷。

从此以后我有了交流的语言利器。在很多场合，如果我能够高谈阔论，那是因为我的母语带给我的那些表面的障碍已经被克服了。如果在一些场合我沉默不语，不是因为话不投机的话，那么，就是母语带给我的思想深处的障碍还在。当然这个障碍不是语言的障碍，而是母语在我内心更深处造成的情商阙如。

我知道这不是通过学习语言就能够弥补的。就像那些精通壮语的汉族人无法学到壮族人那些微妙的交流一样。

我的话语权在我的母语世界里。

在母语的气味中土崩瓦解

尽管我操着十分顺溜的非母语延续着我的生命，尽管我思考问题、处理问题的方式已经不是纯母语式的了，尽管周围的生活环境几乎让我无法重温我的母语，但是，母语依然在我的四周，像我家乡那柔软的夜色，每晚不动声色地温柔地包围着我。

我的家乡在桂中一个典型的丘陵地带，那是典型的壮族人居住的典型的地理环境，有山有水。有山有水就有草有树，有畲地有水田。这样，我的故乡就有了让人得以生存的基本条件。

于是，山上有无数的蜂类，在山上，母语的气味就是那清甜的蜂蛹的鲜味；山上有无数的野果，母语的气味就是刺莓、野牡丹、桃金娘这些叫得出名以及叫不出名的野果的甜味；地里种有玉米、红薯、木薯，母语就带上了这些作物的家常气味；水里有鲜鱼，那些鲜鱼在由稻草燃起的火焰的炙烤下散发出诱人的气味，一直飘荡在我的母语的天空；水田里长着水稻，这种跟玉米一样成为壮族人的主食的作物，在我的母语里永远散发着那些一直留在我身体里的、我在那饥馑的童年里所闻到的饭香的气味……

还不仅仅是这些，村边粪堆里沤熟了的猪、牛的粪香（对外人来说可能是臭的），夏夜傍晚用以驱蚊的稻草夹着艾草编成的草辫燃烧时发出的苦涩的芬芳，谁家锅头里煮肉时发出沁透整个村巷的肉香，肉香里夹杂着粪肥散发的轻微臭味……还有水牛在泥潭里翻滚漾出来的烂泥的腥味，水桶从小河里打水溢出来的清水的香甜……村头社火明灭发出的烛香，菜园里生气勃勃的蔬菜发出的清气……

还有一年四季村子四周所有的植物发出的那些古怪的气味，春天回暖时土地散发出沤了大半年的腥甜气味，夏天炎热的阳光曝晒植物后发出的辛辣香洌的气味，秋天稻谷、玉米、番薯丰收发出的清香和微醺，冬天田野因寒冷而收缩弥漫出的干燥的、有些呛鼻的泥土味……

实在太多了，所有这些或香或臭的气味，都是我母语的气味。它们化身为食物的养分或思想的养分，以记忆的形式隐藏在我的体内。当我身处非母语环境中时，它们冬眠不醒。可当非母语环境中偶有一丝类似的气味，就如药引一般将它们激活。它们立刻就会如着了火的芒硝，顿时在我的记忆里燃烧起来，顷刻就变成燎原的心火，让我整个身心解体于我的母语之中。

这就是包裹我一生的母语的气味啊。她利用她的气味，牢牢地包围着我、围裹着我，经常让我在某个脆弱的时刻，在她的气味里土崩瓦解。

在母语中死去

若干年之后，在某个场合，我偶尔听到别人用英语对话。不懂英语的我立即从一大串一大串的英语中抓住了一个逃不过去的字眼。我听懂了这个字眼，而我固执地以为他们说的是我们的壮语。

Dying，这个在英语中表达死亡的意思的单词，其读音也正是我们壮语里“死”的读音！

原来，“死亡”是一种世界语，在千山万水的重重阻隔之外，处在中国南部遥远的边地的一个小语种，和另一个毫无瓜葛的称霸世界的语种，对“死亡”这个词竟然有一个异曲同工的表达。

这时，我就开始疑惑：难道全世界操着各种不同语言的人对某些事物都有同一认识，以至于在众多的语言里，这些事物的发音都相一致？比如“妈妈”，再比如这个“死亡”。

难道这个与生俱来的“死”既需要我们用母语来读，也必须用外语来读，而且不需要任何翻译就能听懂？

这几年来，我参加了多次葬礼。我多次从汉语匆匆转变为母语，为我的长辈送葬。仅仅几年间，我就陆续送走了我父辈里的五伯、三伯母、六伯母、六伯。我的祖辈早就没有任何人了，我的祖父在我父亲刚 7 岁、新中国将要成立的 1949 年的初夏就逝世了。最晚走的是我的祖母，她故去也已经 24 年了。她走以后，我的祖辈就都回到土地沉寂的深处去了。

那时我还年轻，像脸上刚刚冒头的一颗青春痘，还青紫着呢，哪里有什么死亡的概念。因此，我祖母去世时，刚刚参加工作的我竟然因为害怕看到死去的祖母而没有回去为她送终！

可现在，当我自己的儿子已经读高中的时候，当我已经十分清楚地知道应该如何孝顺父辈们的时候，他们却开始了他们的死亡。

原来死亡也是一个进程，也会有一个开始的啊。

我的家族算是一个大家族，人口众多。在我的印象里，我的父辈也是济济一堂，我祖父三兄弟仅男丁就育有 8 个。众多的伯叔一直拥挤地活在我的脑海里。可当岁月老去，他们渐渐离开了人世，尤其是最近的几年，我陆续送走了相对年轻的伯父、伯母之后，我在世的父辈就已经为数不多了。这时，死亡的阴影开始在我的脑海里不断闪现。而去年，当我 67 岁的母亲辞世的时候，我就觉得死亡的气息常常萦绕在我的周围了。

我知道，父辈们一走完，不久的将来，死亡就会降临到我们这一辈人的身上。

我自小到大，在家乡参加过多次葬礼。这些葬礼完全是母语式的。

每当村里有人临近死亡，村里便笼罩着某种令人不安的气氛。村巷里突然静寂下来，村子的上空布满那种令人极度不安的淡黄色光晕。晚上，在村头地坪上玩耍的人会看到漆黑的天空唰地划过一道火把一样的火光，那火光缓慢地朝不远处的田野坠落下去。那近在咫尺的火光迅速将我们赶进家门，一颗尚无能力承受那种惊吓的心怦怦直跳，一夜噩梦不断。

这个时候，在村子的某个人家，一定有了一张矮床。

矮床，是我们这里为即将逝去的老人专门安排的。老人快要不行了，家人会将其床腿锯短，只留下大约半尺，谓之矮床。让弥留之际的老人睡矮床，据说是为了让他们接上地气，好让他们顺利地回到土地的深处。这时矮床会被搬到厅堂里，老人就被置于矮床之上，等待远行的那一刻。

有谁来到村里，看到谁家有了矮床，母语为壮语的人立即就会读懂这个村子行将发生的关于某个生命的重大变故的含义。矮床就是宣告死亡将临的不出声的母语，是不用将死亡说出来就能对亲戚朋友宣告丧事将临的告示。

这时，在这张矮床旁边，就会围坐着四面八方闻讯而来的亲戚朋友。这些赶着或远或近的路程来的客人，大都在轻轻掀开矮床上的蚊帐，探看了里面的老人，问了一些病情之类的话以后，基本就沉默不语了。壮语，在平时是不适合表达关切，也不适合表达悲伤的。他们的沉默就什么都表达了，吧嗒吧嗒的吸烟声无形中让家主和来探视的人心灵上得到了交流。当他们坐了半天或者一天之后，就会默默地起身，然后默然离去。这时的语言完全是多余的，只有语言背后大家都读得懂的静默代替了所有的语言交流。

平缓的壮语会在某一刻突然变得尖锐和凄厉起来。这种尖锐和凄厉会在人毫无精神准备的情况下突然升起。那一定是老人咽气的那一刻。这时，家人和亲戚朋友以及村人必定都已经围在了矮床的四周。那种害怕死亡又不得不等待死亡的气氛弥漫在矮床的四周。这时，一些妇女已经开始了止不住的抽噎，但在男人们严厉的眼光中又不得不强忍住，那种强行压制的抽噎反而更让人惊悸。当人群中最里边的人传出一句“阿公（或者阿奶）走了”时，这时，矮床四周就会突然扯起撕心裂肺的哭号。这些哭号全都是母语式的，这些哭号会穿透墙壁、屋顶的瓦片，传到四面八方，直抵村里所有人的心底。这时，村落的四周就会不断响起悲伤的抽噎或者哭号。

这时啊，我的母语发生了突变，我的平淡乏味的母语这时沉浸在无限的悲伤之中。沉浸在无限悲伤中的母语焕发出奇异的光彩。在守灵的时候，平时木讷的妇女们用自己突然迸发的语言才能抒发她们心中的悲痛。那些平时不怎么会讲话的女人在眼泪的激发下竟然出口成章，在这个场合用母语独有的腔调歌唱一般细数死者生前的好，倾诉自己对死者深情的怀念和对死者的离去是如何的不忍。这时的母语就太复杂了，一方面是它在妇女们那里发生了变革，一方面在男人们那里却又变得更加简省。这时候的话语权大都归了妇女们，而男人们几乎全体失语。无论如何悲伤，他们最多只能眼含泪水，对于丧事中必须商量决断的事情尽量运用最少的、轻得几乎听不见的话语。

我的前辈们几乎都是这样在母语中远行的。他们生在母语中，活在母语中，最后也是在母语中安然而去，每年的祭奠都能听到他们熟悉的母语，享受到的祭品也都是母语式的。唯有我的四伯例外。他在公社卫生院退休后移居四伯母家所在的县城附近的城厢，那里是客家话和柳州话混杂的地方，壮语在那里已经十分式微，他逝去时四周一定是他熟悉而又陌生的汉语。不知道他走得是否安稳?

在守灵结束后，在棺材行将起走的那一刻，我的母语一定再一次尖锐爆发。那是对死者最后一次无望的挽留。之后，在断断续续的鞭炮声、缤纷翻飞的纸钱和众人的护送下，安躺在棺材中的死者就被送进了村外的墓地。在墓地四周，有我们赖以为生的玉米和水稻田，他（或她）所安息的泥土也饱含着我们的汗水，饱含着腥臭香甜的粪肥的成分，更多的是，它像一个良好的磁场，录进了我们世代使用的母语。我们的母语将永远环绕着逝者，让他们在母语的喁喁安慰中化为泥土，继续供养我们的母语以及操着母语生生不息的后代。

捡金记

庚寅年农历九月九日，重阳节。我回故乡捡金。

捡金是我们壮族的主要葬式。人正常死亡后，以薄木为棺，浅埋入土一两尺，以使肉身速朽。三或五年后（只取单数）由子孙后裔于九月初九揭坟开棺，此时死者肉身已化，只剩下骨头。子孙们就将死者的骨头捡拾，将之装于高约两尺、直径一尺的陶瓮即“金坛”内，谓之“捡金”。

初九这天，很早我们就起来了，早到眼睛只能寻到一丝微光。

桂中的重阳时节，依然是那么的温暖。只有清爽的风拂过人面，夹杂一丝凉意，方让人感觉这是秋天了。这里的秋空高旷而深远，即使在天尚未明之时，它的那种透过深黑的天幕透出来的高旷深远以及纯净无尘都能让人感到心旷神怡。

这时，本来是需要人为的光亮来照明的，但谁都没备有手电筒。其实那些路都很熟悉，用不着手电筒也不会走错。

很久没有起这么早了，精神恍惚，眼光迷离，于是就将自己放成一段浮沉在水中的原木，随着水波而流动。

路是看不见的，但都在脚下。那么，脚迈到哪里，哪里就是路了。

十几双脚踩踏在大地上，照理说应该是沉重的。但南国深秋的大地并没有达到很坚硬的程度，何况还有很多荒草铺散在路面上，这样，那脚步就显得不是那么坚实了。路两旁有两堵高墙般密密麻麻的植物，感觉应该是甘蔗。它们那尖利的叶子横在路面，必得伸出双手将它们拂开。可在黑暗里，那伸出的手似乎探在虚空里。但很快，那虚空里的手就感到了那些植物叶子的锯齿。稍不小心，它们就会割锯裸露的肌肤；稍一疏忽，它们就会趁黑用那细细的锯齿探索你脸上的肌肤。一面伸手做摸索状，一面还得往前挪动脚。脚尖所摩挲、所接触的大多是那些厚厚的野草，就听着那些脚步发出窸窸窣窣的嘈杂声。偶尔踩踏在没有野草铺垫的地方，才会发出略微坚实的咚咚声，也就是偶尔而已。

四周的漆黑是数十年前的漆黑，但我却没有了数十年前那在黑夜里依然锐利的眼睛。走在数十年前的黑里，我开始跌跌撞撞，头顶的黑沉重地压了下来，似乎要将人压入地里，人便有了钻在地底的老鼠般的紧张感。这样的感觉一来，就觉得憋闷，呼吸就有些不畅起来。不禁让人觉得自己的渺小和轻微。

慢慢地，一只看不见的手，将远近景物从黑乎乎、灰蒙蒙的世界里捞了出来。随着那黑色、灰色的滴沥，那景物渐渐就显了出来。一群原本应该肃穆的人，也在这种滴沥里渐渐产生了变化：先是成了扁平的剪影，继而是木刻版画般的轮廓，然后是显影纸上的影像，最后慢慢就露出了本来的面目……山也一样，四周的景物也一样，周边那高耸的墙原来真的是茂密高大的甘蔗林啊……

原本应该肃穆的一群人，就开始活跃在渐渐白亮起来的晨光里了。

这群人有男有女，有老有少。皮鞋、运动鞋、塑料拖鞋噔噔噔，将秋天的草屑合着尘灰溅了起来，脚底四周弥漫着某种迷茫。这种迷茫不知何时就升了上来，让本该肃穆的这群人也不禁迷茫起来。

其实，这群人里，说老也不准确，说小也不太对。最老的就是那叫宁哥的，是我们这次要捡的六伯的长子，其他几个年长的也就五十来岁，大都是一辈的。几个小的呢，虽说差一辈，也已经有近三十岁了，年龄差距都不大。

我空着手，脚穿一双无系带黑皮鞋。这双享受着黑皮鞋的脚此刻其实应该放出来，让它亲近一下脚下这块土地。这双脚离开这块土地已经很多年了，它们之间彼此已经很陌生了。

其实，这双脚原本对这块土地就很不熟悉，毕竟，这双脚在还很白嫩的时候，也很少来到这片土地。它只是对它周围的土地熟悉。种玉米、收玉米，种花生、收花生，甚至偶尔偷偷玉米，顺手牵羊扯些花生……都在这块土地的四周。

就是很少进入这块土地。

这是一块神秘而吓人的土地。当年，每当我们白天经过这里，都吓得赶紧疾步而过，不敢逗留，甚至不敢望上一眼。晚上，则永远没有胆量经过这里。打死也不敢，打半死更加不敢——因为还知道害怕。

这块土地永远是村人尤其是小孩的最怕之处。因为，这里有着一座连一座的由黄土垒成的土堆。

这是我们村的坟场。

我们村的老人最终都往这里送。每当村里有老人开始睡矮床时，村子里一向热衷于“叫嚣乎东西，隳突乎南北”的小孩子们便都偃旗息鼓，晚上再没有胆子出来玩耍。每当在自家院子里看到天空中一落而下的扫帚形状的流星，便都赶紧躲进屋子里，用被子将全身裹得严严的，用手捂住耳朵，不敢再让任何一种声音传进耳朵……我们知道，那睡矮床的老人，已经去了……

这些老人离世后，就会被送进村后这片土地。在这片土地的某一个角落，肯定已经有一个坑洞等着他。之后，他就是那一堆黄土了。

而今，我已经快到知天命之年。死亡对于我来说，已经见得太多。自己的亲人、朋友、同事中，已经有一部分人顺其自然地遵从自然规律走了，有的却莫名其妙地提前走了。尤其是我四十岁以前从事的工作，注定我要时常在交通事故现场与因车祸而死去的人打交道。这样，死亡在我眼里，也就是家常便饭了。见过那么多死亡，这块坟场，显然就没有什么值得害怕的了。

但其实不尽然。我在从事的工作中所碰到的，在我眼里，只是人死后遗留的物质性质的躯体。躯体就是躯体，没有什么值得害怕的。要说害怕，恐怕就是害怕那遗体上的一些气味、血渍等某些不洁因素罢了——其实那还称不上害怕，最多只是一些轻微的唯恐避之不及的担心罢了。

但此刻我觉得我的内心是害怕的。走在密实的甘蔗林里，用手拨开同样密实的杂草，寻找通往那里的道路，我觉得回到了童年。童年的感觉和回忆统统在此刻复活了，所以每伸出一次手，我便凭空担心有另一只我看不见的手会将我的手紧紧拖住；每伸出一只脚，就紧张地感到自己的脚变成了一截僵硬的木头，是害怕自己一脚就栽进我所不知道的虚空里去，还是害怕地下会伸出一只手将我扯走？……童年的记忆让我数十年的身体变得空虚起来，我几乎找不到自己了。我明白，尽管我处理、勘查、拍摄过那么多具尸体，但面对这片土地，我没有办法让自己的内心变得强大起来。没办法，这里埋葬的这些人，他们在我的生活中曾经鲜活地存在过，他们跟我一同呼吸，一同吃着煮熟的红薯、木薯、玉米棒，一同过着庸常、琐碎的世俗日子。他们在我眼里是有血有肉的，他们的话语、他们的举止、他们的或有趣或无趣的故事，犹如我手里的掌纹，是那么清晰和明了。我没有办法将他们当成我工作的对象。在我数十年前的记忆里，他们，都是具有灵魂的人。具有灵魂的人埋在这里，他的肉身可能已经化去，但他的灵魂呢？

原来，我是害怕这个！

所以，我陌生的脚踏在熟悉却又陌生的土地上，脚底发出的声音在晨曦里越发衬出清晨的寂静，越发牵扯我紧绷的神经。我战战兢兢地夹在一行人的中间，万分紧张地挪动着严重变形的步子跟着行进。

说是渐渐，其实那个过程很短，天好像是突然间就亮的。在天光已经明晰的时候，我们终于走进了坟地。明晰的天光让我又从数十年前回到了现在。我为自己刚才那一小段时间里的懦弱和害怕感到羞愧。我的步子终于正常起来了。

我走过一座坟堆，停了一下，但我再没有任何举动，仅仅停了一下，就过去了。

这堆黄土下，躺着的，是我那慈爱的母亲。但今天，我只是经过。既不是祭拜的时节，也没有特别的理由。所以，今天我只是经过，经过母亲身边，去见我的另一个长辈。我那叫作六伯的长辈。

六伯于五年前去世。当时我从外面赶回来，和亲人们将他送到这里，将他送进土地里去。但按照我们这里的风俗，他入土了，却并没有真正的入土为安。他的入土，只是前往最终归宿的旅途中必经的一站。在经过这一站后，他还必须前行，下一站，才是他最后的、永远的归宿。

我知道，我们居住在这片桂中丘陵的壮族人，都相信人是有灵魂的。虽然我们的祖辈、父辈们从来没有跟我们灌输过这种观念。但他们生活中的一些不寻常的举动和偶尔透露的话语，已经让我们受到了潜移默化的影响。小时候，有哪家的小孩突然高烧不退、胡言乱语了，他们就会来找我的奶奶。我奶奶就会说，他失魂了。失魂了怎么办？那就招魂。入夜时分，她拿了那小孩的衣物，趁着暮色在村边某个路口呢呢喃喃地叨念着什么，然后撒一把米，烧一摞纸钱，那衣物拿回家，放到小孩家的米缸里或是压在小孩的枕头底下……不久，小孩的毛病就不治而愈。在这里，“失魂”和“招魂”都有个“魂”，那就是我们壮语词汇里所没有的那个“灵魂”啊。老人们说，人死后，他的魂就会脱离肉身，飞上天去。我们看到的扫帚一样的流星，就是人的魂脱离肉身的标志。他的魂能否升天，决定他能否在天上庇佑子孙后裔。而一个人的肉身是肮脏的，唯有死者的遗骨才是洁净的，因此，一个人死后，他的魂赖以栖息的地方，只能是他的遗骨。遗骨是亡魂的躯体，而遗骨应该是洁净神圣的，必须彻底地脱离肉体。否则，遗骨若被污染，亡魂就会作祟于人间。因而，必须等到死者尸体血肉化尽，才重新安葬骨骸，以表示对死者的关怀和敬畏，让死者的灵魂得到安宁，让它不致作祟，好好地履行“祖宗保佑”的职责。

我是个彻底的无神论者，是不相信人有什么灵魂的。但这样的习俗一旦成为风俗，就已经上升到某种形而上的地步，不是有神论或无神论能够臧否的。

因此，今天，我按照风俗，和家人们一道来看六伯，就是来帮他，来帮助他走过这一站，让他走到他最终的、永远的归宿。

六伯的坟处在一个小小的半坡上，周围还有一两个坟茔。不远处是一株高大的苦楝树。它真能给地下的六伯遮风挡雨吗？坡下甘蔗林一挡，远处什么也看不到的。很奇怪，我们村的土地，除了小部分的土红，大部分都是灰色甚至是灰黑的，这种颜色会给人一种肥沃的感觉。但这块不大的土地，其泥土呈现的总是纯纯的土黄。

我们围着土堆。我以为，应该点上香烛、摆放一些祭品之类的东西。这是一个揭开土地深处的黑暗的秘密的时刻。揭开某种秘密，让隐藏在深处那些常人所不知的事物曝光在人们面前，这样的时刻该是多么让人期待。对于长眠在地下已经五年的六伯，今天我们来看他，来让他再次显现在人间，这应该是一个肃穆庄严的时刻，难道不需要一些仪式上的引导吗？

但是没有。那种此刻应该有的庄严、肃穆都被省略了，我们所要进行的，跟到地里劳作、到山上放牧、到工厂上班的性质是一样的，完全剔除了那种宗教感、那种神秘感、那种敬畏感。我们所从事的，就是一种简单的劳作。

这样，原本肩上扛着的月刮就找到了它的用处。它被从肩上卸下来，直接就对着那堆土黄刮开了。它半月形的尖利大嘴一下就咬进那松软的黄土里，欻啦一声，一大把黄泥土就被扒拉到了一边——是那么的熟门熟路。

月刮，作为我们这里农人劳作时常用的一种工具，它时常被用在人与土地的直接关系中。就是用来铲泥巴。人手中掂起月刮，就意味着土地跟人的关系更深入一层。通过它，人就可以改变一些土地的形状，让土地为人类奉献出粮食。而土地，也在通过人与月刮而让自己得到一些滋养，两两相扶，相得益彰。

月刮现在的使命不是产生粮食，不是在滋养土地。它不知道它在进行的是一项对人类的内心产生巨大影响的活动。这时，它正在将那堆泥土刮开。旁边苦楝树那紫红的根竟然侵占到了这里。我们将那树根斩断，然后将泥土继续扒拉开来。很快，一截乌黑的、有些腐烂的木板就出现了。那就是六伯在地下的居屋——棺材的盖板了。

为了让先人的肉体容易化去，我们这个地方的做法，一般只是将他们浅埋。在地上挖好墓穴，深度以棺木的盖板与地面刚好齐平为准。所以，只要将隆起的泥土扒去，棺木的盖板就出现了。

棺木的盖板出现之后，操作的人的动作就开始小心翼翼了。那半月形的月刮就贴着盖板的边缘小心地刮着泥土。渐渐地，整个盖板就出现了。在将四周的泥土清理完后，就要打开盖板了。

我的心突然紧张地跳动起来。我知道，盖板下面，是我曾经熟悉的六伯。我已经五年不见他了。而此刻，我马上就要跟他再次见面了。在这五年里，他躺在地下黑暗深处，我们一点儿也不知道他会怎么样。在这巨大的黑暗里，有什么我们所不知道的、所不能理解的，或者只有另一个世界的人才会理解、接受的秘密在伴着他？但依照常理，我们知道，他现在应该已经是肉身化去了，我能看到的只是他的骨殖了。而那个在我的脑海里依然活生生的六伯，已经真的变成先人了。

六伯的儿子将装在纸箱里的用泥巴烧成的红色金坛取了出来，放到一旁。两把伞将棺木上方的天空遮挡住了——按照规矩，捡金是不能见天光的，天光出现时必须捡完。但现在，这种规矩显然已不是那么严格了，此时天已经大亮，但太阳还没有出来。四周的景物在深秋清凉的晨曦里静默着，没有一丝风。

但是，我们还是依照规矩，将人间的天空用雨伞挡了起来。这种象征性的行为，是必要的。尽管各人对前人定下的规矩不以为然，但到自己亲自操作时，还是尽量因陋就简地遵循了一些规则。所以，当那些雨伞一撑起来，每个人的心里就踏实得多了。这种举动，体现着我们对地下的六伯的尊重。对人的尊重是一种美德。每一个人，活着时，竭尽所能，按照命运赋予他的身份拼命工作，目的不仅仅是为了养家糊口，更重要的是能在从事工作、获取养家糊口的物质的同时获取社会上应有的尊重。六伯在世时当过村里的干部，赢得村人的敬重；不做村干部后，他也不必再从事农耕，就接了死去多年的爷爷的衣钵，自学堪舆之术，在另一个领域成功地赢得了村人的尊重。总之，他活着时光荣，逝世时哀荣。所以，我们对他的尊重，是一直保持着的。

月刮的尖角勾住了盖板的一角，稍稍一用力，那棺盖就松动了。所有的人全都屏住了呼吸。这一刻，似乎连晨曦中所有的事物都静止了下来，可能连地下蚂蚁的咳嗽声都能听得到。世间的所有精灵全都在引颈期待。这真是一个庄严的时刻啊，一个巨大的秘密就要揭开了，心中纠结的无数问题将随着这个秘密的打开而得到揭秘。

这时，掌握揭开秘密的权利的人，开始动用他手中的权柄——月刮了。只见他用力一抠，棺盖就被打开了。随着棺盖的打开，我的心一紧，不由自主地退缩了一下。虽然，我见过的死人无数，什么样的死状都见过。但要见到一个曾经埋在地下的亲人，这种经历我是没有的。尽管，我家族里很多去世了的老人曾经被人捡过金，但我并没有亲自参加过。这是头一次。不管经过多少历练，在这种情境下，我只能任由自己的感觉去应对。所以，我的感觉让我退缩了一下。

在场的人经历过这样的情景就太多了。家族里的亲人都是他们捡的金。对他们来说，这是很平常的事情，所以他们将盖板打开后，直接就伸手进去了。

我赶紧挤到雨伞下面，近前一看，棺木里空荡荡的，只有一个扁平的人形躺在那里。之所以看出是人形，是那些从人世间带去的衣服形状尚存，一顶小小的瓜皮帽竟然显得很滑稽地扣在那里，而原先很满的裤筒、衣袖、衣服里面，已经呈现扁平状，显然，里面已经没有了太多的东西。两个堂弟一人一头，将六伯的遗体从棺木里轻轻抬了出来，小心地放到棺木一旁刚刚平整出来的黄土地上。

我们开始捡金了。捡金，须从脚先捡起。那双布鞋已经没有形状了，那已经有些污黑的脚骨，细到几乎看不见。堂弟、堂哥们用手扒拉着，捡起一粒粒细细的脚骨，用带去的卫生纸仔细地擦拭干净，之后，是捡小腿骨、大腿骨，之后，是捡盆骨……依次往上，按坐姿置骨于金坛内。那些腐朽的衣物妨碍了我们的工作，我们就将它们撕开。毕竟，埋在地下五年，这些衣物也只是剩下一些形状，稍一用力，它们就裂开了，里面的骨殖就显露了出来。这些骨殖，比我想象中的要细小得多，简直让我不敢相信那是我亲人的骨殖。

我一面看着，一面在想：时光真是无情，任何有活力的东西，在它这里都显得苍白无力。它将活力掩埋，使活力终结。泥土也是个无情的东西。按理，它孕育生命，滋长生命，人赖以生存的粮食就是它的杰作。我们将种子埋到地下，剩下的就是泥土的事情了。到秋天，不管我们为这块土地付出多少，它或多或少都能为我们奉献出一些果实。可是我们埋下了我们的先人，而这块土地，最终却没有给我们任何的回报。它最终还是让我们的先人回归它，而且是完全彻底地回归！

这时，太阳尚未升起，但已经显露出了它那熹微的晨光。天空万里无云，一片澄明。面对着已经改变了存在形态、已经自得其所的亲人，我的心里也一片澄明。

慢慢地，金坛里就被装满了。最后捡的，是头骨。六伯的头骨上还粘着茸茸的毛发，我们用纸将它擦干净，最后庄重地放到了金坛里。这样，六伯就从黑暗的深处彻底地走了出来，就由在棺木里躺着变成了在金坛里坐着了。坐姿，是受人朝拜的姿势。躺着受人朝拜，那是死人；而坐着受人朝拜的，他已经是神灵了。

六伯，此时已经变成了神灵，变成了我们家族的神灵。

金坛，这高约两尺、阔约一尺的赭红色的陶制坛子，原先只是一个器物。你将它放在什么地方，都没有任何人将它当成一件值钱的或者值得珍惜的东西。你将它装满米粮，它就是个米缸；你将它装满新榨的花生油，它就是卖油郎担子下的油缸。如果有人别出心裁，将它装满水，装满食物，装满书籍，装满金钱……那它就是一个身价或高或低的器物——只是器物！而此刻，由于它承载了我们的亲人，它就变成了一个圣物。多么奇怪啊，某种器物竟然可以因为它承载的内容而成铁成金，成妖成仙。

金坛被小心翼翼地抱到了宁哥那架五菱荣光上。我记得这辆车他才买了三年。如此算来，生前的六伯是没有坐过这辆车的。而在长眠于地下五年之后，他却又神奇地坐上了这台车子，真是让人唏嘘。

车子沿着来路驶向村里。这条路，是六伯被抬往墓地的必经之路。我们也是沿着这条路将他送走的。但送走他之后，返回时，我们却不能再走这条路，我们必须绕另一条路走回村里。而今，六伯又从他走往墓地的这条路，走了回来。只不过，他的回来只是绕着村边，住进了村边的菜园子里。在菜园子的矮墙边，预先挖了一个小洞，在找好他今后长住的“吉壤”之前，他就暂时居住在这里，居住在我们人间的烟火里，居住在我们来来往往的世间里。

将金坛安置好后，原先在家里负责后勤工作的妇女们已经将猪肉、鸡以及香烛等一应物品准备好，拿到了菜园里。稍微平整了一下金坛前面的地面，铺上一些草，鸡啊肉啊等三牲祭品也摆好了，酒斟上了，饭摆上了，香烛也点燃、插好了。这时，我们开始肃穆地站着，看面前那袅袅的香烟在不断升腾着。香和烛的特殊气味一散开，四周立时就升腾起一种肃穆庄严的气氛，这种一般都在某种场合才会燃起的气味让人人都噤声不语，似乎为某种看不见的东西所震慑。过了好一阵，随着香烟的散开，大伙才稍微放开了一些，有的开始给酒杯添酒，有的扯扯旁边不听话的要伸进碗里的杂草，有的则用点燃的香给熄灭的香烛续火，但有的还是肃穆地站着，似乎在缅怀，或者在敬畏某种东西。

我知道，此时，在袅袅的香烟里，被我们用三牲所供奉的六伯，自从进入金坛后，就已经变换了姿势，坐了起来。他由原先活着时的站着，到过世后的躺着，最终又回到了化去之后的坐着。这几个姿势，每变换一个，他的人生就经历了一个阶段。而每一个阶段，所发生的变化都是截然不同、天翻地覆的。这样的变化，让他从人变成了鬼，又从鬼变成了神。从此刻起，他已经成为我们黄家真正意义上的先人了，成为我们每年清明时节所要祭拜的祖先，成为后人所敬畏的神灵。那赭红色的金坛，里面所盛的不再是作为“六伯”这个人的骨殖了，而是我们以及后来很多后辈需要供奉的“祖先”了。

从此以后，他将永远以这个坐姿接受子孙们的祭拜。

现在，我终于明白了。我们这里的人，为什么那么怕没有后裔，为什么最恶毒的诅咒就是那句“断子绝孙”。一个人死了，就回到黑暗深处，之后又必须通过子孙后裔之手从黑暗深处回到人间一次，最后永远回归到土地深处。没有了子孙后裔，在人死后，即使有人帮助将他埋葬了，可后面捡金这关键的一步，这让他由鬼变成神的关键的一步，都是由子孙后裔的双手来完成的啊。没有子孙，谁来帮他走完这关键的一步呢？没人帮他，那他就永远是这片坟茔里的野鬼了。多可怕啊！原来，人死后，在地底下，还是需要某种成功的。而最大的成功，就是能够在一大群子子孙孙的庇护下顺利地进入金坛，提升自己的地位，让自己顺利地进入真正的极乐世界。

祭祀完毕，就是烧纸钱了。纸钱一燃起，意味着我们供奉的祭品已经送达了先人的所在。土黄的纸钱和彩色的冥币在清晨的微风里静静地燃烧着，一瞬间就让火变成灰黑色的纸灰快速地蜷曲着，变成了一只只蝴蝶，在微风里轻轻飘舞着，然后渐渐就消散在风中了。

看着那渐行渐远的蝴蝶，我似乎觉得，我心深处的六伯此刻已经离我而去，跟着那蝴蝶翩然远去，从此远离尘世，成为我们遥远的记忆了。

布伢的春天

人的一生里，对自己周围熟悉的事物都自以为了如指掌。小时候，跟着伙伴们百十次地穿遍整个村子的大街小巷，逛遍村子四周远近的大小岭坡，都以为闭上眼睛也能数出所有的村巷，只用半个脑子也能想出村子四周的大小沟壑、高矮岭坡，甚至哪里有一个废弃的鸟窝、哪里有一个老鼠的洞穴都熟悉得犹如自己的掌纹。殊不知，有一天，自己突然就一个人走进了一条陌生的断巷！而这条断巷，竟然就处在自己家房子后面不远处的几道残垣之中！而那残垣，自己曾经无数次在那里方便过！

这让人很震惊。这道断巷，作为一个秘密的突然出现，颠覆了我们脑子里许多固有的想法。我和伙伴们面面相觑，简直不敢相信眼前这个断巷在经过我们无数次篦子般梳理后竟然不被我们所知。这个陌生的断巷，竟然深深地躲在我们浅浅的眼皮之下，不动声色地保持着它那神秘的威严，然后伺机出击，一举将我们击得粉碎，让我们不得不怀疑我们那黑白分明的眼睛所看到的那些所谓真实存在的真实性。

这样，我们年轻幼稚的心里不由得浮上了一个大大的问号：我们了如指掌的村子里究竟还有多少这样的秘密在我们的眼皮底下存在着呢？我们似乎变成了一个走夜路的人，只知道自己行走的是一条在暗夜里隐隐有些灰白的道路，自己两脚就走在这条灰白路之上，而全然不知道这条看起来只是一道灰白颜色的道路有什么。道路两旁是参差不齐的锯齿形的影子，这样我们就很容易根据自己的经验判断出那是树。而锯齿形的下面，高高低低的一团一团的圆形半圆形的，显然就是那些低矮的灌木了。等到第二天白天，我们再次踏上这条路的时候，才猛然发觉，这条路原来不是灰白的啊，两边也不全然是什么灌木。那圆形半圆形的，竟然就是白天我们看见了也害怕的坟墓！有时候，人的自以为是遮蔽了自己的眼睛，让许多本不该成为秘密的就成了秘密，让一些本容易揭开的秘密成为深一层的秘密。由此让我们失去了很多本应该有的体验和学识。

这，是不是又是一个秘密？

我醒过来后，睁开眼睛，看到的是屋顶上那两片亮瓦透出来的明亮阳光。亮瓦四周的房顶一片漆黑，愈发衬出那亮瓦的明亮，那明亮让我一瞬间迷迷糊糊的。过了好一会儿，我才从那片明亮中完全清醒过来。

我发觉我自己仰躺在床前的地上，头枕着干硬的泥地。屋顶那两片平排在一起的玻璃亮瓦像只大大的眼睛，将它柔软的眼神对着我。我舒适地躺在地上，用两只黑白分明的眼睛对着它闪了两闪，我感觉那两片亮瓦突然间也对我闪了两闪。我就笑了。

我不知道那时的我躺在地上傻笑的样子有多好玩。我双脚直直地伸着，两只稚嫩的小手乖巧地摊开在地面上。我想起刚才我正在午睡，躺在父亲亲手制作的高而宽的木床上。床铺的宽大并没有保证我不跌下地。我在一个翻山越岭的梦中将自己挪到床铺的边缘，在一个在水里游泳的梦中将自己扑在床沿上，半个身子肯定悬空在床架边。哧溜一下，我就四仰八叉掉到了地上。坚硬的脑壳首先触地。但奇怪的是，石灰加细沙筑成的坚硬地面并没让我觉得有什么冲击力——就是说，我并没有感受到从八九十厘米高的地方掉下来时应该有的那种疼痛。

所以，醒来时，我能对着屋顶的亮瓦闪眼，并且微笑。

可是，负责在家做家务并看护我的祖母就不同了。她突然发现了掉在地上的我，急忙将我抱了起来，一面紧紧抱着我，一面嘴巴里念念有词。她说的什么我不知道，我只听懂了一句。她说的是："布伢保佑，布伢保佑!"

我一面尽情地享受着亮瓦那柔软而明亮的照拂，一面享受着祖母的慈爱。一瞬间，我在祖母的喃喃自语中又接续了原先的梦……

后来，一般不午睡的我，每当由于困倦或者身体不适偶尔午睡时，基本上都会从床上掉下来。每一次我躺在地上时，都是祖母将我抱上床。而她在抱我的过程中，必然会喃着那句"布伢保佑"。这样我就渐渐习惯了祖母的"布伢保佑"，那种急迫中的虔诚让我感受到了祖母的关爱。

可我不知道那句话是什么意思。我知道，在我们的壮话里，"布伢"的意思就是"老婆婆"。我不知道祖母说的"老婆婆"是谁。由于年幼，所有的好奇心似乎都用到别的地方去了，我从来就没有想到问一问祖母她喃喃的是什么意思。也可能问了，但祖母对我说过什么没有印象了。

奇怪的是，从床上多次掉下来的我，即使在睡梦中，也好像被一床绵软厚实的棉被裹护着，所以我从来没有受任何的伤。连一点点皮都没有被刮破，一点点摔疼的感觉都没有。要知道，我家的床是我父亲亲手制作的，用自家种的苦楝树制成。那时候家家的床铺都喜欢做得很高。我家的也不例外，那床有八十到九十厘米高，一个人从上面横着往下摔，照理说多少会受些伤，运气不好的还会头破血流。

但我从来没有受过什么伤。倒是有一个伙伴，有一天晚上我们一起坐在村头的一块捶布石上听大人吹牛。一个不小心，他从捶布石上歪了下去。他右手一撑，没有撑住，跌到地上，然后用左手将自己撑了起来。他一把坐在地上，用左手抬着自己的右手，说，我的手断了。大人用手电筒一照，小伙伴的右手果然从小臂中段那里往下垂。然后他哇哇大哭起来，旁边的大人们赶紧将他抱到我家，让懂得一些接骨知识的我父亲处理。

说来不信，那捶布石那么低矮，怎么会跌伤人？那三四尺见方的捶布石用灰白色的花岗岩做成，是供妇女们捶自家织染的布料用的，天长日久，那捶布石变得异常的平滑，平时就供大伙儿坐在上面聊天、玩耍。我们那儿的妇女一般都长得不高，所以那捶布石只有不到一尺高。再高，妇女们手里那三四尺长的直木捶就没有办法发力了。小伙伴那轻轻的一倒，就跌断了小手臂，简直让人不敢相信！

从此我们对捶布石有了提防。在它上面玩时，我们都不敢过于放肆。只有在那宽大的床上，我们才敢随意打闹，而全然不管它高于捶布石三倍的高度。每当哪个人跌下床，马上就可以爬起来，继续疯狂的嬉戏，哪怕再次跌下去，也能够立即爬起来。

我后来也跌下床无数次，每次都安然无恙。虽然每一次都不一定有祖母的“布伢保佑”，但我自己耳边似乎自动会响起这句话。就是这种“似乎”让我心定，所以，那床并没有让我们觉得它真的高。

或许是这样的感觉让我们得到了最大的佑护。在我们那一带的壮族村寨里，小孩跌下床的事情随时都会发生，但从来没有听闻谁家的小孩因为跌下床受伤过。

没有受伤的我及伙伴们，每天在毒辣的太阳光下变成了流浪儿。中午，大人们做工乏了，在休息。我们就趁着这个空当溜出家门。

家门外就是我们的乐园了。我们常常钻进村后那片灌木林里，寻找可供我们开心的东西。那片灌木主要是桃金娘树，我们在里面寻找可能存在的黄蜂、花蜂或者菜鸟的巢穴。桃金娘树太茂密，开满了密密麻麻的粉红色或粉白色的花。这些茂密的枝条阻挡了我们，我们常常就是将它们折断，扔在地上。丢弃在地的枝条，枝梢上的花依然挺立着朝向太阳，那粉红或粉白在炽白的日光下似乎更加鲜艳或洁白。我们看着它们时心中似乎有了一丝触动，但那只是一瞬间的事情，我们立即又投入因为寻找而导致的破坏活动中去了……我们用手折断、用棍子打断了很多花，金樱、刺莓、曼陀罗、臭牡丹等，这些花或红或白，或粉或紫，经过我们的手或棍子，全部静静躺在毒辣的太阳光下，不一会儿就被晒得蔫巴巴的了。可我们的目的是寻找蜂巢和鸟巢，蜂巢里面肥胖而透明的蜂蛹和鸟巢里滚圆的鸟蛋勾引着我们肚子里的馋虫。因为我们小小的欲望而冤死的花默不作声地死去，我们哪里知道这冤死的花也有自己的等待和期盼。

一声断喝在这时候响起：“你们要死了，敢这么糟蹋花！”

我们直起身，看见我祖母提着一把月刮站在面前。我们不晓得祖母何以如此生气。要知道，对这些花花草草的，我们以往随时都可以随手将它们折下、丢弃，从来没有谁说过我们。今天，我的祖母怎么啦？

祖母骂道：“你们也是花啊，你们怎么能够这样！”之后，祖母不再骂了，蹲下来，用一种我们都能够感觉得到的异乎寻常的庄重将那些冤死的花拢到一起，然后将它们放到一个凹坑里，用月刮铲泥将它们掩埋了。

祖母的举动我们见过。村里专门埋死婴的昂婆在松岗岭上的动作就是这样的。我们赶紧溜走，以后再不敢乱折那些野花。可那是死婴，而这，是被我们折下来的花啊，用我们的话说是死贱滥贱的野花啊。

晚上，祖母煮了一顿新米做的饭，还煮了两个自家养的鸡下的蛋给我吃。给我吃饭之前，她先舀了一碗饭摆到我母亲床头的瓦罐前，说要先给布伢吃，然后才轮到我。那瓦罐里面装着草木灰，瓦罐后的墙上贴着红纸、红布什么的。祖母弄完了，就让我坐下来吃饭。那新米煮的饭就是香，加上那两个嫩嫩的鸡蛋，将我小小的肚子撑得滚圆。祖母看了，笑了，说：“六月六，收新谷。这新谷，给布伢和我孙崽先吃了。有布伢保佑，我的孙崽一定长得又高又大、聪明伶俐，会带来多多的弟弟、妹妹。”吃饱了的我早想出门去玩了，就算再次听到“布伢”这个名字，也懒得去问了，祖母的话音未落，我就已经坐在村头的捶布石上，看伙伴们斗蟋蟀了。

可是到了第二天，祖母抓起一把锋利的镰刀，对我说，走，到村后去。我说我不敢去。她问，怎么啦？我说怕。祖母笑了笑，说，怕什么？有阿婆呢。扯着我就到了村后的灌木林里。她将我安置在一蔸稍高的桃金娘树下，然后戴上竹叶编的斗笠，站到太阳地里，抡起镰刀，将昨天我们糟蹋的那些桃金娘全部割了下来。祖母的手艺了得啊，她割下来的桃金娘整整齐齐地排成一排，头是头，尾是尾，那些尾梢上的花由于被积聚在一起，显得格外的繁密和鲜艳。

我知道，过不了几天，这些被太阳晒干的枝叶就会被捆好、送回我家的伙房，然后进入我家那座大大的泥巴垒成的灶，为我的一日三餐贡献力量。

我望了一眼昨天祖母埋花的地方，心中一紧，再也不敢吱声。

后来我渐渐长大了。祖母说的布伢保佑我给我带来多多的弟弟、妹妹的话早就兑现了。而我们，也得到保佑，平安地长大了。长大的过程，就是不断揭开很多秘密的过程，揭开秘密的过程就是知识不断增长的过程。在这个知识社会里，我终于被定位为小知识分子了。我长大了，懂事了，有知识了，就是说，我具备揭开这个无限世界里有限的一小部分秘密的能力了。一个个秘密被我揭开，让我享受到了通过自己的能力揭开很多秘密的乐趣。这样，相对于我的童年，我长大成人之后对这个世界的了解突然就放大了许多倍，得到的乐趣也增大了很多倍。

所以，懂事了，成为小知识分子的我，拥有的知识让我的内心充溢着某种优越感。但每当我偶尔回望若干年前的童年的时候，一种羞愧感让我觉得不堪回首——因为童年的赤贫（包括物质和精神上的）让我觉得郁闷。童年时代里那些让我们如痴如醉的所谓秘密，不要说已经到我这样的年龄的人，就是对当年同龄的见多识广的城里孩子来说，其实根本就不是什么秘密，没有什么乐趣可言。从此，我就极少去回忆童年。

童年，在我的记忆里，已经像一张塑料薄膜，虽然隔着一层，但它的透明性质已经让我从这一头看穿那一头，再也没有什么秘密可言了。

过了若干年，我从不算遥远的外地回到我家乡所在的来宾市工作。闲来无事，就想趁着周末到四处走走。据说离市区八公里的地方有一座龙洞山，很好玩，就去了。

龙洞山是一座孤山，有龙洞河和灵水河环绕着，山半腰有相通的东南、东北两个大洞，相传有龙蛰伏其中，故名。两洞中皆有寺庙，寺庙内供奉有诸神。神自然都有名字，但我不懂，也不感兴趣，便只看。在东北洞里，我看到与观音菩萨供奉在一起的是一尊慈眉善目的女神，印象中不论是书本上还是在现实中，是从来没有见过的。但她的面目对我来说却似曾相识，便问了一声守庙的人。那守庙的是个讲客家话的汉族人，他说那是花林圣母，俗称花婆。我听了，只是“噢”了一声，没有再问，那人也没有再说。但我还是记下了一个神的名字：花婆。

后来，我工作的时间稍长，就不断听到别人说附近的寺山乡有一座很有名的山，叫“鳌山”，说它之所以出名，是因为上面建有一座鳌山庙。又是庙啊？我说。他们说是啊，是庙，很灵的，每到农历六月初六，很多人要到这个庙去，不仅是附近的人，远到广东、福建、湖南、江西等地都有人要赶来呢。那时真是人山人海、香火旺盛呢。

我听了，还是一笑。问，很灵，什么灵啊?

说者有些诧异地看我一眼，然后说，那是最有名的花婆庙啊。人家都说“广东佛山，来宾鳌山”呢，很灵的。香火盛，就是因为它灵。求子得子，求女得女，子女都不求，就求财得财，祈福得福，求官得官。

我听了，又是一笑。但鳌山这个名字，是记下了。同时那个神的名字——花婆，在脑海里又深刻了一些。

不久前的一天，跟几个朋友从武宣回来，路过寺山乡。车子已经过去了一段路，我才突然想起，曾经有人对我说，刚刚我们路过的地方，附近就是鳌山。于是我提议去看看，大伙都很支持，于是就掉转车头，往那陌生的鳌山而去。

顺着村民指的方向，驶进弯弯曲曲的乡村土路，不一会儿就到了鳌山。爬上五百级石阶，就到了那与它远播的声名极不相称的简陋的庙宇。我们进入庙里时，一位师父正在为一对中年的农村夫妇和他们的儿媳主持还愿仪式。夫妻两人和儿媳带着虔诚的神情跪在供着三牲和香火的神台前，师父则在一旁喃喃着。我无心听他们说些什么，只顾在庙里四处张望。神台上供奉着好几尊神，其中一尊手中持着的居然是现代兵器——步枪！眼光扫过，居中的那尊神吸引了我的注意力，因为我觉得似曾相识：面部丰满，耳垂丰厚，盘发上簪着花，是我从小见惯的那种慈眉善目，只是略微带着威严。与其说像神，不如说像一个我们平时见到的农村中年妇女。她可能是我的一个姑妈，也可能是我的一个舅娘……总之，我周围的人的形象，似乎都能从她这里看到她们的眉目。

做完了法事的师父说，那是花婆。她旁边那两个是二婆和三婆。我“哦”了一声。这就对了，这不就是我童年生活中所熟悉的那些阿婆、阿娘吗?

不料师父又说了一句：花婆是汉族的讲法，用我们壮话来说就是布伢。

什么？布伢?！我像突然被闷棍击了一下，差一点惊叫起来。

就是在这里，我得以第一次认识了布伢。

师父说，通俗地说，布伢就是我们壮族人的阿婆。我们壮族的说法，人是由花变成的，死后又回到花里去。壮族人的阿婆也就是“布伢”是从花里走出来的，她的生日就是六月初六。她专管生育繁衍的百花园，为妇女们赐花送子。布伢送来红花，就生女孩；送来白花，就生男孩。布伢还能消灾祛病，逢凶化吉，保佑生育的小孩健康成长。

师父说，你是壮族人吧？说不定是一朵白色的牛屎花变的。说着哈哈大笑起来，引得神台上的布伢似乎也微微一笑。

我笑不出来。我知道，并没有什么白色的牛屎花，那是师父幽了我一默。可师父关于布伢的这个说法让我震惊不已。

原来，我以为平淡无味的童年，竟然还隐藏着一个天大的秘密！我之所以能够得以降生，得以平安快乐地活到今天，竟是因为这个秘密的存在！

就这样，我开始了对布伢的探求。

经文里唱道："花呀花，花从天上来，我家有钱米，请你来呀花。花呀花，长在苦瓜棚，朵朵笑眯眯，这回有了家。花呀花，长在丝瓜棚，我不要红花，要白花回家。花呀花，长在梧桐上，人仔要娘领，我仔自进家……"

听着经文，我的心怦怦直跳。原来，人是这么来的呀，我是这么来的啊！我在为自己庆幸的同时又为自己暗自担忧，如果生我的那朵白花，在开放的过程中，被某种偶然的因素，比如，一头穿过花丛的水牛可能会将花撞掉，一场大风可能会将花吹落，而像我这样的顽童在六月初六里恶作剧般折、打那些成片的花枝，不是让很多的人出生不成吗？假如我在花的阶段也遇上这样的顽童，遇上这些司空见惯的因素，那么，这个世界上，还能有我这个人吗？

想起来真让人后怕！原来，祖母那天的葬花，竟然隐藏着那么深的含义啊。

显然，布伢在我们这些壮族村寨里存在很久远了。不管知不知道她，她都默默地存在着。在我的童年，布伢的存在显然不是那么显山露水。我们那里从来没有什么庙宇，唯一称得上圣地的，恐怕就是村头老樟树下的社了。可那社早被砸烂了，那蔸百年樟树也被砍倒了。然而，不事张扬的布伢却顽强地活在壮族妇女们中间。母亲床头那个装着大半罐草木灰的瓦罐，墙上贴着的红纸、红布，以及村子里许多妇女的床头摆放着的类似的东西，原来竟是布伢牌位！而每当我跌下床或者生病了，祖母嘴里喃喃的布伢，原来就是这个布伢呀！

由于有了对布伢的认识，过往记忆中的一些零碎疑惑突然就串成了一串清晰的珠链：

村里的老奋结婚多年了，但就是没有孩子。在农村，尤其是我们桂中农村，结婚了没有孩子是很抬不起头的。老奋为人忠厚，十分勤劳，他老婆我们喊她奋嫂，人虽不漂亮但性情很好，每天都乐呵呵的。夫妻俩农忙时就下田地干活，农闲时就进城里偷偷做些买卖，不到三年就在村里地势最高的地方建起了一座红砖房，让住着泥巴房的村人羡慕不已。

照理说这样的家庭在村里应该受人尊重。可是，在村里，就连爱玩的我们都很少进他家那栋漂亮的楼房，更别说大人们了。理由很简单——他家没有小孩。光是这一条，就让他们在村人面前抬不起头来，甚至老奋的父母亲也看不起他们。要知道，他家三代单传，轮到他这一代他们夫妻竟然没有生养，这怎么能让他父母亲甘心？

开始，是他父母为他着急；后来，是村人为他着急。可是，他们自己并不急。结婚几年，他们全身心投入如何发家致富当中去，根本不顾及别人的瞎着急。三年后，他们的小楼建成。这样，他们开始谋划增添家庭成员了。但被他们斥为“瞎操心”的父母及村人的着急，被证明是正确的。小楼建成三年，也就是他们结婚六年后，他们的家庭成员没有任何增加。相反，倒是老奋的老母亲由于担忧和失望过度，暴病身亡了，家庭成员反而少了一个。这样，老奋夫妇的压力空前巨大。一向乐观的奋嫂，由于无数中药汤水的冲灌和巨大精神压力的双重压迫，已然变成一个郁郁寡欢的中年妇女。

这样，老奋的家里从此经常出现一些我们觉得十分新奇的事情。但由于那些事情大都出现在半夜，那时我们早就沉入梦乡了，所以亲眼见到的并不多，大都是过后的耳闻。可是，由于那些事情出现的频率太高，有一些晚上我们也曾经夤夜不寐，就看到了一些我们所不能理解的事情。

夜色深深，邻村的一个道公悄悄潜入老奋家里。那晚上我们刚好没有睡，这个秘密就被一个眼尖的伙伴发现了。于是我们躲在老奋家门外几丈远的小竹丛里，睁大眼睛远远地看着。那道公其实跟我们村人没多大区别，只是他一身纯黑色的衣服让我们感到某种神秘和庄严。道公用纸剪了几朵花，绑在一根棍子上做成花柱，请村里生养了五男三女的阿敬嫂来扛，把花柱安放在奋嫂卧室的门口。这时，道公嘴里念念有词，呢呢喃喃的不知道他念的什么。后来他一面撒花一面唱着："我是花神来撒花/哪人接得子孙旺/花朵沾身娘欢笑/明年生个胖儿郎/我是花山花林婆/花林仙婆好心肠/谁人求花求到我/保你子嗣万代长……"

我们听不懂他唱的是什么，我们看到，老奋和奋嫂跪在一旁，脸上呈现出的那种神色让我们感到害怕。

不经意间，我们在村边的沟渠边、田坎旁，久不久就会看到一些竹枝或竹篾缠着红布架过那些小小、浅浅的沟坎。那些平常见惯的散乱的竹枝竹篾、红布条等，一经按照某种方式有序排列起来，用那种只有村头社王那里才能看到的姿势庄严地立在那里，就让我们大气不敢出，我们好奇地想，这些毫无来由出现的东西，到底是哪里来的？干什么用呢？它们蕴藏着什么我们所不能理解、不能勘破的秘密呢？

如今，所有那些我们所不能理解、不能勘破的秘密，就彻底变得明朗无比了。

老奋家里道公做的那些，原来就是"求花"。而那些竹枝竹篾缠着红布条架过沟坎，就是"架桥"。按迷信说法，一个个可爱的小宝宝，原本是花神山上的一朵朵鲜花。但这些花朵，却不肯轻易到人间落户。所以婚后多年不育，人们便急着举行"安花""架桥"仪式，即给花朵架一座"桥"，好让它平安渡河，达到求嗣之家。而他们祈求的神祇，就是花婆，即布伢！

在壮族民间传说中，花婆专门掌管人类生存与发展的核心问题——生殖繁衍，也是婴儿的保护神。每一个妇女怀孕或生育子女，都是花婆园中的一朵花，是花婆所赐的结果。所以，为了祈求人丁的兴旺和小孩的健康成长，壮族人对花婆亦虔诚膜拜，不仅在家中的神坛上设立"花王圣母"神位，还在卧室的墙边立花婆神位；不仅逢年过节要祭祀（与祖先诸神同享香火），而且婴儿患病亦祭之。如果婚后多年不育或育而不活乃至不生男孩，即被认为是触犯了花婆，使之不予赐花或花桥不畅通的缘故，于是就要请道公举行"架桥"和"安花"仪式，以取悦花婆，使之赐花；或者备牲醴到庙里祭祀花婆，祈求赐子。

我突然想到，我的到来，是不是也是这么求来的？我的父母当年曾经求过花吗？是他们本身就具有的能力让我顺理成章地来到世上，还是经过这么虔诚而艰苦的祈求才让我“偶然”来到这个世界上的？

后来，大约又过了三年，当奋嫂终于成为一名幸福的孕妇的时候，她那与其年龄极不相称的衰老面貌突然消退，怀孕的幸福在她行将枯朽的内心突然膨胀起来，跟着膨胀的还有她身体里被极度压制的青春活力。阳春三月，三十岁的奋嫂生下一个白胖的小男孩，让整个村子像开满鲜花的原野，芬芳四溢。那种喜气洋洋，一直洋溢在村人心里。大伙都恭喜他们求花成功。之后，每两年，奋嫂都生下一个孩子，一共生了七个。他们家那栋原本显得很宽敞的红砖房，在这么一群小孩的占领下，显得拥挤不堪了。原本很坚固的房子，在我们眼里也似乎变得摇摇欲坠了。

这个成功让村里另外几对没有生育的夫妇大受鼓舞。他们的频频偷偷造访使得整个村子弥漫着某种神秘的气氛，之后，村子四周很容易就发现那些竹枝竹篾缠着红布条架成的桥了。

当然，有些人求花成功了，而有些依然没有结果。没有结果的人加大了求花的力度，村子里那种神秘气氛愈加浓厚了。

原来，这些活动一直在我的四周活跃着，只不过我不知道，或者只是偶尔见闻却不知其所以然罢了。

可是，让我来到这个世界上的布伢，并且时时刻刻保佑着我的布伢，在我们壮族人的生命进程中一直起着某种精神作用的布伢，在我这个略有知识的人这里，何以竟然成为一个秘密呢？

说来也怪，当我不知道布伢的时候，布伢就毫无踪迹。而当我知道布伢并且开始留意布伢的时候，布伢就变得无处不在了。

看到花开，我自然就会想到布伢。看到类似花的东西，我也会想到布伢。这样的感觉很微妙，这让我想到我们壮族先民在若干年前面对花开花落的困惑与新奇。我们壮族人所生活的地区地处亚热带，这里阳光灿烂，气候温暖，水分充足，空气清新，土地肥沃，地上的植物欣欣向荣，美丽的花朵遍地开放。从春到冬，一年四季几乎都有花朵开放。开放的花朵必定凋零，最后大都能结出累累的果实。花开花落，原来生命就是这么来的啊！于是，壮族先人通过自己的观察，便认定人也是由花儿变来的。这种由于对大自然认识的局限性形成的原始唯心主义的观念，渐渐就演化出了花婆的形象。花婆形象的出现让壮族先民在生命繁衍方面有了某种强劲的精神依托，由此产生了顽强的生育欲望和生殖能力，只要看到满山遍野的花，就能想到壮族子孙的繁盛。

老奋就是一个缩影，一个代表。他在鲜花开放的春天里结婚，所有人生的况味他都体会了，所谓春风得意。但当他在生殖方面的问题一经暴露，他立刻就陷入冰火交加的煎熬之中。他人生中所有的得意一夜之间化为乌有。当一个人连一蔸桃金娘都不如的时候，你再成功，谁又能信服呢？

幸而有布伢！

我没能在六月初六这个布伢的生日赶过鳌山庙会，无法体会因为布伢的保佑而得到恩泽的那些人以及希冀得到恩泽的那些人前往鳌山赶庙会时的那种心情。但我曾经在阳春三月经过鳌山附近，看到妇女们——不论是青年、中年还是老年，她们在滚滚的红尘中不辞辛劳赶往鳌山，参加三月初三的花王节，那种虔诚与干劲令我感动。那时，三月的原野开满了鲜花，前往庙会的山路上，是穿得花花绿绿的妇女们（中间自然也夹杂着不少男人）。真是“三月三日天气新，鳌山脚下多丽人”啊。她们行进在春天里，呼吸着清新的空气，欣赏着美丽的景色，心里怀着无尽的理想和希望，朝着她们心目中的圣地进发。那座处在半山腰的鳌山庙里，住着隔壁邻舍家阿婆、阿婶般慈祥的布伢，她那里有一座百花盛开的花园，她的慈祥、宽爱会让每一个虔诚前去的妇女得到自己希冀的花。她们知道那里有她们需要的秘密，这个秘密里，是一个美丽的春天。这个春天是布伢的春天，她让它隐藏在百花园的深处，当有谁能够顺利地找到那条通往百花园的秘密通道并顺利进入之后，那春天就会降临她荒芜的田园。一朵，两朵，甚至多朵花的苞蕾，就会植入妇女们的身体，成年妇女们这些丰满的花，不久就会开出更多更娇嫩、更艳丽的花儿来！

我知道，这些妇女在庙里求祀完之后，一定到庙旁那口著名的山泉，掬上一捧清澈甘甜的圣水，虔诚地喝下去。有的还要装一瓶回去给家人喝，以求全家人都得到布伢的佑护。之后，她们就觉得卸下了心里的一些什么，又共同和布伢结下了什么秘密。这样的心情让她们一身轻松地下山来。她们一路走着一路采摘着路边那些美丽的花朵，然后按照庙里布伢的样子，将那花簪到自己的头发里。簪了花的妇女一瞬间全都变得美丽异常了，似乎全都变成了那慈祥宽爱的布伢。美丽的她们在春天里唱了起来。满山回响的，是她们野性不羁的歌声：

我用彩布彩巾来包花种/我用美锦美毯来包花芽/拿这枝花去栽我园/捧这枝花去栽我家/移栽的秧苗才发芽/移栽的花枝才繁华/秧苗移栽还在田/我俩同共这枝花/待得春来花繁茂/香气吹满我们两家。

“待得春来花繁茂”，是的，那是她们从布伢那里祈求来的另一个带着秘密的春天了。那时，一定是春情四溢，春光无限，春花遍野。

啊，春天来了，春天来了！感谢你啊，布伢！这是布伢的春天！这是布伢带给我们的春天！

丙戌年的黑色之秋

丙戌年，秋。

曾经对秋天怀有一种极度的喜欢。这个季节被称为金秋，是因为它所展现的金黄色灿烂的外表和外表下所蕴藏的金质的内涵。一年四季中我最喜欢的，就是秋天。

可是在这个正在进行中的丙戌年，它的这个季节在我这里却发生了变异。八天里连续的两场葬仪将我推入黑色的秋天。仪式过后，剩下的，是两团触目惊心的土黄。

那是两个黄色的土堆。那里面，躺着我两个慈爱的至亲。

她们，一位是母亲，另一位，也是母亲！

一

这是10月中旬的一天。我独自一人，驾车行驶在奔丧的路上。

我从我所供职的、处于广西地理中心的城市来宾出发，一路向北。此行我将穿越我安家的城市柳州，到达目的地——广西北部湘黔桂三省区交界处的三江侗族自治县，全程近四百公里，我须行驶上六个小时。在时而平坦，时而起伏、逶迤蜿蜒的公路上，车子的引擎随着路况时而大口喘气，时而又闷闷地低鸣，犹如我此刻的心情。我一路近乎机械地凭着直觉驾驶车子，双眼木然地盯着灰白色的路面。那灰白色的公路，在我眼里就是一条长长的孝布，不断地收卷着，将我和我的车子快速地卷向那个此刻已经变成忧伤之地的村寨。

我这一路的行驶，是为了尽快进入那个仪式，遵从当地的侗族习俗，向亲人做最后的告别。

我知道，那场仪式在我赶到之前，就已经开始了。

在我心深处，仪式是早在 9 月 4 日半夜我接到那个电话时就已经开始了。

那是一个让我心惊肉跳的晚上。晚上从来不开手机的我，不知道当晚为何竟然反常地没有关机。不知道是几点了，手机突然响起，按下接听键，电话里传来的是妻子近乎绝望的声音。

妈又发病了，医院说恐怕不行了。

这句话犹如晴天霹雳，一下就将我打蒙了。尽管心理准备是有的，但没想到来得这么快，这么突然。早在八年前，病魔就已经摧残了这个我称之为岳母的母亲的身体。脑部的出血几乎要了她的命，但她坚强地度过了鬼门关。不但没有死去，她还顽强地站立了起来，以我们想象不到的毅力迈开了双腿。尽管病魔给她留下了一个歪斜的身躯，但她还是能够撑着去做一些力所能及的事情，如煮煮饭，洗洗衣服。这些简单的家务她竟然能够操持了下来。村人多有佩服的。她在村人的佩服里开始了她康复的进程。看着她日渐红润的脸庞和日渐灵活的手脚，我们都暗暗高兴。

可是八年之后的这个夜晚，病魔毫无征兆地再次偷袭了她。送到县医院，经过抢救，医生下了最后的判决，说像这样的状况，能够挺上那么三五天就已经是奇迹了。你们还是……于是，我们不得不将她送回家——按照当地的习俗，在外面死亡的人是不能回家的，我们唯一能够做的，就是让母亲回家，在还活着时回家。

谁也想不到，被医生判定只能挺几天的母亲，回到自己的家后竟然奇迹般醒了过来，而且能够说出一些勉强让我们听得懂的话。这让我们惊喜至极。于是，家人脸上都露出消失了好几天的笑容。在大家的精心照顾下，她的生命力在顽强地延续着，她早就挺过了医生判定的那个时间，而且坚持了一个多月。让所有来看望她的人心里无不充满乐观。我们觉得她实在是太伟大了。

可是伟大的母亲只是在我们的心目中伟大，她并没有真正伟大到足以战胜病魔。在这个黑色秋天里的 10 月 11 日，农历丙戌年八月二十日，年仅五十七岁的母亲终于不得不结束了她和病魔的抗争，撒手西去了。

当时我没能守在她的身旁，但她的丈夫、两个女儿、唯一的儿子、儿媳和外甥都守在她的身旁。在临去时有自己最亲的人守在身旁，对于行将远行的人来说应该是一种莫大的安慰。在最后一刻，环绕着她的是浓浓的亲情，想必她也能心安了吧。

当时，我四岁儿子正倚在门柱上。他用他清澈的眼睛见证了这一场他一点都不能理解的死亡。可当他听到大人的哭声时，就立刻懂事地跑到妈妈的身边，紧紧地抱住她。他问道，妈妈，你们怎么哭了？妈妈含着泪告诉他，外婆去世了。什么叫去世？妈妈说，就像卖火柴的小女孩一样。卖火柴的小女孩的故事他早就耳熟能详了，听妈妈这么一说，他立刻说，哦，外婆到天堂去了。

小儿的话引来了一阵更大的抽噎。之后，他看了看床上，外婆的头发有一部分露在被子外面，又说，妈妈，你们不要哭了，外婆在跟我们捉迷藏呢。我看见她躲在被子下面，一会儿她就会出来的，你们不要哭了，啊。

要是稚儿的话是真的该多好。可他幼稚的话只能让大人们倍加悲伤。当妻终于能够平静下来时，噩耗就经过她传到了我这里。于是，整个秋天顿时黑了下来。

车子终于驶近了。那个长满灰色木楼的村庄已经进入我的视野。但我知道我还没有进入仪式。进村的道路在村头隐入一道浅溪。熟门熟路的车子悄然驶进，轮子激起的浪花已经没有了昔日的欢快，有气无力地在轮子下起伏。车子一拐弯，那幢熟悉的木楼依然矗立在溪边，我看到无数的人在楼上楼下以及四周来来去去。我将车停在木楼前的溪滩上，然后走向木楼。

我知道，木楼里正在进行着一场我所未曾经历过的仪式。我走进木楼就是走进仪式。

仪式中的木楼看起来还是仪式前的那幢木楼，除了人多了些，看不出多少变化。可我知道，木楼的内里包含了太多的东西。只要我一进去，一种只有在场才能感受到的悲伤立刻就会包围我。

我怀着灰暗而悲伤的心情踽踽地走进木楼，一眼就看到宽阔的楼底靠东面的地方，在两张长条木凳之上，赫然摆放着一副黑色的灵柩。那灵柩的盖板虚掩着，我知道，那里面，躺着我慈爱的岳母。我来不及看一眼四周，就走到灵柩的一头，拈起一把香，就着长明灯点起来，然后捧着那香烟袅袅的香烛，恭敬地拜了三拜，将香插到灵柩头前的香火盆里。

做这些事情时，一种庄严肃穆的仪式感控制了我，我知道我已经无力自拔，我已经陷入了那种仪式感所造成的氛围中。我不知道我周围是何许人，周围是怎样的一个情景，我觉得我还是刚才路上的孤独一人，万分的孤凄。香火的味道顺着风的走向熏向我，冲进我的肺部，我竟然没有丝毫的呛着的意思。

拜完后，我好不容易从静默中清醒过来，才发觉周围的人都在肃穆地看着我。妻子和她的姐姐、姑姑、婶婶等都坐在一旁静默地看着我。我知道，她们眼睛里的潮湿和红肿是经历了何种的痛哭。

妻轻轻地碰了我一下，四岁小儿无比乖巧地依在她的身边，眼巴巴地望着我。我走过去，轻轻将他揽进怀里。这个平时聪明透顶的小家伙，这时以他的聪明超前地让他的所有举动都能切合这种仪式，他是怎么知道的？莫非他小小的心灵里就知道死亡是什么了、死亡是值得敬畏的了吗？想到此，我不禁眼睛一红。

静静地躺在灵柩里的外婆知道她心爱的外孙在祭奠她的仪式中的乖巧吗？曾经时刻能让她爆发出开心的笑的小外孙此刻也失去了欢乐，她知道她这一去，给她生前钟爱无比的小外孙那小小的心灵上带来了什么吗？

灵柩前头的小方桌上摆放着祭品和香火，昏黄、暗淡的长明灯在摇摇曳曳，要灭不灭的；灵柩底下那盏点着七根灯火的灯却闪着明亮的光。这时，天已经开始黑了，四周的人来来去去，换了一批又一批。但我们依然守在灵柩旁，任摇曳的灯光将几根高大木柱的影子影影绰绰地投射到我们的身上、心上。

今晚，一向作为通道和杂物间的宽大的木楼底层，由于用来放置灵柩而变成了一个神圣的灵堂。顶上裸露的楼板被宽大的白色塑料薄膜盖住了，那几根高大的木柱贴上了白色的挽联。灵柩前头挂起了蓝色的挽幛。挽幛上用黑色的墨汁写着几个大字：痛切失恃。这几个很有功底的毛笔字是一个我们称之为大公的老人写的。他今年已经八十多岁了。我不知道他在用颤抖的手书写挽幛的时候，面对比他年轻近三十岁却已经离他而去的晚辈是怎样的一种心情。

参加仪式的所有来客都在胳膊上戴起了白纱，而我们这些做儿女的，头上戴起了白色的孝巾。当孝巾戴到头上的那一刻，我就确切地知道，仪式已经真切地进行，那白色的孝巾是一种明证，它惨白的颜色直逼进我们的心底，我们的心里也一片惨白。

昏暗中，要开饭了。熙来攘往的客人分别在楼上和楼底，围坐在矮矮的桌子前，开始进食。在楼底，在木柱的四周，在灵柩的旁边，那些客人以一种局外人的身份进入饭食的滋味当中，进入那些淡酒的微醉当中。他们似乎忽略了身旁的灵柩，忘记了灵柩里那位永远远去了的逝者。他们对吃喝是那么的专注，似乎对这场死亡没有太多的感觉。他们像平时赴宴一般，以一种庸常的心态坦然接受这场寒餐。我知道，死亡并不是对每一个人都会产生冲击的。对于近在咫尺的死者，他们没有任何的不敬，但也没有深切的悲戚。在他们有条不紊的生活中，这样的丧礼对他们来说大概是一次偶尔的变故，我们没有理由要求他们跟我们一样悲伤。

守灵的每一个夜晚，我基本上都不能入睡。我守在灵前，不断地为长明灯续油，为快要熄灭的香火盆续燃香烛。灵柩两旁的地铺上，横七竖八地躺着一些守灵困倦了的人。我不知道他们在睡梦里见到了什么，我只有一个人孤独地忍受孤独，悲伤地忍受悲伤，心里是对灵柩里近在咫尺其实已经远在千里的母亲的深切思念。我们是在半路相识的，由于她的女儿。但半路相识的我们立即就成为血浓于水的母子了。我对她的一生了解不多，但我跟她相处的日子可以称得上母子情深。那时我知道我真的又有了一个慈爱的母亲。她有一个玉一般美丽的名字。

我知道，我已经永远地失去享受这份母爱的机会了。

按照习惯，第三天应该出殡了，但经过大公的推算，第三天不宜殡葬，出殡的日子要推迟一天。这样，我们的守灵就一直坚持到第四天。

明天就要出殡了。在最后一个晚上，祭祀活动开始了。作为女婿，我是第三批出场的，在祭司的引导下，我和母亲的儿女们长跪灵前，然后进行多达九次的长叩首。每一批亲人长跪过后，鞭炮就会立即响起，同时伴随着呜咽的唢呐声。这样的声音在秋夜里传开来，随着秋寒进入每一个人的心底。我想，此时此刻，死亡的概念一定深入每一个人的心里，从而让每个人都对死亡心存敬畏。

出殡的时辰来到了，那是10月14日的上午九时。木楼底层正对着灵柩的围板早被拆掉了。祭司将虚盖着的棺盖揭开，说，要看亲人最后一眼的快看了，不然就盖棺了。这样的声音过于冷峻，过于让人绝望，因此随着这一声，灵柩前突然哭声四起，儿女们发出惊天动地的哭声，让所有的人为之动容。

可是，儿女们的哭声不能挽回什么。随着咔嗒一声，棺盖被严实地合上了，从此，母亲和我们真的天人两隔了。然后，在鞭炮声和唢呐声中，棺木被起走了。那副漆黑的灵柩在众人的抬举下，顺着逝者每日面临的小溪溯流而上。在距离木楼数十米远的溪边，灵柩被放置到原先已经放好的两张长条木凳上。最后的仪式开始了。儿女以及至亲们全都跪拜在灵柩前头，祭司在唢呐断断续续的声音的伴奏下开始念祭文。随着儿女们凄厉的哭喊，灵柩被套上了青竹篾扭成的绳子，两根长长的竹竿穿进绳套，随着一阵鞭炮的鸣响和唢呐的呜咽，灵柩在众人的抬举下被起走了。这意味着逝者就要永远离开我们了，我们永远无法再见到她了。于是哭声再起，捧着灵牌的儿子走走停停，灵柩在众人的抬举下一路向目的地挪去。可是走着走着，送葬的人突然拥到灵柩前，将抬棺的人拦住，接着握着竹篙，将灵柩往后推去。众人都知道，这也是一种仪式，它表示至亲们不肯让逝者永远离去。于是，抬棺的与拦棺的交织在一起，灵柩在众人的肩上手上一会儿往前，一会儿退后。这时，子女孙侄们一定回头，对着灵柩长跪不起，长哭不停。我抱着小儿，时跪时起。小儿出奇地懂事，没有任何吵闹，任由我支使他。

经过数次的交织之后，那游戏似的拦棺终于结束了，灵柩被抬到了山脚下。我们耗尽心力，先行爬行在陡峭的山路上，有时候稍一回首，就看到那些抬棺者如何费劲地抬举着那沉重的灵柩。为了让灵柩平安上坡，他们早就在灵柩上绑好了长长的缆绳。于是，在缆绳的牵引下，棺木终于翻越三个山冈，平安到达目的地。

那真是一块好墓地啊。墓穴地处一座山包的半山腰的正中，左边和右边是两列沙发扶手似的山脉，正面是一片开阔的谷地，跨过小溪之后是一排屏障似的群山。所有的山都是葱葱茏茏的，满眼绿色，风水极佳。

灵柩被抬到墓地，放置到横置在墓穴上的木杠上。祭司再次进行祭祀，将一张地契念了一遍，然后将之放到墓穴里焚烧。我不知道这张所谓的地契在另一个世界里是否需要，但此刻，为了逝去的亲人能够入土为安，祭司所做的一切，我们都认为是该做的，我们已经是宁可信其有了。因此我们心甘情愿地配合着祭司，将所有的纸钱放到墓穴里焚烧。

就在我们将母亲安放进墓穴之后，原本晴好的天空竟突然下起雨来。我们连雨伞都没有准备，任由有些冰凉的雨水浇淋我们。之后，待众人齐心合力将灵柩放置到墓穴里之后，我们就按照祭司的吩咐，离开了。

每个人离开墓穴时，都按习惯捡拾一根木棍，然后往回走。我不知道这是什么意思，但我猜想，这大概是一种寓意吧，意思是子女们送完老人，已经付出了所有的心力，悲伤将他们彻底击垮了，他们回家的路上，只能靠那根木棍支撑了。深一层的意思，就是那个挽幛上写的“痛切失恃”。母亲去世了，做儿女的失去了依靠，往后的日子，就只能靠自己了。那根木棍，就是自我依靠的象征吧。

我紧紧地抱着四岁小儿艰难地行走在湿滑陡峭的山路上。我真的必须靠那根木棍，否则会一滑就滑到远远的山脚下去。我依靠木棍，两只脚像钉子一般使劲扎在滑溜的山路上。回去的路真难走啊，母亲，是你舍不得我们，要我们慢些走吗?

好不容易下到山脚，我们回望半山腰那堆刺眼的黄土，觉得刚才还在我们身边的母亲。此刻距离我们何止千里万里！心中顿时涌起无限的悲凉。母亲啊，从此以后你就孤身一人长眠在这青山绿水之间，长眠在这座黄土垒成的墓穴里了。你孤独了，我们无法再跟你交流了；你寂寞了，我们无法再陪伴你了。只有永远吹拂不断的山风能跟你喁喁私语了。青山常在，绿水长流，母亲啊，你就这样化成了岁月，就这样将我们推进了高喊母亲却再无回应的境地。

母亲啊——

二

送走了一位母亲，我们以为仪式将会告一段落。可是让我们想不到的是，命运是如此残酷，它蹲伏在不远处我们所看不见的地方，再一次对我们张牙舞爪，很快就将我们推向另一个仪式，推向另一个仪式的深处。

我们刚下到山脚的路边，我正缓慢地牵着小儿走在泥泞的溪边小路上。原先没有上山一直在路边看着我们上山的大弟、二妹在不远处对我说，快点，有大事！听到这样的口气，我脑袋嗡地一下，顿时又是一片空白。须臾，我回过神，一定是另一位母亲出问题了。果然，二妹说，母亲在家里差一点就过去了，好在发现得早。

我知道，在这段时间里，母亲一直忍受着病痛的折磨。8 月，母亲到我安家的城市柳州住了一个多月的医院。虽然医院判定，数病缠身的母亲身上的某些器官的萎缩是不可逆转的，但那些病症对她的身体暂时还没有明显的影响，她基本上还能够自理。身体显得弱一些，但并没有显示出多少病态。她甚至还能够跟恰好带着孙子到我家里住一段时间的岳母说了不少话（谁能料到，这一南一北相距近四百公里的两个母亲，平时甚难见上一面的，竟然不约而同地聚首在我所在的城市。更没有想到的是，这竟然是她们最后的聚首）。9 月出院回家后，她的生活依然能够自理，只是过了不久，她就开始剧烈呕吐，给她的药都难以下咽。于是，工作在一个城市、居住却在另一个城市，平时不断奔波、甚少回去看望母亲和岳母的我，碰到双休日，就带着妻儿或往南看母亲，或往北，看另一位母亲——岳母。

可是，命运怎能这么残酷？在一位母亲的葬礼还没有完全结束的时候，就狰狞着向我们伸出了冰冷的魔爪。

于是，我只好留下妻儿处理最后的事宜，自己开车带着弟妹们向着母亲飞奔而去。

经过近四百公里的跋涉，见到母亲时已经是掌灯时分了。我想，如果我的生活就像这遍地灯火该多好。然而母亲躺在床上，花白而枯槁的头发散乱在枕上，瘦弱的躯体在被子下形成让人心酸的小小隆起。面对我们兄妹的问候，她面无表情，失神的眼睛空荡荡的，让我们倍感心酸。

我觉得，母亲的病情不至于发展得这么快的，一定是因病引起的精神压力导致的。可是我们兄妹大都在外地奔波，不能在她身边给她安慰，连基本的问候都没能给她，更别说嘘寒问暖、递水端茶了。或许，她已经习惯了没有子女问候的生活，因此，我们问她话，她基本上不愿意回答，可能也不能回答了。听刚赶到家的大妹说，已迁到城厢的四伯妈上次回来看母亲，母亲对她就说了一句话：我不服啊！听到这话，我们都感到无比心痛。

母亲的意思我们能够理解。她和父亲好不容易将我们八兄妹拉扯大，如今她已儿孙满堂，该是尽享天伦之乐的时候了。不料命运却偏偏这么无情，要将她拉离眼前她穷尽一生的身心之力换来的这幅美好图景。她怎么能服啊？

可是我们真的束手无策，面对病魔，人的力量显得是多么的孱弱啊。

父亲说，母亲一吃就吐，吐得天昏地暗的，所以基本不能吃什么东西，药早就不吃了。他说母亲叫我们帮她安矮床。

在我的家乡一带，每当有老人行将故去，大家就会将他安置到矮床上。据说是为了让他接上地气，好让他能够安然地进入土地的深处。那几乎接地的床铺无声地承接着那具行将回归土地深处的躯体。而在矮床的下面，就是坚实而冰冷的泥土，它一直承接着那具曾经生龙活虎的躯体。而在不久的将来，对这具躯体，泥土不仅仅是承接，而终是永久的接纳和包容了。

矮床是一种暗示，也是一种仪式。

考虑到母亲的精神压力过大，如果再给她安矮床，岂不是明白告诉她她快不行了吗？因此我们坚决不安矮床。我们给她买了一张躺椅，让她躺在上面，然后一边帮她按摩头肩，一边和她说一些宽心话。在我们的规劝下，母亲终于勉强咽下了一些稀饭和药水。在喂母亲吃饭时，我对着母亲说，妈啊，儿子长这么大，还没有这样喂过你一次呢。这话本来是随口说的，但话一出口，心头就突然一颤：何止是喂食，在母亲需要我们的时候，我们都在哪里？我们真的为她做了什么？我们以为，逢年过节回家看看，买一些东西，留一些钱给她，让她衣食无忧，就能让母亲过上幸福的晚年了。对于进入晚年的母亲，是否衣食无忧就是幸福了？作为人子，我们做得实在远远不够啊。

愧疚像屋子旁边的玉米叶子，伸出一张张尖利的叶子，不断地割锯我们底气不足的心，让我们在病中的母亲面前赧然。

后来，妻带着小儿也从娘家赶到了，远嫁外地的妹妹们也都陆续回到家了。家里人多了，人气旺了一些，母亲也比原先精神了一些，这样我就先行离家上班去了。

原先打算，到了10月20日星期五，我从工作的城市来宾开车回家看望母亲后，就将妻儿送回柳州——我所安家的城市。由于不断在路上奔波，我已经一个多月没有进自己的家了，在读高中的大儿子很久也顾不上，应该回家看一看了。可是不知怎么的，或许是老天爷冥冥中安排的吧，到了10月19日星期四这天，刚到中午，突然我就决定立即回老家。

后来事情的发展让我始料不及。回到家后，天色还早。看看天气不错，阳光明媚，空气清新，天色明亮，屋前架子上的冬瓜大部分叶子还是绿油油的，垂吊在瓜架下的冬瓜沉甸甸的，显得饱满而新鲜，在等待我们去摘取。近旁父亲利用一小块空地种植的秋玉米也已经成熟，几株辣椒果实累累，一片通红……置身在这样典型的秋收景象中的我们，哪里能预料到，我们很快就会失去母亲！

趁着天色好，我们决定给母亲洗一次澡。我将母亲背在身上，感到母亲的头无力地垂在我的背上，口涎洇在我的身上，是那么的冰凉。妹妹们替母亲洗完澡后，我又将她背回房间，感到母亲的头还是垂在我的背上。将母亲放到床上，我们就都走出房间。正聚在大门前，突然听到还在房间服侍母亲的二妹喊道，灯怎么黑了？大弟刚走进去修灯，就又匆匆跑出来，说，快，快进来！

于是我们全都跑进房间。床上，坐着的母亲呼吸急促，二妹正在替她捶背揉肩。这时，母亲挣扎着往枕头歪去。我赶紧伸手扶着她的脖子，将她轻轻往枕头一放，就听脸朝床侧里的母亲呼出一口粗重的大气，我知道不妙，赶紧将母亲的脸转过来。这时，我们看到，母亲只呼出了两口短促的气，就溘然长逝了。

含辛茹苦将我们养大的母亲，带着她六十七年来的所有梦想、所有的辛劳和所有的遗憾，就这样永远地离开了我们。

我轻轻地将母亲的头放到枕上，用手轻轻地抚着她渐渐凉下去的面颊，悲凄地对弟弟妹妹们说，我们的母亲，走了！这是2006年10月19日，农历丙戌年八月二十八日，下午六时二十五分。在这个秋光盈盈的时刻，在另一位母亲逝去不到一旬的时候，我，我们，永远失去了生养了我们的慈爱的生母！

闻讯赶来的婶婶、嫂嫂们及时制止了我们的悲泣。在她们的引领下，我们立刻进入了另一个仪式。我们被那种仪式感驱赶着，来不及悲伤。按照她们的吩咐，我们立即在厅堂里布置矮床，然后趁着母亲遗体尚温热，赶紧将她抬起，移到矮床上。之后为她换上寿衣，然后将母亲入殓了。

按照习俗，我将一直独自一人待在自己房间里的父亲带离家，安置到不远处的大弟家里。在这三天时间里，按照习俗，作为陪伴了他一生的老伴的丧礼，他是必须远离的。在所有人都全身心投入丧事中的时候，他却只能也必须置身事外，成为一个局外人。我不知道，我的父亲此刻的心里是怎样的一种心情。

守灵开始了。

这时还没有来客。只有我们兄妹和我们的孩子，还有就是族内的亲属们。来客是要到出殡的那个上午也就是第三天才来的，明天最多只有舅家来一些人。这样的守灵是冷清的，我知道，这样的冷清气氛其实是合乎情理的。我们的母亲寂寞远去，我们只能默默地为她守灵。而明天和后天的那些来客带来的热闹，已经不是母亲所需要的了。可是，在这寂寞冷清的守灵里，我们的守灵是母亲需要的吗？

第二天一早，按照当地壮族的习俗，作为长子，我必须亲自到舅家传达噩耗。我开着车，默默地行驶在通往母亲出生和长大的那个叫下李的村子的路上。我自小常跟母亲回外婆家，尽管多年不走了，但还是依稀记得路径的。外婆已经九十多岁，也已经不住在那个村子了。可那个村子是我母亲的出生地，是真正的外婆家，我必须到那里去。

车子穿行在茂密的甘蔗林间的沙土路上。我们这里是甘蔗产区，此时的甘蔗已经成熟了，连空气里都带了一些甜蜜的味道。我带着噩耗前去报信，却行驶在有着甜蜜气息的路上。这是一种怎样的反差啊！这大自然为何不能照顾我此时的心情，散发一些切合我此时心情的忧伤味道？

外婆家里只有一个表弟媳在，她代表外家接受了我带来的噩耗。一些应尽的告知之后，我就驱车离开了。可归途竟然不是来路，在一个叫古灯的村子，我竟然走岔了路。母亲的去世，竟让我找不到回家的路了。到了后来，我们将母亲送到墓地后，族人带着我们从另一条小路返回时，我才发觉，这次迷路，竟然暗合了这种习俗。

……

灵堂布置好了。挽幛上那大大的“奠”字和挽联是我含着泪水写就的。母亲用她的辛劳将我培养成一个有文化的人，而我的文化直接用来为母亲效劳的，竟然只是为她书写挽联！想到此，心中不禁百感交集，悲从中来。

舅家终于来人了，是舅舅带着表弟、表妹们来的。随着他们的到来，凄厉的哭声在压抑了一天之后终于裂帛而出。除了我们这些至亲为失去母亲而失声痛哭，那些妇女则开始用歌唱一般的声调哭诉她们现编的悲痛和思念，是谓“哭丧”。我知道母亲是不喜欢这一套的，然而，躺在棺材里的母亲已经没有办法拒绝这些事情了。现在操持这些的是活着的人，他们必须为活着的人着想，让活着的人能够充分表达所有要表达的意思。还不仅仅是这样啊，到了晚上，道公们一到，那些嘤嘤嗡嗡的祷词会围绕在母亲的身边，一出师公戏会在附近的地坪上开演，母亲的丧事就会真正进入那种仪式里了。

我们在灵柩两侧铺上席子，我们——母亲的子女及孙、侄们，按照男左女右的习惯分别端坐在两旁，为母亲守灵。今晚，是我们陪伴母亲在人世间的最后一个夜晚了。

道公们按照固有的程序，每过一段时间就到灵柩前舞弄一番。作为长子，我必须任由他们支使。他们敲着锣镲，嘴里念念有词，为母亲的亡灵进行超度。作为壮族人，壮师、壮欢我是听过的，可他们嘴里呢呢喃喃念的是什么，我竟然一个字都听不懂。后来我看到他们摆放在面前那古旧的歌书，才明白他们原来是用附近一个汉族村落所操的汉语方言在唱傩戏！母亲是地道的壮族人，目不识丁，汉语是不太会的。但由于在外的子女们成家后养育的后代操的都是汉语，因此，逼得母亲不得不勉为其难地学起汉语，磕磕巴巴地跟她的孙辈们交流。可母亲是生活在母语中的，也是在母语中逝去，在这样的祭祀中，那些汉语方言、那些傩戏，母亲，她听得懂吗？为此，我们只能对母亲说声对不起。

在深夜时分，我最为困乏的时候，道公们将我拉起，让我跟随一个道公，在瓜架附近，围着他们用几张小椅子摆设的“桥”周围，快速地东转西转。连续两个夜晚未曾合过眼，我的体力快要透支了，几乎要跌倒。但按照他们的说法，为了让母亲能够平安地过“桥”，顺利地到达“那边”，我强打精神听命于他们的支使。终于，在无数次的旋转之后，我终于挺住了压力，将母亲顺利送过“桥”去。我知道，母亲对这样的法事是深不以为然的，可是，我们只能按照习俗来行事了。

天亮了，天色依然很好。客人源源不断地来了，我们在灵前一次次地起身相迎。在客人们终于吃完饭之后，上午 11 时，我们的母亲就要起程远行了。

我捧起灵前的香火盆，舅家表弟替我撑伞。在道公们做完那一系列的法事之后，送灵开始了。我戴着用青竹篾编成、用白纸条缠裹成的孝帽走在前头，引领整个送葬的队伍，由着先头撒下的纸钱带路，将母亲带往墓地。在断断续续的鞭炮声和唢呐声中，我捧着香火，行走在我幼时拉着母亲的衣角走过无数次的村路上。过往走时尽管艰辛，但由于有母亲和父亲的呵护，我们艰辛的行走终于得以顺利进行。这些村路，尽管我很久不走了，两边的景物也已经不是当年记忆里的了，但我对它们的稔熟感并没有消失，物是人非也没有让我有什么陌生感。我知道通往墓地的路是怎么走的，但我还是必须按照路上纸钱的指引前往。

我走在我的村路上，走在母亲一生汗水滴落的村路上，将我的母亲引向她即将暂时的安葬地。我在舅家表弟雨伞的荫蔽下缓缓而行，我知道那是来自母亲家对我永久的庇护。我双手捧着香火，香烟袅袅，青烟不断地熏蒸着我的眼睛。我知道，我眼睛里的泪水不是因为它。不断掉落的香灰依然炽热，它落下，落在我裸露的手背、手腕、手臂上，将我的肉体炙烫着。我没有麻木，我能清晰地感到它们给我造成的辣痛。可我对这样的痛无动于衷，为母亲送行的使命使我变得如此坚强，这些肌肤之痛，又哪里抵得了我内心的痛！

在我的引导下，在兄弟姐妹及亲戚们的护送下，母亲终于来到了墓地。

墓地是一块平地。按照我们这里的习俗，村人老死后都先葬在这里，过了三五年，待肉身化完后，后人们才将其骨殖放入金坛，找一块好风水，将之永久安葬。

母亲的墓穴呈长方形，浅浅地坐落在墓地的北边上。它的东、北、西面是甘蔗林，南面是一片旧坟茔。母亲的墓穴边黄色的新土刺目地堆积着。我们站在墓穴边，目睹母亲的灵柩被缓缓地放进了墓穴。之后，我们就必须离开了。我走到母亲的墓穴边，看着墓穴里漆黑的灵柩，原先由于要操持丧事而被挤得满满的心随着母亲丧事的接近尾声突然被卸空了，那些东西一被卸下，我感觉整个心便如失去了支架的楼台一般，顿时垮了下来。我一下跪伏在地，双手抱住母亲的灵柩。我知道，我这一放手，黄土就会将母亲掩埋，她和我们之间，除了无尽的思念，在尘世里，我们，无法再跟母亲发生什么实质性的联系了。

我的眼泪夺眶而出，双眼顿时模糊了。这样的模糊让我再也看不到生养了我们的母亲那慈爱的面容，再也看不到她那高大而又微小的身影，再也看不到她枯涩的愁容和舒展的笑容了。我知道这样的模糊不是暂时的，它会一直陪伴着我，甚至可能会令我致盲。好在我记忆力良好，我们的母亲，在我们的视野里消失之后，还会永远在我们的心里清晰鲜明地活着！

后来，我们从另一条小路返回家里。之后，按照习俗，我们带上祭祀用品再往墓地，祭扫母亲的新坟。我们摆上祭品，沿着母亲坟茔的四周点上一圈香火，然后采来野菊花，摆放在母亲的坟前。作为一个女人，我想母亲也是喜欢鲜花的，但现实生活的严峻无法让母亲展现她爱花爱美的天性，她眼睛里关注得更多的是玉米和水稻的果实——尽管它们也有开花的时候——那是我们赖以活下去的粮食啊。母亲一生没有享受过鲜花，没有享受过鲜花盛开的生活的滋味。我们没能在母亲健在时给她献过一束鲜花，只能在她故去后，为她献上在落满她汗水的大地上盛开的野菊花，这是一种无奈，也是一种纪念吧。

在南方秋天的骄阳里，母亲坟上香烟袅袅。母亲选择在这样的好天气里故去，是要我们不必沉浸在无限的悲伤中吗？微风吹来，四周茂密的甘蔗林在飒飒地响着。已然成熟的甘蔗散发着甜蜜的气息，它让墓地四周的空气也氤氲了一丝丝淡淡的甜蜜。母亲啊，我们，我们生活里的甜蜜都是你给我们带来的，你自己却只能带着野菊花那略微苦涩的芬芳长眠地下。母亲，你安息吧，子孙们会好好地活着，让你的恩泽永远传扬下去。尽管你远去了，但在我们的心中，你永远活着。母亲，我们爱你！永远爱你！

母亲啊——

喑哑时光里的枯涩吟唱

一

在我的记忆里，当年的景象历历在目。我清楚地记得，那种声音，那种我从未听过的土俗而新奇的声音，是慢慢、慢慢地浮上来的。就像我们有时候在村前那条小河看到的一些情景。那河水平静而幽深，但不知何时，也不知何故，偶尔就会慢慢浮上来一根飘摇的水草。那根水草时沉时浮，时隐时现——就像那声音一样。

当时，我正和村里几个小伙伴在生产队那广袤无垠、蜿蜒起伏的花生地里忙活。

此时的花生地就像奶奶家里珍藏的那个小小的笸箩，丰盛得让我们简直无所适从。唧唧叫的蟋蟀藏匿在那个洞里，引诱我们用那长长的、毛茸茸的狗尾巴草去逗引它；肥硕的田鼠不时在茂密的花生棵里出没，引诱我们像猫一般四处搜寻……当然，在那个饥馑的年代，满地甜香的花生远比那些蟋蟀和田鼠更加诱人。

当我们开始对草钓蟋蟀、烟熏田鼠这些借口般的游戏有些厌倦的时候，埋藏在心底的真实目的就开始探头探脑了。我们知道，村里那位行将七十岁依然顽强地活着的老鳏夫正像一条忠实的看家狗一般警惕地看守着这片广袤的花生地。但他毕竟年纪过大，目力衰退，嗅觉退减，行动迟缓，他是永远赶不上我们的脚步的。因此，当我们在他嘶哑的警告声中逃遁出来，迅速转移到东面的几片处在丘陵里的花生地的时候，他已经南辕北辙地跑到西边那片更加广袤的花生地里去寻找我们了。

于是，我们几个伙伴便寻了一片稍微隐蔽的花生地，四散开来，像一只戏弄已经到手的老鼠的老猫一般，故意挑三拣四，寻找那些我们看得顺眼或看不顺眼的花生棵，意欲对它们进行有趣的攫取。

我寻到了一棵行将枯槁的、长着密密麻麻花针的花生棵。凭我的经验，那埋在泥土里的花针另一头的，就是我们丰硕的目的。

我弯下腰，用我那小小的、依然干净白嫩的手将四散的枝蔓收拢，然后将它们攥紧，手里暗暗用力，准备将它一拔而起……

就在此时，随着一阵热风，一种不曾听闻的声音从某个地方突然传来。我一惊，竖耳一听，那声音随着那阵风飘飘扬扬。这不寻常的声音让我未曾开蒙的心灵受到了一种前所未有的撩拨。此时世界上的所有声音全都消失了。我不由得放开那已经攥在手里的花生棵，站起身，抬起头，傻傻地听着那不知来处的声音。但很快，随着那声音的消失，满耳的聒噪声又响起。我以为刚才是我的幻听，正准备继续刚才的勾当。这时，另一阵热风吹来，带来的是一阵更为清晰的的声音。热风吹过，那声音又弱了，但没有断。片刻，又一阵风吹来，那声音又传来了，虽然依然断断续续，但声音已是越来越近，我甚至能够听出它是来自南边那道土红色的山梁。

那是什么样的声音呢？以我尚未开蒙的智力，实在分辨不出。我度过了几年混沌的童年时光，在记忆里我总觉得那是些喑哑的时光。在有限的经验里，我所听到的声音无非是猪叫、牛哞、鸡鸣，大自然的风声、雷声、雨声，人说话、读书、吵架的声音，这些都司空见惯、毫无新奇之处，唯一觉得新奇的就是在月朗风清的夜晚，村前两里路外的水管站那个叫老覃的水管员抱着他那台砖头大小的收音机来到村头，打开收音机给我们听。收音机的声音蛮好，大人们听得津津有味，可我们听不懂，就在四周打闹。等到那些话讲完了，就会有歌声传出来，这时我们才稍稍安静下来，听那些《东方红》《大海航行靠舵手》之类的歌。歌词我们也听不懂，但那声音与我们平时听腻了的声音十分不同，因此引起了我们的兴趣……而现在传进我耳朵的，跟那些收音机里的声音又特别不同。听起来似乎有些耳熟，但细细一想又确乎没有听过。

就是其中这些似乎耳熟的东西让我不由得沉入其中了。

那道土红色的山梁是我们村与邻村的分界。山梁那边是另一个村，这边是我们村。在我们这亚热带地区，到处林木葱郁、芳草连天，尤其是在这个生机勃勃的夏季。这道土红色山梁的四周都是肥美的野草，而独独这道山梁上光秃秃的，裸露着刺眼的土红色。尤其是中间的那条土路，更是寸草不生，一片死寂。

被汗水浸湿的眼睛有些迷糊，我用肮脏的手背擦了一下，又擦了一下，这样，那道山梁就清晰地出现在我的眼前了。

在正午的阳光下，那道山梁显得有些迷蒙。我看到阳光像透明、无色的火焰，腾腾地在那道山梁上燃动，使山梁上呈现水洼一样的一片亮汪汪（后来我才知道这种现象叫"日炎"）。就在那燃动越来越热烈的时候，那声音也在那种熠熠中越升越高。

随着越升越高的声音，一顶被阳光曝晒变得乌黑的草帽慢慢地浮了上来。那草帽浮得极其缓慢，那道山梁犹如一道土红色的水线，在不断压制着那顶草帽的上升。但那声音却越来越清晰，我甚至已经听出那声音是用壮话发出的一种吟唱，但显然那吟唱带了外地口音，不是我们这一带的，使我一下子无法听出他唱的是什么东西。

那声音很单调，就那么简单的几个腔调翻来覆去，反反复复，不断地铺排下去，周而复始。那调子称不上美妙，却有特异之处，每一句唱完后都带着一段逶迤起伏的尾音，可以任意拉长，跟我们听到的广播里那些雄壮的音乐大异其趣。那声音委婉、绵软，听了让人觉得有一种伤感。尤其是那些尾音被他故意拉得长长的，显得飘飘忽忽的（后来我才知道那叫颤音），让人担心他会不会将自己拉得断气。那种毫无来由的触动突然像一阵夹杂在热风里的凉飕飕，悄悄地从我灼热的皮肤慢慢地沁入心底，让我有一种说不出的忧伤。那不算美妙的、甚至可以说是单调的调子，使我犹如在梦幻里一般，四顾茫然，只有微风送来的飒飒松声让我有凌虚而去的感觉，不知此地何地，此时何时……

就在我引颈期待那顶缓慢上升的草帽、等待那个发出特异声音的外地人的脸浮上来的时候，一声断喝将我唤回了人间。我回头一望，那个花生地的守望者已经将我的两个伙伴揪住了，而且正在恐吓逃跑中的另外两个伙伴。回到现实的我感到了逼近的危险，尽管手里并没有任何赃物，但我还是依照本能的指引撒开了双腿。

那株丰收的花生逃离了我非法的掠夺，依然稳稳地活在地里，等待农人顺理成章的收割。

二

后来，我再没有机会看到那顶草帽下的人。就在他的脸行将浮上那道土红色的水线的时候，我被那突如其来的断喝给惊跑了。到了晚上，在生产队平时开会的村头的大香樟树下，几把干枯了的花生棵被作为赃物挂到了香樟树上，旁边的小黑板上赫然写着那几个小伙伴的名字和他们的劣迹。庆幸的是，那上面没有我的名字。

后来我知道，那个我不曾见过的外乡人嘴里发出的那种特别的吟唱，也可以说是一种歌唱。他吟唱的，是我们壮族的“师”。

可是自此以后很长一段时间，我没能再听到一次这样的“师”。那个让我幸运地免除了一次示众的外乡人成了我心底的一个秘密，那腾腾的火焰般的熠动，那水草一般浮动的草帽，那时断时续的吟唱，那种吟唱带来的淡淡的忧伤，在今后一段很长的时间里时常让我回想。

后来随着我的上学，那些熠动、那些浮动、那些吟唱渐渐地就从我的脑海里淡去了。我学会了唱歌，识简谱，不但会从有线广播里跟唱那些红歌，甚至会拿着老师的歌书学唱那些雄壮的歌。除了这些让未曾开嗓的我们可以敞开稚嫩的嗓音大声喊唱的革命歌曲，我已经完全忘记了开蒙之前曾经无意间为我挽回过一次名誉的“师”。

这样，我唱着革命歌曲到了高小阶段。那时，那几部电影样板戏如《白毛女》《红灯记》《智取威虎山》等让我们如痴如醉。尽管我们还听不懂那些唱腔和对白，但银幕上那些让人眼花缭乱的东西让我们过尽了眼瘾。毕竟，在我们贫穷的桂中农村，银幕上那些我们未曾看过甚至想都没有想到过的东西让我们眼界大开，那些咿咿呀呀的唱腔让我们觉得很新鲜。

但以壮语为主要语言的桂中农村的大多数人是看不懂那些样板戏的。后来，是我的高小语文老师韦国文先生改变了这一切。

韦国文先生是个异人。他高颧深目，顶上没有几根头发，头皮光亮，但却是满脸的胡楂。我们一直在猜他的头发是不是因为力气不够而爬不上头顶，只好滞留在他的脸上了。他每天将个脸刮得铁青，刮到发亮，这在我们这个地方甚为特别。他的经历更是异于常人。他是从北京的民族出版社被下放回来的，裤子笔挺，一双皮鞋锃亮，口音特别，普通话尤其讲得好。他的多才多艺让我们敬佩不已。他讲课自然是很好的，他叫我们将课本的一页竖到嘴巴前，教我们区分吐气和不吐气音。我记得他拿“套”和“道”做示范。在他说“套”的时候，竖在他嘴前的那页纸被吐出的浊气吹得突然向外一折——可我们受壮语影响过深，无论如何发不出那个“t”音，让他不断摇头，最后不得不放弃这个想法。他的另一个让我们佩服的本事，就是能将大字写得像书里印的一样。那年月流行用红漆将字写在高高的墙上。他架着用两把短梯接起来的长梯子，在我们学校那高高的山墙上写下了“高举毛泽东思想伟大旗帜奋勇前进”的血红大字。每个字都比我们大半个人还高。在我们看来，那字跟我们课本上的简直就是一模一样！

让我们想不到的是，有一天，校长在全校师生大会上宣布，我们学校准备排演“师”——就是师公戏，韦国文老师已经将剧本弄好了，欢迎大家积极报名参加。这个消息顿时让我们炸开了锅，那几个平时喜欢出风头的男女同学兴奋莫名，我们这些一向落后的小同学只有看的份。

经过紧张的排练，在一个晚上，师公戏《白毛女》就要上演了。闻此我们兴奋不已，放学后立即飞跑回家，赶紧偷工减料地帮大人做完家务，草草将两碗玉米粥扒拉进嘴巴，然后趁大人不注意，偷偷溜出家门，在村头跟预先约好的同学会合，再一起心急火燎地往三里路以外的学校奔去。

也不是没看过演出。县文艺队到我们这里演出过，我记得的除了唱歌（我们听不懂）、跳舞（我们也看不懂），还有一个节目是两个人站在那里斗嘴皮子（后来知道是相声），还有一个人脖子下夹着个东西像在锯木头（后来自然知道这就是小提琴演奏）……这些演出如果不是因为喜欢人多热闹，我们根本不会看。但师公戏全是用壮话演的，而且都是我们熟悉的人在演，这就足够引起我们的兴趣了。

我们来得实在太早。那些演员还躲在屋里往脸上涂涂抹抹。可对于正在学校操场前那座泥巴垒起的简陋舞台上忙活的老师来说，我们来得正是时候。于是，我们搬桌子、搬道具、挂幕布，给汽灯灌煤油、打气、点亮……等我们忙完，发觉舞台下的操场已经挤满了长凳短椅，黑压压的全是人头。等我们想起我们还没有位子、急忙进教室扛板凳的时候，才发觉教室里已空空如也。再回到操场上时，演出已经开始了。我们只好哭丧着脸，偷偷爬到操场边距离舞台很远的几株苦楝树上，猫在枝丫之间，大气不敢出，生怕巡夜的老师发现将我们撵下来。

那是我第一次看到真正的师公戏。当那些“嘣嘣咚咚”的开场锣停止之后，一阵似曾相识的声音传来——这就是多年前让我寻找不到自己的那种声音啊。原来，这就是“师”！那种声音让我激动莫名。猫在树上的我几乎忘记自己身在何处，差一点就掉了下来，多亏旁边另一个年龄稍微大一点的同伴将我拉了一下。

那是一场多么豪华的盛宴啊。在那个瑟缩的冬季，在万马齐喑的肃杀中，一场本该被列入“四旧”行列并被取缔的师公戏，在我的老师韦国文先生天才的变革下，以配合革命形势的良好面貌，横空而出，成为四乡里谁做梦都想不到的一席视听盛宴。那个晚上，我第一次亲耳清晰地听到了用我的母语演唱的“师”。我记得，在惨白的汽灯光照下，我的老师韦国文先生头戴一顶瓜皮帽，穿着无风也动的貌似豪华的戏服，脸上一片红一片紫的。我知道他演的是黄世仁。他一出场就让我们兴奋得两眼放光。他新奇的服饰、化了妆呈现出来的跟平时大不一样的陌生感、他在舞台上的那种夸张的形体动作，让我们这些不懂戏的小屁孩兴奋得不得了，佩服得五体投地。但他台上的动作并不太多，更多的时候是在用那咿咿呀呀的唱腔在唱。我们屏住气，一面目不转睛地看着台上所有人的一举一动，一面侧着耳朵倾听着不同演唱者的吟唱。说实话，韦国文老师的声音并不是很好听，就连我们这些没有什么音乐素养的人都能够听出他的声音有些枯涩——或许是多年抽劣质烟草的缘故？

但他的唱腔经过他自己的处理，显得与众不同，跟他的动作一样，一些适时的夸张让听的人全都叹服不已。饰演白毛女喜儿的是我们班的女同学卢兰秋。她年纪比我们大一些，身体发育得也比较早，人显得比我们大许多。她的脸上涂满鲜亮的油彩，显然比黄世仁那红红紫紫的颜色好看得多。她的动作循规蹈矩，没有韦老师的那种舒展，毫无新奇之处，声音倒是很好听。我们感兴趣的是她那根粗长的辫子。她一贯垂落在腰后的粗长辫子或许是老师看中她的理由。平时在上课时常常被我们悄悄绑在桌子脚上或悄悄撒上几颗苍耳子的那根辫子，此时，正随着她的演唱，一下被拉到胸前，一下被甩到背后，那根红色的头绳细得我们睁大了眼睛也看不到。到了最后，那辫子四散开来，变成了满头的白发——我们知道这一定是见多识广的韦老师变的魔术，可惜我们无法得知其中的奥秘……

那个晚上，留给我的记忆是如此的深刻。在演出结束时，黑压压的观众竟然很少人散去，我们正要从树上往下跳，但一看，树下面依然人挤人，我们便只好憋着一肚子玉米粥化成的尿水，像一只猴子般心急火燎般继续挂在树上。憋着尿，我们看到有不少人甚至跳上台去，跟演员们套近乎。可惜那时没有照相机，否则，那追星的场面，一定不会逊色于当今那些歌星的演唱会！

等到我们从树上滑下来，球场里还有不少人。他们自愿帮演员们拆台子，收拾道具。等我们将那脬长尿拉完，还有人不肯散去。但我们不能停留，还有三里夜路等着我们赶。一迈上通往我们村那黑乎乎的路，我们就慌了。这条路我们是太熟悉了，熟悉到它哪里有一个坟墓、哪里有一个小黑洞、哪里供着一处香火我们都了如指掌。我们出来迟了，大人们都已经走光。平时白天里编造的那些关于坟墓、黑洞的用来吓唬更小的小朋友的可怕故事，此刻都变成了吓唬我们自己的有效武器。但当我们壮着胆子战战兢兢地走了不到几百米，就不害怕了。我们听到了前面不远的地方传来了有些故意压制的不敢高声的唱师声。我们不但不害怕了，反而胆子更大了。我们沿着路边的田坎，悄悄往前挪动。终于发现，就在前面不远的一个小小的土丘旁，三五个本村的男女青年正相对唱师。虽然经过人为压制，但那种声音在冬夜萧瑟的风里还是显得动听而温暖。我们简直惊呆了。难道他们是天才，第一次听师就学会了唱？或许他们本来就会唱，只是趁这个时候才敢唱出来？我们搞不清楚。

他们唱的跟刚才舞台上的那些腔调是一样的，由于在旷野里，声音就显得有些飘忽，待我们走得更近一些，终于听出他们唱的都是些关于阿哥、阿妹的“流氓”师。这让我们找到了捣乱的理由。于是我们突然冲出去，在他们面前大喊“羞羞羞”。大哥哥、大姐姐们当时一定羞得无地自容，但心里一定甜蜜得像山岩里的野蜂蜜。当我们往村子里奔跑而去的时候，那种温暖的唱师声在身后又响了起来。显然，那声音已经全部放开了。没有了约束的声音在冬日的暗夜里传播开来，使萧萧的北风第一次变得不那么萧索和凄凉。

三

这是1974年冬季发生的事情。这个年代意味着什么，当年十二岁的我及与我同龄的伙伴们并不知道。

那个年代，读书不是主要目的，我们在学校的大部分时间用来学工学农，不是到山上割野草沤绿肥，就是到田里跟生产队社员学插秧，到地里学种玉米、花生。与其将时间浪费在无谓的“学习”上，不如利用这个时间到各地“潇洒”一番。于是，我们的老师韦国文在校长的同意下，时不时带着那个剧组云游四方。每到一个村庄，他们都得到最高的礼遇，群众自发杀鸡杀鸭，隆重地款待他们。演出时间，真是万人空巷。那面他亲自书写的“分界校师公队”的红旗，在那个冬天里成为一面最为耀眼的旗帜，骄傲地飘扬在红水河南岸这块沉闷而喑哑的土地上。

这些成功演出，竟然如星星之火一般，引燃了我们这一片原本死气沉沉的乡村的文化热潮。那个冬季，横空出世的师公戏犹如将一股活水灌入行将枯死的稻田一般，让这片死气沉沉的壮族山寨变得活泛起来。毫无心理准备的村民们似乎突然变得有文化起来。就像我们看到的电影《地道战》里表现的那样，在广阔、平坦的田畴上，突然就从地下冒出了千军万马。此时，我家乡这片处在红水河南岸微丘地带的文化荒漠，突然就从地底下冒出了多个大大小小的师公队。这些师公队像一些战地小分队，每到一地，就唤醒隐藏在地下的师公戏的散兵游勇，将他们尘封的记忆唤醒，顺带着也将他们尘封的唱本、蜂鼓、高边锣、“某某村师公队”褪色的红旗也扯了出来。

我就是这个时候接触到我的母语——壮语的文字的。在此以前，我以为我们的壮语没有文字。我们学校的师公戏一开场，犹如将一座满蓄的水库开闸了一般，放出了许多新鲜的、我们从来没有看到过的鱼。我以为我们村是个文盲般的村庄。因为爱好看书的我搜罗了全村，仅在有限的几家人家里获得为数不多的几本小说，什么《战斗的青春》《烈火金刚》之类。那几本书不够我看几天，处于极度阅读饥饿中的我自然判定了这个村庄的文化死亡。可是，在那个冬季里，我们村竟然也成立了师公队，平时看着沉默寡言、毫无文艺细胞的村人，在“嘣咚嘣”的锣鼓声中变成了另一个人。也不知道那些锣鼓他们是如何变出来的。那一头大、一头小，中间细腰、两头蒙皮的蜂鼓让我们觉得无比新奇。在一阵阵“嘣咚嘣、嘣咚嘣”的蜂鼓声中，他们踩惯了泥巴、粪土的黝黑的脚别扭而执拗地踩起了那些颤步、细步、蛙步、丁字步，僵硬的手指玩起了“三元指”“青蛙指”……在我们看来就像在耘田一般，可笑至极，哪里有我们韦国文老师的潇洒？但尽管如此，他们营造出的欢乐氛围却始终让我们沉浸其中。当我看到村里一位平时能掐会算的老人戴着一副断腿眼镜在煤油灯下顽强地盯着手中一个发黄的手抄本在给不断卡壳的“演员”提词的时候，我不禁凑上前去。在昏黄的灯光下，任我的眼睛睁成铜铃大，我高小水平的语文知识仍无法让我读懂那些缺胳膊少腿的文字。那老人嫌我挡了他的光，伸手将我拨过一边。顽强的天性和求知的渴望让我异乎寻常地顽固起来，我又从另一边挤了上去。目光随着他那粗糙的手指看去，渐渐地，在他的手指的指引下，演员们的同步吟唱帮助我将那些天书般的文字弄懂了七八成——这是我在这场文化热潮中的意外收获。可惜，由于多年的丢荒，那些天书我又统统还给了那些发黄的书页。

风起云涌般的师公队随处可见。韦国文老师后来又移植改编了几个本子，使得各个村的师公队有了现成的本子。这样，有时就出现一些有趣的冲突。由于师公队太多，各个村子排来排去，有时候一不小心，排错了，或者是有些师公队不请自来，于是，某个村子一个晚上就有两个师公队到来，到来了就不好撵走了。于是，一个师公队在村头，另一个就在村尾，各自开演。这样就很好玩了，不仅是小孩子，就是一些大人，也是村头村尾两头跑，同时看两场演出，那种经历恐怕很少人有，那种奇妙的感觉实在特别。

四

现在，我站在离我的师公戏的故乡不远的红水河北岸，回望那些逝去的岁月。我似乎看到了当年那一幕幕的师公戏在我的眼前上演。可惜，它只是像当年那道土红色的山梁上那熠熠的闪动，我无法看清楚它的细节。

后来，我离开家乡，到外地求学。随着学业的深入和形势的发展，我有了一些回头看的能力。这才发觉，在师公戏突然又盛行的 1974 年、1975 年，当时中国处于怎样的一个文化荒漠。在偏远的红水河南岸那偏远的桂中农村，竟然在一片文化荒漠中涌现出师公戏这样一朵旧土上开出的新花，实在让人惊奇。我的故乡处在红水河的南岸，一般来说，河的南岸总比北岸落寞一些，荒凉一些，贫瘠一些，落后一些。我家乡的南岸也是如此，多年来，它的经济、文化都落在北岸的后面。可在我的眼里，它在 1974 年的那个冬天以后，就以一种全新的指标超越了富裕（程度较低的富裕）的北岸。它以破旧立新的师公戏引领了全县文化的新时尚。

从北京被下放回来的韦国文老师，何以能够在那种万马齐喑的形势下，在专制的夹缝中将师公戏旧瓶装新酒，将其改头换面推出来，实在让很多人不可思议。但在偏远的桂中农村，绝大多数农人并不知道什么政治运动，他们能够看到好玩、适合自己的师公戏，就满足了，他们不会去想它是如何不合时宜的。或许，就是这样的心态，才给了韦国文老师得以施展才华的天地。

后来——是我离开家乡多年以后的后来了——1979 年，韦国文老师得到平反，恢复了工作，调到县文化馆工作了。他在文化馆的主要工作，大概就是整理师公戏。后来，就是借助他整理的一些文字资料，我才知道了师公戏的来龙去脉。

大约清康熙年间，师公戏开始传入我的家乡，迄今已有三百多年历史。旧时，在我县的红水河以南十多个乡的壮族村，几乎每个村都有师公队。这些师公队带有浓厚的迷信、宗教色彩，主要用于娱神。每逢村里有祭祀、立庙、安龙打醮，这些师公队都要到场，用他们原生态的表演给精神和物质同样贫乏的乡亲们带来一些苦中之乐。到“文革”时，也就是我记事的时候，师公戏被作为“四旧”彻底取缔。难怪，在师公戏盛行的吾乡，在我的成长年代，竟然不知道师公戏为何物。

师公戏使用的唱腔分“七言师腔”和“五言欢腔”两大类。“师腔”有“高音师腔”“哭腔”“悲腔”“平腔”“快腔”等，“欢腔”则有“欢咧”“勒脚欢”“高音欢”等。后来，在看了多遍师公戏之后，我自己揣摩出，那道土红色山梁上随着那顶草帽浮上来的吟唱，一定就是师腔中的“悲调”！这些声腔曲调大多都以唱词的自然音节和强弱轻重的变化作为节奏基础，以唱词的音调、韵律作为曲调的基础，唱起来与朗诵时的腔调差不多，简直就是吟和唱的结合。只要母语是壮语的人，一听就懂，一听就能体会出其中那些只有壮族人才能体会出来的微妙——难怪它一下子就将骨子里多愁善感的我给打动了。

此刻，我似乎看到有着一副异人相的我的老师韦国文先生正在苦心孤诣地侍弄他的师公戏。在来宾县文化馆一间简陋的办公室里，在暗淡的灯光下，面色黝黑的韦国文先生坐在一张老旧的原色的办公桌前——那上面堆满了无数的故纸新页，那都是他精心搜集来的宝贝啊。在一本《广西地方戏曲史料汇编》的书中，我清晰地看到了韦老师是如何在黄卷青灯中殚精竭虑地搜集整理师公戏的史料的情景，领略了他作为壮族师公戏研究权威的人文魅力。他整理、搜集的师公戏史料有多少，我不得而知，但仅通过该书中他撰写的《来宾县戏曲史料》一章，就可知道他是在占有大量史料的基础上才写出这一章节的。我知道他编过很多师公戏，写过多篇关于师公戏的论文，为壮族师公戏成为自治区级非物质文化遗产打下了坚实的基础，为师公戏这一壮族最为辉煌的文化现象成为人类文化记忆中的一部分立下了汗马功劳——而这些，都是我原先所不知道的。

1977 年，我离开家乡到公社读高中去了。繁忙的学业以及学校远离村镇的地理环境让我渐渐忘掉了师公戏。是我高二的时候吧，某一天，下午临放学时，听到同学在兴奋地说着附近公社粮所买回了一台电视机。听到这个消息，我们兴奋得赶紧将那寡淡的米饭一股脑儿地扒拉进嘴巴，然后立即赶往数百米外的粮所。在粮所一间狭窄的办公室里，已经挤满了人。后到的我踮起脚尖，伸长脖子，透过密密匝匝的人头，看到前方一张高桌子上垫了一张高凳，高凳上面摆放了一台小小的四四方方的机器。这就是所谓的电视机？在这个小小的方框里正要播出的据说就是如雷贯耳的电影——《刘三姐》。

《刘三姐》！我是知道这个刘三姐的。在我搜罗到的那些小说中，就夹杂有一本封面上印着一个圆脸盘姑娘的《刘三姐》的彩调剧剧本。我曾经如获至宝地将这本书从头到尾读了无数遍，当时心里甚至存了将此书据为己有的念头。那些优美的歌句让我大开眼界，遗憾的是那歌只有词，没有曲谱，使我无法领略它的韵律。而今，这个小小的四方盒子就要让我遂愿了。于是，我利用自己身体瘦小的优势奋力往里面挤，终于在众人一片挞伐声中挤到前面，占据了一个有利的位置。

在摇摇曳曳的画面中，“刘三姐”那三个大字终于抖抖索索地闪了出来。终于开始了。我一面看着电视，一面回忆着我所看过的剧本。但看着看着，就发觉两者完全不是一回事。正疑惑间，那些优美的唱段已经响彻整个粮所。尽管由于信号的问题，我们无法看清楚四方框里人物的面目，但不断推进的情节伴随着一段段优美的唱段，已经让我们如醉如痴了，哪里还顾得上它们的合与不合？这个当然比我们的师公戏好看了不知多少倍。从此，我们就像一群忘恩负义的小人，开始迷恋刚刚出现的录音机、电视机之类的新奇玩意儿，尤其迷恋里面播出的东西，脑子里完全没有了曾经带给我们无上欢乐的师公戏。我在读高中的两年，在村公社所在地，没有看过一场师公戏。到底是因为没有师公戏的演出，还是我们不屑于去看，我已经记不得了。

然而，师公戏并没有因为我们不留意它就不存在。此时及以后一段相当长的时间里，我的老师韦国文先生都在为师公戏奔忙着，县里也在为师公戏的振兴努力着，县里甚至多次举行师公戏调演，成立专业的师公戏演出团体，举办师公戏改革学习班……韦国文老师将更多的精力投入师公戏的创作、移植、改编中。20 世纪 80 年代初期的一天，他带着演出队到良江公社的草凌大队演出。当晚，演的正是他精心改编的一出师公戏《五子图》。这个戏说的是一个早年丧偶的母亲含辛茹苦将五个儿子养大成人之后，自己却被五个儿子抛弃的故事。当演员演到老婆婆身陷困境、落到沿路讨饭的地步时，她在行腔中用悲调来演唱。那悲腔如哭如泣，如怨如诉，唱到悲痛时，场内只看到一片泪光闪烁，只听到一片抽泣凝噎。此时的观众已经被感动得分不出戏内戏外了，纷纷跑到场内将羞涩的囊中仅有的一些钱丢进“老婆婆”乞讨用的破碗中……演出结束一清点，破碗中竟然收有八十多元钱！而当晚的票价，仅仅是每张五分钱。

这些，都是在我视线所不及的地方进行的。其时，我已经离开家乡，到外地读书、工作去了。从此我告别母语，操着一腔非母语为自己的生活和前程打拼，师公戏，已经远远地离开了我。有时借着放假、过节回到故乡，村子里无数的砖房代替了昔日的泥房，电视接收天线像一个倾斜的煮潲水的大锅般倨傲地盘踞在房顶上，不动声色地宣告：我故乡的人民的物质、文化生活已经与时俱进，可以跟大都市的人民一样同步收看到所有最时髦、最前卫的节目了。就是那大名鼎鼎的、被称为最具壮族特色的电影《刘三姐》，里面的歌曲如《山歌好比春江水》等也被众多演唱者加入流行元素，演化成了流行歌曲。这时，谁也不会再想到师公戏。那些在乡村简陋的舞台上走着颤步、细部、蛙步、丁字步，故意扯着嗓子将声音抬高或故意憋着气将一个唱腔拉扯得长长的以制造戏剧性效果的准明星，早已经怀抱着孙子、孙女坐在电视机前津津有味地听那些港台歌星唱流行歌曲了。他们那些关于师公戏的记忆，是不是都已经淡忘了呢？

此时我的故乡，不知不觉间，又一次将师公戏束之高阁。对于这样的结果，不知道在九泉之下的韦国文先生知道了会做何感想？

去年年中的某一天，我沿着一条不熟悉的乡路，赶往我小时候熟悉、但如今已经颇为陌生的地方，为我九十多岁的外婆送葬。在那个叫上李的村庄，村人们及四方赶来奔丧的亲戚们挤在外婆的房子周围。在给外婆上完香后，我退出灵房，突然在嘈杂的声音里听到一阵锣鼓声。锣鼓声之后，便是一阵隐隐约约的吟唱声。我看到旁边不远处搭着一个帐篷，声音就是从那里传出来的。待我走近，方知道是请来的师公队在唱师。在不少人的簇拥下，那个师公队全副武装，音响、各种电声乐器一应俱全，几个演员涂脂抹粉的脸上是一派大明星的神气，那种舞台上舍我其谁的神色说明他们自我感觉良好。他们的演唱全靠电的帮忙。在嘈杂的电流声以及电声乐器乱七八糟毫无章法的伴奏声中，他们夸张、造作的表情和表演让人觉得肉皮一阵阵发麻，他们那干涩的声音像一根根硬钝的竹签，不时猛刺进人的耳朵中。师公戏沦落至这个地步，让悲伤中的我感到一种无奈的悲凉。

只是，当准备起灵时，一个头上缠了白帕的女子跪在灵前，先是用“悲腔”唱了一会儿，然后用“哭腔”演绎出一种伤心欲绝的氛围时，我才感到一些师公戏的味道。我知道那女子的哭腔是如此的虚假，但她用那带着外地口音的壮话将那哭腔的拖腔拖得如此之长，在拖长之中利用她娴熟的颤音技巧将那悲伤的尾音演绎得简直就是如泣如诉，多少也掩盖了一些虚假，这样，就让我忽然记忆起当年听到的那道山梁上的吟唱。

我悲伤地知道，我的师公戏，如今又回到了从前，大概只有在红白喜事中才能听到了。师公戏从娱神而起，然后演变到娱人，才有了它广泛存在的基础，才有了它由星星之火变成燎原大火的曾经的辉煌。可是，若干年之后，我竟然只能在它初起时候所在的娱神之所才能看到它了，这是一个怎样的轮回啊！

此刻，我坐在红水河北岸的一间陋室里，让视线再次穿越岁月的迷雾，注视着隔岸的灯火。现在，我离生养我的故乡并不很远，隔岸灯火那一头的不远处，就是我自小生长的地方。但是，我知道，我已经是一个远离故乡的游子。在为生计奔波之中，在得到故乡不能给予我的很多实际利益的过程中，我在精神上已经远离她了。在我，故乡已经只是一些记忆了。师公戏的式微只是我的故乡在现代生活记忆中的某种淡化，实在比不得实实在在的、每日饿狗一样撵着我们不停向前、需要我们付出更多心血的现实生活的追赶要紧。我的母语让我成为一个具有语言能力的完整的人，但它无法成就我作为一个人的完整的一生。因此，我不得不像目下我众多的、不得不纷纷逃离乡土的乡人一般，离开它、淡化它、舍弃它，而半路出家般捡拾起另一种跟母语截然不同的生疏的语言，这样我才能确保我能比较完满、比较充实地度过我的一生。母语尚且如此，更遑论源于母语的、在实实在在的生活中只能起到一些装饰作用的师公戏？只是我不明白，一些存在为什么非要以一些消亡为前提？

可尽管如此，岁月的流逝和生活的磨砺无论如何也删不去那些已经融进了我骨子里的记忆，包括那个夏天。此刻，那道土红色山梁还在我眼前熠熠闪动，那段在喑哑时光里突如其来打动我的“悲腔”还在我耳边萦回不绝。

熟食时代的茹毛饮血

在我们桂地，“茹毛饮血”这个词不见得就是个贬义词。

见到这个词，你脑子里涌出的可能就是“原始、野蛮、愚昧”这类字眼。

可那只是你的想法。

在我们桂地的一些少数民族地区，你能够请客人“茹毛饮血”一次，一来说明你这个人好客，否则你不可能这么浪费；二来说明你这个人有本事，居然能够请客人来这么一次；三来说明你这个人……你这个人不够朋友，为什么只有这么一次？

是的，这样的盛宴很难碰上，能有一次就已经很不错了。

这样的盛宴，是真真正正的盛宴。这种在现代生活方式下已不可能享受到的生活别味，在众人眼中完全是一种不符合当代饮食卫生要求的野蛮行径。而在另一个生活系统里，却是皇宫里的御食，不是一般人想吃就可以吃的，即使你有大钱，也不一定能够买得来吃。

在古风尚存的桂北某县，那里的侗族人就疏离于现代生活系统。他们异于他人的，民族学家们从他们独特的语言、服饰、居住环境、生活习俗、民族心理上都做了十分认真细致的考究，也得出了让人信服的结论。可我认为，连篇累牍的论文所论证的那些结论，显然不及一餐饭得出的结论那么直截了当，那么令人诚服。

很好，让我引领你们深入侗族人的餐桌。

酸。“侗不离酸”，这句话高度概括了侗人的饮食文化。在每一个侗人家里，不管是蜗居僻远的乡村还是住在相对繁华的县城，在床底、屋角或者火塘边，都排列着大大小小的瓦坛，少的有五六个，多的有十多个。没错，这些坛子就是酸坛，里面腌制的是各种各样的酸。这酸的原料可以是姜，可以是蒜，可以是芥菜、白菜等蔬菜，但这都只是一般的酸，家常用的佐餐料。侗家著名的“三酸”是酸肉、酸鱼、酸鸭。都是生腌。腌制的过程我们没有必要去探求，我们只要知道它们有别于一般的醋、醋精之类的东西就行了。要知道，只有家里来了贵客，这“三酸”中的一酸才会在餐桌上偶露峥嵘。其功用大约相当于大众待客时的杀猪宰羊。

这就是酸了。可是我们这里主要不是说酸。我们说酸只是要为我们说的“茹毛饮血”做铺垫。

就说到“茹毛饮血”了。

首先，这里的人普遍喜吃生的东西。比如鱼腥草的根、茎、叶，洗净后切段，拌上盐、生茶油，就是一道美味的凉菜……这里不说那些草本的凉菜，单说侗人喜食，不，嗜食的鱼生。

鱼生当然不是生鱼。生鱼是不能吃的，生鱼身上的肉是可以吃的。那生鱼身上被剔下来的肉片就叫鱼生。

一般取的都是洁净的河水里天然长大的野生鱼，再不济也要是没有多少污染的大水库里的鱼，都是那些青鱼、竹鱼、草鱼、三角鲤等肉厚的新鲜活鱼。宰杀时先放血，将血全部排净，用纱纸将血污、黏液等全部吸干，然后去鳞、去骨，用极薄的利刀将鱼肉片成纸一般厚薄，将之摆放在铺了纱纸的碟子里。若是刀功好的师傅，碟子里摆放的就不是鱼片，而是一只只展着透明翅膀的蝴蝶，是艺术品了！到了这个时候，鱼肉已经不是鱼肉了，已经变成了清澈透明的鱼生。在饭桌上，一定有无数的小碗盛了油、盐、酱、醋、糖以及薄荷、紫苏、鱼香蓼、鱼腥草、葱末、蒜泥、辣椒末之类的东西，当然，少不了酸坛里的酸水。据说最好的酸水是将淘米水装入瓦坛中，将瓦坛搁到终年不灭的火塘边，把火的温暖持续不断地输送到瓦坛里，为淘米水加温。那温暖的炭火让坛中的淘米水终年保持恒定的低温，使其慢慢发酵、变酸。天长日久，那坛中的淘米水就渐渐发酵成了独特的酸水，温润爽口，而且据说可以杀菌、消毒。这样的酸水似乎专为吃鱼生而制成。你可以将这些配料和鱼生片全部搅拌在一起，也可以将几片鱼肉夹到自己的碗里，将那些配料随心所欲地搭配，然后就可以美美地品尝了。那鱼是十分新鲜的鱼，健康、自由地在洁净的水里生长，肉质鲜嫩、口感纯正，绝没有任何腥味。那种入口即化的鲜嫩，加上一杯侗家米酒，实在让人口涎不断……可惜，看起来摊了七八碟的鱼生片很快就没有了。口涎不断又如何？用它佐饭吧。

这是鱼生。更大胆的是肉生了。我在著名的程阳风雨桥的附近，曾经战战兢兢地尝试了一口。那是一个中午，我因工作关系来到林溪乡，在一个寨子里，几个乡干部和一群村干部正在学校的课室里喝酒，见到我们，十分热情地相邀入席。席是用几张课桌拼成，四周坐了一长溜的人，我们几个落座后，就更拥挤了。桌上除了个人的碗（酒碗）筷，就是几个大铝盆。盆里是一些乱七八糟的东西，我夹了一块，发觉是牛杂之类的东西，用一些姜叶混着炒，味道确实不错（后来，才知道，那“牛杂”是牛的胎盘）。乡里一个副乡长先敬了我一碗自酿的米酒，然后将另外一个小铝盆里的东西夹了一片到我碗里，说，好东西，肉生，吃！

一听说是肉生，我怔了一下。再看碗里那片东西，油亮，半透明，裹了一些什么东西。那些乡干部和村干部都望着我，我知道这一口我必须吃下。好在平时本人对这些稀奇古怪的东西也常常有尝鲜的好奇，因此，一筷子夹了，塞进嘴里。一嚼，满嘴的油，有些生肉的味道，可它竟然还有一种奇异的香味。好不容易吞下后，我赶紧喝了一口米酒，又喝了一口米酒，好不容易才将那种味道吞干净。当副乡长再次夹起一大筷子的肉生给我的时候，我赶紧将碗挪开。我是不能再吃这肉生了，尽管它没有传说中的那么可怕。

可下面将要推出的菜式却是我喜欢的。如果我说出它的俗名，恐怕很多人会立即肠胃痉挛，有饭吐饭，无饭干呕，所以我只好说它的雅称了。它叫

“百草汤”，其原料来源相当可疑。据说是取了牛（羊）肚子里相当于猪粉肠部分的内容物或牛（羊）本身胃里刚刚反刍过、尚未来得及消化的内容物，怎么过滤怎么煮沸沉淀后备用等，反正我也说不明白。弄好后，将之置于火锅中，配以辣椒、芹菜、大蒜等配料，煮沸，这时会散发出一种不雅的味道。这种味道有过农村生活经历的人一定十分熟悉。每当早晨，将圈了一夜的牛被赶出牛圈，那牛伸展之后一定会翘起尾巴，然后就会从某个穴道里排出一团团稀稠的青褐色的半流体——不错，这个半流体的味道就是我们面前这锅准备进食的美味的味道。这个味道必须忽略，如果谁不能忽略，那他就没有办法享受这道人间美味了。然后往锅中放入牛肚、牛肠、牛肉什么的，每人连汤带肉一起舀入各自的碗中，就可以尽情品尝了。说实话，牛杂的味道就那么回事，重要的是汤。那汤红红绿绿黄黄的，表面上浮动着一些可疑物，闻着味道不对，但喝到嘴里，那略带苦辣的浓厚味道一进入肚，就觉得肠胃十分舒服。往往是，整桌子最终能够吃完的菜就是它。我也喜欢吃它。我记得我和它第一次亲密接触是在一个叫小角楼的木楼里。上到二楼时，那种不雅的味道和米酒的味道混在一起，让我觉得有些恶心。但既然事前已经说了是来吃这道名菜的，也就做好了足够的思想准备，于是强忍着恶心进到那简陋的包间。菜上来后，看着那游弋在沸腾的水面上糊糊涂涂的一大堆漂浮物，立即就唤起我小时候农村生活中的诸多记忆，尤其是忆起做牧童时节跟在牛身后惯常闻到的那些气味。眼前不断蒸腾进入我的鼻孔的，就是那些深入骨髓的味道啊。于是我感到既亲切又陌生，心中涌起一种说不清、道不明的感觉，真是五味杂陈，让我一时有些恍惚。同伴见我端着筷子发呆，便故意做出一副大快朵颐的样子，端着碗大口喝了起来。经过激烈的思想斗争，我终于将筷子探到锅里，夹起一小丁牛肚，闭着眼睛往嘴里塞。还好，那淡淡的牛屎味在我的强力咀嚼下被肉香和特殊的味道驱逐了，我终于咽下了这第一口。心理障碍一旦突破，就没有什么可以阻挡的了。往下的事情就简单了。那次我吃了两碗牛杂，只是那些汤汤水水一时还没有胆量喝。到了第二餐，我就敢于用那汤水泡饭吃了。第三餐，没有这道菜我就不动筷子了。

更精彩的是紫血。本来，在侗族村寨，平时是不轻易杀一头猪的。现在好不容易杀了，自然是很隆重的事情，是要邀请寨子里德高望重的老人来吃饭的。要款待老人，除了上面说到的“三酸”，还必须整庖汤和紫血。庖汤容易，取那猪肝、粉肠什么的，在滚汤里一煮，就是了。可紫血不那么容易弄。我也弄不清楚是怎么弄的，反正弄成后，装在盘子里，瘦肉、猪下水什么的，赤橙黄绿紫的，尤以紫色和红色为最。这紫红的东西自然是猪红（就是猪血），紫的是血块的表皮，是被热汤烫成的吧？红色的干脆就是鲜血了。这猪红据说是杀猪时专门从猪心脏里取的（那东西确实不多），很难弄得到的。那血确乎不同，含在嘴里，只有微微的甜腥味，但那鲜嫩的感觉却是一般人体会不到的。因此，吃这紫血就很隆重了。我有幸吃过，自然也被村人很是敬重了一回。

我本不是侗人，也不自小在侗族地区生活，只是一个成年之后有幸到侗族地区工作几年的外地人。显然，以我的肠胃系统、味觉系统以及所有能够接受食物或其养分的系统，是不可能和侗人“茹毛饮血”的饮食习惯相适应的。可是，在侗族地区工作的几年，除了酸鱼酸肉酸鸭这“三酸”不太能接受（不是不能吃，只是不十分喜欢吃而已），什么鱼生、百草汤、紫血都能吃得津津有味，百吃不厌！难道我真的还具有原始人那强健的肠胃，能够消化这些五花八门的食物？而我的身体，也还能成为一具生食或半生食体系下的消化机器？

知道我在“茹毛饮血”，许多读者可能会为我担心，很多医学专家肯定也在为我的愚昧无知和冥顽不化而痛心不已，可能还会有许多社会学家对我还沉醉在原始社会的“茹毛饮血”中不能自拔而痛心疾首。当然，对此我是能够理解的。可我肚子里的饕餮之虫敌不过那特别的味道的吸引，它放纵了我，我还能违逆它吗？在现代医学范畴中，有一种“异常食欲”之说，当人体内缺乏某种维生素或矿物质时导致的生理自发调控，令人特别想吃某些特定的食物。有一些人贪食如我者，大概就是属于这一类吧，但他们的“异常食欲”——也就是胡吃乱喝的行为恐怕不是因为体内缺乏某种维生素和矿物质所致，恐怕还是受那些残存记忆驱使的吧。

我不知道食熟和食生是不是就是文明和野蛮的分野。在我们人类的远古时代，我们的祖先不知道什么叫熟食。他们用手中简陋的石器，将猎捕到的食物就地切割开，那些带着淋漓鲜血的生肉就是他们赖以生存的美味。这些美味又转化成身体的养分，滋养着我们人类祖先尚不怎么精细的身体，从而慢慢完成人的进化。后来，有个好事者叫谁人氏（为了纪念这位先人，后人在饱餐了熟食的美味之后为其取名燧人氏。为尊重起见，我们也从众叫他燧人氏吧，下同），在饱餐了一顿麋鹿的鲜肉后坐在一段枯木上无所事事，就顺手捡起一块尖石，在那枯干的木头上钻着玩。钻着钻着，那木头竟然冒出火星来，将旁边一堆艾绒点燃了——这就是人类用火的由来吧？燧人氏不知道这红色的精灵到底是什么，于是他将自己长满黑色毛发的手伸进去抓那火焰，不料被燎了一下，痛得他龇牙咧嘴。于是，具有原始探索精神的燧人氏将吃剩丢在脚边的一块麋鹿骨头扔进火里，那骨头在火焰的炙烤中发出一种奇异的香味，让燧人氏猛抽鼻子。这时，那香味像一条蛇，钻进他的心里就不肯出来了。于是，他保留了火种，每当捕获回猎物，他会将他的那一份丢进火里……在他的带领下，广大原始人都纷纷投入到饮食革命的热潮当中，从此开始了人类的熟食时代。于是，熟食就一直流传到了今天。

本来，在火的发现之前，整个人类都处于自然饮食阶段。当时“未有火化，食草木之实、鸟兽之肉，饮其血，茹其毛”（见《礼记·礼运》篇），这是彼时人类的普遍习性。这样的习性跟“鸟兽”的习性其实是一样的。但因为有了火，人类开始迈入熟食时代。熟食成为人类与“鸟兽”的分水岭，两者有了质的区别，人就真正成为人。不错，火的获得让人类文明得到了划时代的发展。人类的饮食也由此开始进入了“文化”阶段。

据考证，人类饮食文化的发展进程是这样的。初始，因为只有火，所以食物直接就丢进火里，自然就先有“烤”；吃腻歪了烧烤之后就挖空心思想着（就是“研究”了吧）变换口味。烧烤毕竟热气，需要喝的东西，于是就发明了“煮”；之后觉得煮的味道寡淡，然后就掌握了“蒸”，蒸的东西没有烧烤热气，也没有水煮寡淡，味道自然很好接受；发展到最后精通了“炒”。炒的味道就强多了，那才叫作真正的可口。伴随着这些技法的出现，各种加工工具也就不断出现了，如古代的鼎、鬲、釜、甑，现代的锅、煲、烤炉等诸如此类的东西。烹饪技法的不断精湛和烹饪工具的不断创新、发明，也就渐渐形成了各个不同的菜系，让人类在饮食上不断追求食不厌精的愿望得到了最大限度的满足。

如今，人类文明已经进入 21 世纪，在思想上，已经是十分自由、民主、开放了，在对客观事物的科学认识上已经达到了前所未有的高度，在对主流观念以外的思想也都能够做到兼收并蓄。在这些重大问题上，现代人的观念毫无疑问已经做到了与时俱进。可在“食色，性也”这个重大命题中排在首位的“食”上，思想上高度自由民主开放的现代人却揣着食不厌精的最高饮食法则，对着这形而下的东西表现出十足的封闭、固执和独裁，只能容纳和接受符合主流（熟食）观念的饮食方式。随着工业革命的到来，人类科技发展突飞猛进、日新月异，对饮食的认识也进入了一个相对理性的时代。自1810年发现第一种氨基酸，到1912年发现第一种维生素，直到20世纪中叶，人类已经发现了许多维生素、氨基酸和矿物质。现代营养学认为，碳水化合物、蛋白质（由氨基酸构成）、脂肪、矿物质、维生素、水，是人体健康所必需的物质，而且这六种营养素全部都需要从食物中摄取。因此，科学知识对作为“美食”的食物的处置上就显得驾轻就熟了。科学知识能轻易分析某一食物中蕴含了多少毫克的铁、多少毫克的钙、多少毫克的锌，等等。而科学分析的结果就只剩下了那些冷冰冰的金属分子，就像小时候还不擅炊事的我们背着大人手忙脚乱偷炒黄豆炒得过火，锅头里留下的是那黑乎乎的炭头一般。西洋镜一戳穿，食物的本质就原形毕露了——看看，原来，我们享用的众多的美味食物，水也不是水了，肉也不是肉了，竟然都变成了燧人氏所不知道的维生素、氨基酸以及硬邦邦、冷冰冰的铁什么的了。这跟我们说的美食相距何止千里万里？发达的科学技术，对食物的唯一功用恐怕就是折腾，不断地折腾，各种不同的食物在各种“科学配方”的指导下被肢解、分化，被重新排列组合。按理说，任一种食物，地球人分散各地，饮食方式有别，因此，在利用各种不同的器具、不同的原料、不同的方法、不同的配方烹制出来的食物应该是花样百出、名目繁多的。可花样百出是百出矣，名目繁多是繁多矣，万变不离其宗，都是经过形形色色的现代化炊器的热能加工，都变成了主流美食——熟食。

按照现代美学家、科学家等人的观念，这些热能加工出来的物品就是符合卫生饮食要求、能够最大限度地满足现代人类文明的躯体的各种营养需求的美食了。可是，按照柏拉图的说法，食物的“生产有两种，一种是神的生产，一种是人的生产”（见柏拉图《智者篇》）。天生天养的食物，就是神的生产的结果。天生是浊物的人能够吃到那些“神生产”的食物，不就是享受到了神的待遇吗？可这些“神的生产”到了现代人这里，就变成了“人的生产”，概莫能外地就异化为生产线上铁、钙、锌这些金属元素的排列组合，具有了工业化社会一切产品的特质。看来，人类的“吃”并不只是进食、咀嚼、咽下、消化、吸收、排泄这么简单的一个过程，正如被称为“人”的这个东西也不只是一撇一捺那么简单。

可是，这个熟食时代通过隔着层层金属或其他质地的器皿，通过热能（只是热能，已经不是火了，更不是燧人氏当年钻木取出的那种真正意义上的火了）加工的食物是不是就是我们这个文明社会应该的、必然的、不可更替的主流饮食呢？人的肠胃在生食时代和熟食时代的结构有什么区别，它们各自分泌的胃液是否已经因为年代的久远而变得截然不同呢？生食时代的肠胃能够随意地消化那些冰冷的食物，而熟食时代的肠胃为什么只是碰到稍微有些反抗能力的生食就一败涂地了呢？仅从消化能力来看，如果比较起来，生食时代的肠胃应该能够消化熟食时代才会产生的钢铁！而在熟食时代，我们的肠胃几乎蜕变为一副需要重点保护的名贵器官——这器官就像娇气女子那敏感而脆弱的心，常常会莫名其妙地出现这样或那样的问题，需要加倍细心地照护。于是，各种名贵胃肠药就被生产出来了，这些药品给予人类娇贵的肠胃以精心的呵护。可是，被精心呵护的肠胃常常异化了它的功能。本来，这副中空的器官就是用来藏污纳垢的，过于精细、洁净的熟食和功效过于强大的药物，将其调教得无所适从，使得应该容纳的东西在它这里常常得不到收容（即医学术语上所谓的“纳差”吧），那些污物就慌不择路，不但从出口，而且还从入口奔突而出了。我想，人类肠胃的毛病，大概就是这么来的。

幸好，还有某些当代人（譬如在下）骨子里似乎还残存着远古时代的一些饮食记忆。这些人是这个时代在饮食系统中被大众视为异类的一部分。他们凭着某些似是而非的言论和人们口口相传的片言只语，去想象遥远不可知的年代那些先人的饮食中某种独特的滋味，并以一种大无畏的精神勇于去探求，管它生吃熟吃。除了前述的侗人的百草汤、鱼生、肉生、紫血之类，谁能知道在地球上各个角落还有多少这样的“旁门左道”？放眼吾国，在许多大大小小的城市的大街小巷里，众多的滋滋冒着油烟的烧烤摊上，众多的不管是金领、白领还是蓝领、无领的人，都在等待着品尝那经过燧人氏的火舔舐的各种食物——尽管这跟天然差得很远，但毕竟烧烤是人类迈进熟食时代的第一步。那些食物跟人之间只隔了一层薄薄的火，其半天然的味道多少还能让人觉得接近燧人氏当年烤肉的香味。有些人甚至要求烤得“嫩”一点，而这个“嫩”的意思就是不要太熟，生一些。这个“嫩”稍微产生一点谬误，往往就是“生”了。之所以不敢明言就要生的，实在是迫于压力太大。这些压力既来自于熟食时代普世观念的压力，也来自那些来历不明的食物的不够信任的压力，更来自对自身肠胃消化能力信心不足的压力。这些遮遮掩掩、幅度有限的动作，无非是让人们在心理上实践一种对这个熟食时代的有限抵抗，稍微满足一下心里对远古祖先们那种生鲜时代的深切向往之情。

如此看来，那燧人氏发明熟食以前的生食时代还是值得回味的。人类的遗传基因里一定还残存着一些生食时代的因子。而一些少数民族地区，他们在饮食习惯上保存的一些生食习惯，显然就是这些遗传因子在起作用。这些遗传因子促成了这些地区饮食习惯的形成，使我们人类祖先的某些饮食精华得以“薪火相传”——其实是这种相传是既没有“薪”也不用“火”的。除了少数民族地区，这些因子在发达地区，在某些条件的激发下也会跳将出来。据说，在美国和西欧，人们在饮食上还存在准生食的习惯。他们吃的煎牛排分三分、五分、七分熟。就是表面煎得焦枯的七分熟的牛排，餐刀一划拉，还会汩汩冒出血水，割开的肉依然鲜活。看着这些人将滴血的肉塞进嘴巴，跟真正的“茹毛饮血”何异？

因此，我们伟大的首都北京出现了一些怀旧或寻求异类饮食的人生吃福寿螺的勇敢举动就不足为奇了。

那么，这些疑似“茹毛饮血”的举动，带给我们的是什么呢？它们何以竟然能够在强势熟食力量的剿灭下幸存下来？这到底是因为强势的熟食力量宽宏大量使它们得以侥幸延续下来，还是它本身就是在饮食历史发展的链条中不可或缺的一环？抑或是社会历史发展进程中的一个不可避免的、宿命般的轮回，让我们至少可以部分地回到几十万年之前的自然饮食阶段呢？

真的无从知晓。

但是，不管现代化的科技手段如何证明生食的不宜，也不管现代化的烹饪方式、烹饪工具如何能够将食物烹煮得色香味俱全，令人馋涎欲滴，在我们这群饕餮的眼里，生食毕竟是一种诱惑，何况，在某种程度上它还是暗合了现代营养学的某些要求的。

要体会生食时代的天然食物的天然美味，品味那些“旁门左道”的食物，就到我们桂地来吧，到我们桂北山清水秀、空气清新的侗族聚居地来。我觉得，能够保持一些生食习惯的地区，它的环境（包括人文环境和自然环境）一定有着充足的优势，有着既必要又充分的各种条件。在这里，你可以放心大胆地食用那些生鲜食品。第一，这里有洁净的空气和水源，它们滋养的食物绝对是真正绿色、环保的，绝对富含那些维生素、氨基酸什么的。何况，我们还有瓦坛里的源源不绝的据说可以消毒杀菌的神奇酸水（至少这个“据说”能够给我们一些“茹毛饮血”的理由和胆量）。何况，这些生食在这里也没有发展到足以取代熟食的程度，它们在餐桌上的十数道菜里不过占了一两道，而且分量比任何一盘熟菜要少得多。即使想多吃也不可能，最多只能让你动几下筷子，以证明你到过了，尝过了，有证明你曾经“到此一游”的作用。第二，这里有着不一统、不苛求、不强求（都吃熟食）的宽松的人文环境，你可以按照你自由开放的思想随心所欲地处置食物，你的肠胃可以兼容并蓄地收罗各种你感兴趣的食物。甚至可以将按照世俗观念被确认为是废物的东西反转成为可口的美食。在这里，“茹毛饮血”不一定就是什么危险和野蛮的事情，有可能反而是通向我们现在所提倡的“绿色饮食”的一条具有借鉴意义的美妙通道。所以，欢迎各位饕餮带着大嘴、拖着大胃来。作为桂地人，作为东道主，本人乐意带领大家一起深入与燧人氏当年生活环境相似的山清水秀的各个村寨去“茹毛饮血”，体会我们的远祖在生食时代所吞咽的生猛食物的真实味道，让这个肠胃壅塞、消化能力低下的时代看看什么叫作伟大的消化！

温柔的毒杀

我吃过农药。

这种农药叫“毒杀芬”，是数十年前农村流行使用的一种高效农药。

毒杀芬——那时候我们叫它毒杀粉——是一种乳白的石灰浆状物。

一天，文盲队长老童从公社供销社挑了半担那乳白的东西回来，就开始在村头靠近河边那片高产田里试用。仅一个下午，那半担毒杀芬就用去了好几瓶，而老童所喷杀的稻田，还不到几亩。整个下午，我们都站在稻田边，看着队长老童背着喷雾器，一手使劲摇着摇把，一手拿着喷杆在禾苗上左右左右地来回喷洒。

到了第二天早上，毒杀芬的功效在小河里得到了体现，河面上漂浮起白花花的死鱼。在缺衣少食的年代，这些死鱼就是我们赖以解馋的美味佳肴。于是，全村男女老少都拿着撮箕、捞网，到河边抢着捞那些死鱼。

那一天，整个村里炊烟袅袅，村巷里弥漫着鱼肉的芬芳，全村人都狠狠地解了一次馋……过了两天，我贼心不死，跑到河边继续寻找死鱼。功夫不负有心人，经过我艰苦的努力，终于在一个河湾处的一丛灌木里发现了一条硕大的鲶鱼。那鲶鱼足有五六斤重，只是鱼身上的皮有些脱落，抓在手里软耷耷的，手稍微用力，手指就会陷进肉里，而且气味已经有些不对了。但我依然很高兴，一个人将那条硕大的鱼扛着，在村子里故意绕来绕去，让村人们很是歆羡。回到家，母亲说都臭了，哪还能吃？叫我快剁了喂鸡。我哪里舍得啊？待母亲出门做工去了，我就将那鱼剖开，将发着恶臭的内脏扔给鸡吃，将软塌塌、棉花一般的鱼身扔到水里冲洗了好久，闻闻臭味几乎没有了，就将其砍成几大块，然后烧红铁锅，将鱼块丢进去。一股又香又臭的味道顿时熏将上来，呛得我差点背过气去。我不得不偷偷将父亲茶囊里的糖泡酒倒了大半碗进去，又撒了一大把盐巴，才将那臭味勉强盖过。那鱼经不住锅铲的翻动，在锅里全部破碎开来，像炒肉松。肉松不好用筷子夹，我干脆用锅铲将它们拍成肉饼，煎得香香的……那晚上，父母亲、我以及弟妹们吃得津津有味——毒杀芬就这样被我吃了进去。

说来也怪，这些被毒杀芬毒死的鱼，不知道带着多少毒素，被我们吞进肚子里，竟是如此的美味，连一丝丝中毒的迹象都没有。

与毒杀芬的交情还没有结束。1976 年的夏天，我再一次跟毒杀芬亲密接触。那时我已经离开家到三十多里外的公社中学读高中了。

我们学校坐落在公社所在地西面的一个小山脚下。我们这一片本就缺水，学校地势较高，吃水、用水全靠一座圆形的水柜。可水柜不是水井，不会平白无故地有水啊。怎么办？

离学校五六里远的地方有一个平塘林场，那里有水。于是，刚从别的学校调来的校长突发奇想，要挖水渠将那里的水引进学校来。校长姓韦，长得矮瘦，腰却有些长。腰一长，背就显得有些驼，我们私下说他是虾公腰。这个不要紧，要紧的是他凶狠，有些稀疏的花白头发虽然剪得很短，但却向四周呈爆炸性散开，像刺猬一样，让人远看就有些心怯。一双绿豆眼随时发着莹莹绿光，两片虽然薄但线条很坚硬的嘴唇紧紧抿着，好像是要用力堵住里面的什么东西，怕它随时爆发一样。他对违反校规的同学处理起来毫不留情。对一些同学的“先进事迹”，他会一点一滴甚至夸大其词地在全校师生会议上加以宣扬，让那些被点名的同学在台下无地自容。他每天一大早就吹响哨子催我们起床，然后领着我们出去做工。他走在前面，脚步很快，我们得小跑才能跟上。但只要后面有谁拖了后腿，他那有些沙哑却凶恶的声音马上就传了过去。拖后腿的同学吓得赶紧迈开脚步，快跑跟上。到了工地，他先带头挖半个小时，然后才逐段逐段地检查。长蛇般蜿蜒的队伍里，除了咔嚓咔嚓的挖地、铲土声，就剩下了他那骂人的声音。在他的督战下，我们用了将近二十个半天的时间将水渠挖好，将水从遥远的林场引到了学校。看着白花花、清莹莹的清水流进水柜，这下，不但吃水问题解决了，洗衣、洗澡的问题也解决了，我们别提有多高兴了。韦校长显然更加高兴。我们多次在下了晚自修很久之后，见到他还独自徜徉在水柜四周，时不时探头去看水柜里的水，那神情就像看着他刚刚出生的孩子。

可是我们高兴得太早了一些，意想不到的事情发生了。

开始，是个别同学的身子发痒，极痒，然后起一些红色的颗粒。后来，这痒就蔓延开来了。一个宿舍、两个宿舍、三个宿舍人渐渐都痒了。不但不怎么讲究卫生的学生痒，就是很讲究卫生的老师也同样难逃厄运。由于痒，就不断地抓。晚上睡觉时抓，白天上课时也不得不将手伸进衣服里抓。晚上抓，或者课余时间抓，倒没有多大难堪。可在课堂上，那就够尴尬的了。早上早读课，由于书声琅琅，也就勉强掩盖了那唰啦唰啦的声音。可上正课时就不同了。“起立!”值日班干的话音未落，大家就迫不及待地站起来了，抓紧时间将手偷偷伸进某些坐下就不方便抓的部位，拼命挠起来。好不容易安静下来，平时举手投足都很庄严的老师课还没开讲，就先歪着身子扭了几扭，这时我们听到了老师身体里皮肤与衣服摩擦发出的唰啦声。随即，老师的脸上就现出一种久经便秘之后突然得以排泄的畅快与沉醉……之后，老师的课讲了没有几句，就装作捡拾掉在地上的粉笔头，做贼心虚地躲到了那张讲桌的后面，这时，我们耳朵里传来的依然是那唰啦唰啦的抓挠声……待发现数十双心照不宣的眼睛盯着他时，他心脏骤然停跳了一下，待仔细观察那数十双眼睛，发现里面射出的都是一种同病相怜的眼光时，老师身上、心上久积的厚厚的铠甲突然彻底脱落了。于是，在那张因同样饱受瘙痒折磨痛苦不堪而呈现出菜色的脸上，一种忍俊不禁的笑容像一朵莲花一般浮了上来……于是，整个教室顿时爆发出一股压抑不住的笑声，那笑声起始是一种被死命捂住的哧哧声，继而便是喷泻而出的酣畅淋漓，几乎冲翻薄薄的瓦顶，让教室窗外几只习惯偷窥的麻雀吓得一溜烟飞进茂密的苦楝树里……于是，刚才还隐于地下的抓挠此刻全部变成了公开的动作，一些调皮的同学还故意将动作夸大到表演的程度。从此我们的挠痒就变得肆无忌惮了。

可更多的时候，那种折磨人的瘙痒实在让人无法忍受。刚开始发痒的那些同学到公社卫生院看医生，说是疥疮，成因不明。医生胡乱给开了一些药膏说涂几天就好了。可几个几天过去了，那瘙痒依然难耐。医院无法解决，许多秘方、偏方就出来了：有的同学擦酱油、擦盐，有的擦草木灰，有的将自己的尿涂到痒的地方，有的将牛刚刚拉下的温热的稀粪糊到痒处……什么稀奇古怪的秘方、偏方都用过了，就是没有作用。一些同学身上由于抓挠过多，已经化脓了。大面积的瘙痒惊动了公社领导。公社领导命令卫生院的头头带领医生到学校开诊，最终查出是从林场引来的水的问题。原来那清清的水里带着很多病菌，未经消毒直接提来洗澡，就给了这些病菌作恶的机会……原来这是毒水哇！

原因查出来了，可面对那大面积的瘙痒，公社卫生院的医生手足无措。我们只好继续着这种痛苦的生活。

一天下午，我忍着满身的瘙痒，到公社街上买药。恰好在供销社门口碰到我们生产队的队长老童，他是来买毒杀芬的。见到我老童问怎么了。我说痒。老童哈哈大笑，说这么小的公鸡崽，就知道痒啦？我知道老童在说流氓话，可我身上太痒，没心思跟他斗嘴。见我没回话，他觉得奇怪，仔细看我，才发觉我的手上全是抓痒抓破的脓痂。他知道是怎么回事后，又哈哈大笑起来，说，妈个逼的，这些医生真是废物，这不是遭虫了嘛。灭虫子最好的办法是什么？用农药！说着，从担子里抽出一瓶毒杀芬，递给我，说，拿去，放一瓶盖到洗澡水里，兜头淋下来，要你立马不痒了。拿去，多的帮我给你们老师，就说是你的生产队队长孝敬他们的，让他们灭完虫子后好好教你们读书。

我将那瓶白色的乳状物捧在手里，如获至宝。医院也不去了，回到宿舍，赶紧到水柜那里提了一桶水，溜进洗澡间，将一瓶盖的毒杀芬倒进桶里。眼看那白色的乳状物在水里洇开，化成细细的絮状物，渐渐融化在水里，使水也变成了一桶淡淡的乳白色。

面对着这桶散发着浓烈的农药气味的水，我不由得有些犹豫。可当看到自己身上到处都是花花绿绿的抓痕、痂痕和脓包，我便狠下心，将毛巾浸到桶里，将那毒水使劲往身上倒。说来真是奇效，水一接触到痒处，那瘙痒立刻就止住了。桶里剩得不多的水，我小心地用毛巾一点一滴地蘸，往身上最瘙痒的地方擦去……那次澡我洗了差不多一个小时，待身上的水自然阴干之后，我才穿上衣服，满身毒杀芬气味地往宿舍去……当天晚上晚修，我杀气腾腾地走进教室，让一些敏感的同学捂嘴而逃。可当他们发觉我竟然再也没有一次抓挠的举动后，便都一下围了过来。可是因为我还不能肯定瘙痒会不会复发，出于保密的原因，当晚我在他们的包围中不得不重新将手伸进衣服里假装抓挠……尽管我似乎变得跟大家一样了，但我身上浓重的农药味还是让他们起疑，整个晚修他们议论不止。可那晚是我近一个星期以来睡得最好的一个晚上。头刚一挨枕头，瞌睡虫立即就找上来了，在同宿舍十多个同学唰啦唰啦的抓挠声中沉入了梦乡。

一夜之后，我确认了毒杀芬就是消灭疥疮的奇效药，立即宣布了这个伟大的发现。听到这个消息，整个学校沸腾了，我成了学校的救星和功臣。我手中那大半瓶毒杀芬顿时成了抢手货。没有抢到的同学立刻跑到公社街上，在供销社农资门市部门口排起队来，等待开门。

韦校长听到这个消息，立即差化学老师找到我，将我带到他的办公室，审问一般对我仔细询问了一遍又一遍。之后，化学老师一面伸手进裤裆里抓挠，一面对校长说，这样用药不对。这个毒杀芬是农药，不是人药，它是一种对人、畜、鱼类毒性较大的农药，有触杀和胃毒作用，万万不能用。

韦校长大声“嘿”了一声，说，行，这个药人不能用，是你这个人不能用，其他人可以用。于是召集班主任和班长开会，布置工作。他要求杀毒工作分班进行，班主任和班干负责监督，农药由学校统一购买、分发，不许学生随意接触。于是，各个班立刻派人到供销社将人拉回，由化学老师代表学校跟供销社联系毒杀芬采购事宜。韦校长亲自骑着那辆破旧的自行车跑到卫生院，将两个医生请到学校坐镇，以防万一。

这一天学校全体停课，所有老师和学生按照学校的统一安排，进行杀虫。韦校长亲自带着化学老师掌管农药，我则被请到旁边指导下药。两个医生紧张地坐在一旁，六神无主，脸上的表情就像准备上砧板的猪。可是平时显得有些猥琐的韦校长今天终于彻底地展示了他临阵不惊的大将风度，将整个现场调度得很顺畅。他亲自端着一个毒杀芬的瓶盖，给每一桶水加药。每倒一瓶盖，他就扭头问我是不是合适，让从来没有经历过这种阵势的我手足无措，只好胡乱点头。校长见到我点头，便底气十足、毫不犹豫地将那药往水桶里一倾而尽，将手伸到桶里将药搅匀，然后亲自将水桶提起，交到主人的手中，之后一面抓挠着身子的痒处，一面欣慰地看着他（她）提着水往洗澡房飞奔而去的身影……整整一天，校长都在亲自操作着，直到全校的学生和老师全都洗完了，他才疲惫地提着一桶加了毒杀芬的水往洗澡房里去……

整个学校如此乱用农药，竟然没有发生任何事情。倒是韦校长在洗完澡后晕倒在洗澡间里。那两位如临大敌般提心吊胆了一整天的医生终于得到了发挥作用的机会。他们将韦校长抬到办公室，熟练地给他吊盐水、洗胃，将个办公室搞得一塌糊涂。岂料韦校长那是累的，并不是中毒。他醒来后，觉得肚子里空空如也。便对着那俩医生说：你们怎么能这样做啊，我昨晚上好不容易弄到两块猪肉，我本来不愿意让它消化那么快的，还想着让它们今天在我的胃里继续润滑一下。现在可好，被你们这一洗，全没了，多好的猪肉啊，又肥又有油，可惜可惜！

韦校长的话让围在办公室四周的我们全都笑了，倒是那两个医生有些难为情，双手无处可放，下意识地将双手伸进衣服里。这下又被韦校长逮着了，说，怎么？我们都不痒了，轮到你们了？

这下笑声更响了。那笑声响彻学校的夜空，夹杂着浓烈的毒杀芬气味扩散开来。是夜，整个学校喜气洋洋，晚修时间变成了朗读课，许多人的文学才能一夜之间迸发出来，纷纷在本子上写下了生平的第一首诗……

作为一个狂热的文学青年，那晚上我并没有写诗。倒不是因为我贡献出杀毒秘方被那种立了功的沾沾自喜冲昏了头脑，而是某种突然涌起的困惑让我思路完全堵塞。晚修结束后，我一个人游走在一片黑暗的校园里，鼻子里吸吮着飘荡不断的毒杀芬亲切的味道。以一个驽钝的乡村少年尚未开化的心智，我实在无法理解这个无意间由毒杀芬歪打正着创造的奇迹。

更让我无法理解的，还在后头。

成功灭杀疥疮后，整个学校笑语喧哗，群情振奋，到处都传颂着毒杀芬这个美妙的名字，好像这个原本狰狞的名字，就是我们美好生活的源泉。在那个饥馑的年代，那种笑语盈盈是前所未有的。以致后来在一本什么书上读到一个词叫“笑靥如花”，我一下子就深刻地理解了这个词所呈现的美丽画面，尽管它不合时宜地悬挂在我们这些饥饿的肌体上。

可是，这样美丽的画面维持了不到两天。到了第三天，韦校长召开全校师生会议。在会上，他首先强行收敛自己舒展了两天的皱纹，将喜悦小心翼翼地隐藏到褶皱深处，然后以原先一贯让我们讨厌至极的口吻，恶狠狠地让我们从今以后完全闭嘴，不得再议论关于毒杀芬的事情，甚至连毒杀芬这三个字都不要提。谁再提谁立即卷铺盖滚蛋！包括老师！

韦校长充满杀气的声音回荡在这个校园里。它威严得近乎冰冷的寒刀霜剑，让所有的人都为之噤声。在这冰冷声音的威迫下，一直若有若无、恋恋不舍地萦绕在校园里的毒杀芬的味道倏然间像惊蛇一般快速溜走了——第二天，我们谁都没有再闻到那让我们觉得亲切的毒杀芬的味道了。从此，我们又回到了那清汤寡水的学校生活。直到我高中毕业离开那里，再也没有出现那种毒杀芬灭杀疥疮后笑靥如花的灿烂局面。

不幸的是，韦校长在发布封口令后不久，就“卷着铺盖滚蛋”了。知道他“滚蛋”是在一个星期一的上午，全校师生开大会，一个领导模样的人宣布那个坐在他身边的瘦高个是新任校长。而原瘦矮个的韦校长去了哪里，则没有了下文。

听到这样的消息，我们心里都很难受。韦校长原先在学校并没有赢得我们的好感，我知道有几个同学曾多次在暗夜里抓起碎砖，要扔给他，只是慑于他的强势，最终不敢出手。

可经过了毒杀芬事件，韦校长在大伙的心中却不知不觉变了个样。他那凶恶的面相似乎变得慈祥了，他那一向凶狠的语言在同学们耳朵里似乎也变得不可或缺的了——就像那剧毒的毒杀芬，在我们心灵生长一些“疥疮”的时候，我们竟然是需要它的。

全校师生大会以后，我们就再没有见到韦校长了。大家在新来的校长面前都毕恭毕敬的。新校长并不强势，他见到我们时，总是展露出一副灿烂的笑容。那笑容在我们看来甚至有些讨好的成分。但不管怎样，我们有了新的校长。

星期六上完课，很多同学就回家了。我和一大帮同学守在校园里，没走。星期六晚上和星期天学校是不开饭的，但我们自有办法。我们在铝饭盒里装半盒米，加满水，紧紧盖上，将它埋进学校伙房烧水的火灶里。过半小时挖出来，就是一盒香喷喷的白米饭。我们将饭盒捧回宿舍。那时候学校还不通电，我们就点上蜡烛，开起了素朴的晚宴，一面挖着饭盒里那焦香的米饭，一面聊着学校里的事情。聊到有趣的地方，宿舍里就发出一阵哄堂大笑，引得烛火摇摇曳曳，将整个宿舍照出一种迷离的氛围。就在我们的哄堂大笑停下来的空当，宿舍的木门笃笃响了起来。起始我们谁都没有听到，但渐渐地，那笃笃声在我们都静默下来的时候异乎寻常地响亮起来了。谁起来开了门，在一阵风将蜡烛扯得摇摇晃晃之时，我们惊愕地看到了老校长那双小但却明亮异常的眼睛。

那双眼睛闪动着，将在座的每一位同学都软软地抚摸了一遍。

我们急忙将老校长请了进来。起初他有些犹豫，之后感觉我们的诚意，就进来了，并且坐在烛火的最明亮处。这样，烛火在老校长两边亮着，交织的光亮将他勾勒出一个巍峨的影像，这让我们吃了一惊。老校长说，我是趁着星期六、星期天回来搬东西的，见到这里这么热闹，就进来了。大家……还是欢迎我的吧？

不知道是谁带头，大家都鼓起了掌。在噼噼啪啪的掌声中，烛光也来凑热闹，突然发出灿然炽白的光亮。我也兴奋地鼓着掌，眼睛的余光却看到了老校长眼睛里的那种茫然。

那天晚上我们陪老校长聊天到半夜，后来又趁着明亮的月光到校园里散步。校园里一片银白，我们的脚步在静夜里发出细碎的声音，整个夜空显得大而无当。老校长最后领着我们来到水柜边。圆形的水柜里银光闪闪，涟涟的波光反射到我们的身上、脸上，让我们似乎沉浸在梦幻之中。这时，谁都没有吱声。

过了很久，那月光开始暗淡下去。校长说，很晚了，大家休息去吧。明天一大早，我就走了，现在就跟大家告个别吧。

我们不知道说什么好，就说，校长，你还会回来的吧？

听到这话，老校长在朦胧月光下的凄然一笑。他说，自然，能回来，还是回来的。

我说，韦校长，你说你调去的是良江中学。它离县城不是更近吗？它各方面的条件不是更好吗？

老校长伸出手，越过我的左肩，抚了一下我的右肩。他干瘦的胳膊触碰到我的后背，我感到了那种浅浅的拥抱。然后他抬起头，望着钻进云层里的月亮，喃喃地说：你不知道的，有些事情，你根本不明白。说完这话，他就不再吱声了。

这句话，我并不懂得是什么意思。但它竟然像一根钉子，从此深深楔入我的脑海里。

第二天一早，同学们按照昨晚私下的约定，早早就起床了。我们以为，起这么早，我们一定能够送送老校长。殊不知，等我们来到老校长原来住的那间宿舍时，发觉已是人去楼空。我们还是没能送那个小老头一程。这让我们惆怅不已。

后来，我们再也没有见到那个曾经让我们恨、而后来让我们爱的小老头了。联想到毒杀芬事件，我们心中不禁涌起一种我们所不熟悉的感觉来。后来我们才知道，这种感觉叫"怀念"。

现在，我离开那所中学已经三十多年了。其间我有机会回到那个校园，甚至我已经站在原来公社所在地那逼仄的街头，向着它的方向迈开了好几步，并且已经隐隐约约看到了它那灰暗、破败的瓦脊以及瓦楞上枯败的杂草了，但在走到即将看见学校全貌的那座架在小水渠上的小桥附近时，近旁别人家的厨房里煎鱼的味道和着菜园里传出来的某种特殊味道让我却步了。这种记忆里依稀有过的味道像一张尖利的茅草叶，用它细细的锯齿，温柔而坚决地慢慢划过我的记忆，让我的记忆开始受伤流血。

那位矮小瘦弱的老头在记忆中隐约着，我无法看清他。我不知道他到了条件更好的一所学校里会怎么样，后来又怎么样了。但他说的那句话："你不知道的，有些事情，你根本不明白。"竟然又在我的耳边响起。

我承认，在过去的岁月里，发生了很多事情，那是我所不知道、弄不明白的。那时不明白，至今也不明白。老校长的话，一语成谶，让我永远无法弄懂那些我应该懂得的事情。

毒杀芬已经在我的记忆中远去了。老校长那浅浅的拥抱恍如昨日，我的肩头上，似乎还留存着那只瘦削的手的余温……

踮起脚尖也望不到的地方

踮起脚尖——这个姿势实在是太熟悉了。

婄（壮语，即奶奶）是个守了几十年寡的老妇人。我不知道她一个人是怎么带着爹熬过来的。但在我的印象里，她并不是一个对生活感到绝望的人。她天生丽质，长得白净、好看，深邃的目光，尖挺的鼻子，尖尖的下巴，小巧的嘴巴，一副美人坯子。她爱干净，在用水很困难的当年，她每天都会细心地用很少的水保持自己的洁净。总之，她体恤自己的身体，珍惜自己的生命，会想尽各种办法保持自己身体的健康。或许是年轻时曾经吸过大烟这类的东西（这个未确定，谁也没问过她），每隔一段时间，她就必须找到村上用烟斗吸烟的老头，用一根细长的竹签将他们的烟杆通一遍，用纱纸将竹签上的“烟屎”捋净，然后细心地将那张纱纸折好，塞进嘴里含着，一种很享受的快意就浮上她的脸……身子每有一点不舒服，她要不自己扯些草药回来自己煨汤喝，要不就将一只烂碗在门前的青石上敲碎，拈起一片碎片，用那尖利的一角往自己额头上不断轻轻地刺去……待额头上布满星星点点的血点，那血点慢慢地漫漶成一片了，她才扯一把嫩嫩的青蒿，往额头上用力一抹，然后反复地搓，一直到那血由鲜红变成紫红、再由紫红变成黑红，最后再不洇出为止，方住手……或者就抓一只她自己喂养的小土鸡，也不动刀，拿一根针，直接扎在鸡的脑袋上。她说这样能够保持鸡的血不流失，而鸡血是最养人的东西了……如果这些方法都用了，身体还是不舒服，她就会吩咐嬷（壮语，即母亲），在去赶圩时帮她买一瓶维磷补汁。那时候，供销社的代销店里并没有什么滋补品，除了麦乳精，就是这个维磷补汁了。也不知道婄是怎么知道这个有着拗口名字的东西的，总之，她能顺溜地说出这个名字来。

嬷知道婄的心思。即使婄不吩咐，她也会久不久就买一瓶回来给婄。每到赶圩的日子，嬷就会挑一些家里自产的农产品去街上卖，换回一些生活必需品，包括婄需要的维磷补汁。街叫分界街，在我们村的西面，离我们村上其实不远，也就三里路，婄一般能判断，嬷什么时候回来。但是，婄还是早早就来到村口的地坪上，朝西边望去。只见她将头高高扬起，右手搭起一个小小的凉篷，望着八孔渡槽的方向，望着望着，她会不由自主地踮起脚尖，似乎要用目光穿透那道山梁。望了一会儿，见不到嬷，她就先回家砍猪菜，煮猪潲，喂喂猪。如果过了那个时辰，嬷还没回来，她又会来到村口的地坪上，迎着西斜的太阳，右手再次搭起一个小小的凉篷，遮住那刺眼的阳光，让眼睛能够看清那道山梁上，有没有嬷的身影。然后又是不由自主地将脚尖踮起，似乎这样可以看得更远。

我曾经无数次地看到婄踮起脚尖望向远方的那种姿势。她娇小的身子沐浴在余晖中，高高扬起的脸被夕阳照耀着，闪着金色的光泽。踮起的脚尖支撑着整个身子，由于体力不支，她的身体微微晃动着，摇摇欲坠的似乎随时要倒下。但她顽强地支撑着，凹陷的双眼在手搭的遮阳篷里专注地望着远方……未曾开蒙的我，在玩耍之余，看到婄的这一个动作，也不由得放下手中正在玩弄的破砖烂瓦，静静地看着这样一个神圣的场景，眼睛也不由自主地朝着同一个方向看去。在余晖里，一个踽踽而行的身影出现在进村必经的那座八孔渡槽上，她的身影被西斜的太阳拉得长长的……我知道，那就是婄期盼的也是我们所期盼的嬷。

当年的我，以为婄踮起脚尖无非只是为了那瓶维磷补汁，深一步的，我并没有去想，也没有能力想。我哪里知道，婄这个踮起脚尖的姿势，其蕴含的意义是多么巨大，那是对健康的向往，对生命的渴望啊。自此，婄踮起脚尖的这个影像，还是牢牢地印在了我的脑海里。

在后来我慢慢成长的岁月里，我又多次看到了踮起脚尖的这个影像。有婄的，当然也有嫲的。

盛夏的下午，正是晒谷坪上最热闹的时候。各家各户都将自家刚收回来、刚脱完粒的玉米或稻谷摊在地坪上，让灼热的阳光暴晒。我们和嫲一起，在属于自家的那一小块石灰打成的晒场上不断地翻晒着玉米、稻谷。那玉米粒和谷粒一眼看去，黄澄澄的，很是好看。但忍着闷热、流着大汗的我们，对这玉米、稻谷却恨之入骨，所以翻晒时就很马虎。本来，翻晒这些谷物，是要将这些颗粒均匀地翻一遍，将贴地的那一面翻过来，让太阳晒着，而且要铺匀，不能这里一堆、那里一簇。但偷懒的我们，翻晒时都是应付了事，这样，那块地坪就呈现一副癞痢头的样子。嫲见了，也不吱声，就戴起一顶自编的竹斗笠，蹲在灼热的阳光下，对我们的工作进行“纠错”——重新翻晒、铺匀那些金黄的谷物。弄完之后，嫲站起来，抹了一把额头上的汗。我们以为，嫲会马上就转身回来，挤到地坪边的那蔸大苦楝树下，避一避炙热的太阳。但嫲却站住了，然后朝南边望了一眼。望着望着，她用手搭起一个遮阳篷，对着南边的天空再次瞭望。这时，我看见，嫲开始踮起脚尖，那赤裸的脚尖黑而粗糙，足底的老茧厚厚的，像是牛足底的肉垫。这些“肉垫”该是多少年的辛苦劳作积下的啊。

未待我细想，嫲那踮起脚尖对着南方的天空眺望的姿势引起了苦楝树下的人的注意。大家顺着嫲的目光望去，远处的那座桂中丘陵地带突兀而起的最高峰——牛头山耸立在那片蓝色的天空下。但此刻，在地坪上晒玉米、稻谷的人并没有闲情逸致观赏山景，他们的目光忽略掉了牛头山，而是一眼就看到了牛头山顶上刚刚出现的那一抹黑色。见到这抹黑色，站在苦楝树下的人就像见到了一只报丧的黑色乌鸦一般，全都跑出了树荫，静静地看着那远方的一抹黑色。但那一抹黑色所带来的信号并不明显，原本躁动的人全都静了下来，接着，全都不由自主地学着嫲，手放到眼上遮住阳光，踮起脚尖朝南方的天空望去——不好，随着一阵风，一抹黑色迅速成为一团、一片，快速地飘了过来。这一飘，让所有的人像在起跑线上的运动员听到发令枪的响声一般，如脱缰的野马呼啦一声就四散开来，跑向自己的目的地——各家各户正在晾晒玉米、稻谷的地方。用扫把扫，用撮箕刮，有的甚至直接用手刨……总之，目的就是在那片黑云到来之前，将自家的谷物全部收拢、盖好……一般来说，在这片桂中丘陵地带的夏天，老天就像一个顽皮的小孩，好像故意逗人玩。常常是，明朗灿烂的天空，突然就阴云密布，如果你不将它当一回事，它可能顷刻间就会将倾盆大雨倾泻而下，将你晒得就快要收仓的谷物再次淋湿，要重新费几天的时间再次晾晒。有时候，等你好不容易搏命般将谷物收拢来、盖好，那来势汹汹的黑云却突然偏过你的头顶，将大雨沿着地坪的边缘一洒而过，地坪里一个雨点都不会有；而有时，它却在你头顶要够之后，就轻盈而去，都没洒下一滴……这样的情形每天都有好几次，每次都像打仗一般，将人累得要死。因此，好多人宁愿冒着太阳到地里干活，也不愿到地坪上晒谷物。被老天爷要弄多了，大家就都养成了看天色的习惯。天色不是每个人都能看出来的，那黑云自然是黑的，但你看不出那黑的程度.那黑中带着灰的，才是积雨云呢。那黑中的灰边缘渐渐变成了明亮的灰白色，得，那是下雨了。你看不出，就抓瞎，就要付出很多无用功，你的玉米、稻谷就会在地坪滚烫的地上被大雨浇个透。待雨一停，你就会看到你的玉米、稻谷冒出腾腾的热气……如果你要留来做来年的种子，那你明年的土地里长出的一定是稀稀拉拉的苗……但嬷不同，只要她朝着云来的方向用手搭起遮阳篷，踮起脚尖，观察片刻，基本就能断定那片越来越近的乌云是否会带来雨水。村人一见到乌云飘来，就赶紧慌手慌脚抢着收起玉米、稻谷，但嬷多次像那远处的牛头山一般，岿然不动。许多人一面抢收一面嘲笑嬷，等着看她笑话，殊不知，那乌云硬是一飘而过，让那些等着看笑话的人成了笑话，不得不讪讪地重新将收拢的玉米、谷子摊开来。地坪上的人看出嬷看天色的本事确有一套，每天就都唯嬷的马首是瞻。只要每天有嬷站在地坪上，搭起手，踮起脚尖，他们就安心地围在苦楝树下，捡几颗石子，在地上画几道线，下起本地流行的三棋、回字棋来。虽然下着棋，他们还是随时关注着嬷的举动。只要嬷没有发出信号，他们就心安理得地继续走着自己的棋。如果嬷大喊一声，他们就会立即丢下手头的那些玩乐，忙乱起来……

我不知道，当年嬷踮起脚尖的瞭望，给地坪上晒谷子、玉米的村人省去了多少操心，给他们带来了几许的轻松。

多年过去了。现在的村里早没有这种在地坪上晒玉米、谷子的群体活动了，各家各户大都在自家的楼顶上进行翻晒作业。现在的气候早已没有了那时的四季分明，我的故乡桂中丘陵地带的夏天也没有了那顽皮的天气。而遍布天空的千里眼——气象卫星早在云还未能够聚成乌云的时候就已经准确地告诉了人们雨水何时光临，村人怕是已经用不着专门守在晒谷场边，等待着与不期而至的乌云展开一场争抢时间的战斗了吧？我不知道，在村人那里，是否还偶尔留存着嬷搭起手、踮起脚尖瞭望南天的那种记忆？

虽然，在地坪上，我无数次地见到过嬷踮起脚尖的样子。嬷踮起脚尖的结果大大减少了我和村人的辛苦劳作，但有时她发出的失误信号也让我被迫加入抢收谷物的忙乱中，这样的忙乱常激起我对于命运不公的愤怒，让我心生怨怼，因此，在我的记忆里对嬷的这个举动并没有留下多么深刻的印象。

倒是嬷的另一次举动，让我记忆深刻。那是一个初冬的日子。桂中地区的初冬其实只能算凉，稍微有点沁人的那种凉。天气阴沉沉的，整个田野呈现灰的色调。这个季节，已经没有多少农活可干了。中午的时候，我们正在村前的地坪上打陀螺玩。这时嬷出现了。她站在地坪的一边，望着通往分界街的那条大路。那天既不是节日，也不是圩日，那条路上基本没什么行人。我不知道嬷望什么，但我知道嬷这么望着肯定有她的理由。于是我就停下手中的鞭子，看着嬷，任由刚才被抽得团团乱转的陀螺慢慢慢下来，直到倒地不动。嬷抬眼望一会儿，停一下，又接着抬头望。望着望着，只见她不由自主地将右手搭到前额上，然后踮起脚尖，脖颈似乎也伸长了……在这阴沉沉的天色里，没有阳光，嬷为什么要搭起右手呢？疑惑间，我望向进村的路，那路上依然空空如也，那座进村必经过的八孔渡槽静静地横在阴沉沉的天幕下。

我陪着嬷看了一会儿，觉得没什么意思，就又拿起那跌落在地坪上的陀螺，重新抽动起来。抽了一会儿，陀螺滚到嬷脚下，我正要捡起，嬷一把将我拉住，但她并不看我，只是盯着远处的八孔渡槽。我顺着嬷的视线望去。只见那条大路上一个身影正要转过一个弯，马上就走上渡槽了。“黛（壮语，即外婆)!”我惊喜地叫了起来。我的节日就这样在嬷的视线中、在不期然中降临了。

嬷带大我们众多的兄妹，委实是不容易的。生活的艰难和劳作的辛苦，让本来话就不多的嬷更加沉默寡言。我兄弟姐妹多，而爹却是独苗。因此，一年到头家里鲜有客来。而在当年，哪家有客来，那就是一个节日啊，平时吃不到的好吃的东西，就有可能随着客人的来到而出现在餐桌上。而我家，一年到头几乎没有客来，让我们兄妹比同村的同龄人少了很多乐趣。嬷踮起脚尖等来的，是我们的盛大节日。黛的到来，让我们狂欢了好几天。虽说当时家里并没有多少好吃的东西，但异于往日的菜肴让我们日常寡淡的餐桌突然变得丰富起来，这已够我们高兴的了。而餐桌上洋溢的那种喜气洋洋，更让平时充斥的爹训斥、嬷抱怨的氛围一扫而空——这不是节日是什么？

因此，每到农闲时候，在村头地坪上玩耍的我们，只要一见到嬷出现，我们就必然会停下来，盯着嬷看。但这样的盯绝大多数时候让我们失望。大多数时候，嬷经过地坪，或是往菜园子里去，摘菜或是淋菜，或是到田垌里，赶回放养在那里的几只鸭子或牛……总之，我们期待看到的嬷搭起遮阳篷、踮起脚尖瞭望远方的姿势并没有出现，这让我们大为失望，于是心里突然冒出一股邪火，爆发出一股蛮力，用鞭子将那只心爱的陀螺猛抽——那陀螺疯狂旋转着，飞速往地坪外的田垌旋转而去……而随着那陀螺的消失，我们也不由得软耷耷地坐在冰冷的地坪上，再没有了玩耍的兴趣。

在那贫穷的年代，嬷踮起脚尖的姿势，竟然寓意着我们的希望和快乐。而嬷她自己呢？她踮起脚尖，望到了什么呢？

我自己也曾经不由自主地学着婄和嬷，踮起自己那柔弱的脚尖，对着远方做眺望状。但以我那尚未开蒙的心智，我并没能望出什么有意思的东西。

倒是某一次的上山，一个陌生的场景的出现，让我有了一次记忆深刻的眺望。

那是，我虽然还是个懵懂少年，但同大多数同龄孩子一样，心里也萌生了很多新奇的想法，天然地对未知的事物充满向往。那次上山，本没有什么新奇的。我对我们村的后山熟悉得就如自己身上的瘊子。砍柴，割草，寻猪菜，玩耍，采野果，地点都在村后的那几座石山上。大人不到的危险地方，无知无畏的我们都钻熟了，以致村里的牛走失，大人们满山走遍都找不到，而我们则能顺着牛的走势将牛从十分偏险的地方找回，让大人们惊异不已。

所以，上后山对我们来说，几乎就是每天的例行功课，没有什么新奇的。

但那次上山，却有些不同。

进后山，只有一条路。路的两边都是几十米的土岭。进入山口，迎面是一座大山。进去后要么往北走，要么往南走。往北走，是邻村黄龙村的地盘；往南走，则是我们村的地盘。一般来说，我们都往南走。但那天不知道怎么回事，我们几个伙伴突然心血来潮，决定往北走，而且不是径直往里走，而是往旁边的那座突兀陡峭的石山上爬。

爬山是我们的强项，即使那山陡峭、险峻。那是我们第一次爬上那座高山。当我们爬到山顶望向更北的地方时，突然发现，我们竟然是在这片群山的制高点上。呈现在我们眼前的是一片莽莽苍苍的开阔地带。由于登高的缘故，平时被我们视为高的小岭、小坡，在我们的脚下变成了可怜的一泡泡渺小的牛屎。放眼望去，我们目力所及的地方，青岚阵阵，白霭丝丝，田野一片透亮。近处，是一个又一个绿树簇拥的灰瓦白墙的村落，而远处，更远处，那些村落已经遥远得变成一小簇一小簇的灰白色小方块。

我们村子地处桂中丘陵地带，村与村之间不是隔着山，就是隔着岭。放眼四望，目光未及远眺，视野已被阻隔。而今，登高的我们，竟然可以望到那么远的地方，看到那么广阔的地域，真是太新奇、太新鲜了。激动之中，不知道是谁，指着最远处那一抹淡淡的、连成一片的灰白色，说，那就是来宾了吧？

来宾，那是我们这些很少见识的懵懂少年心中最为向往的一个地方。以今天的观念来说，那座小县城离我们并不远，也就四十来公里吧。但在“交通基本靠走”的当年，四十公里的地方已是天涯。而天涯岂是我等能够到达的？这样，“来宾”就如当代人眼中的火星，遥不可及，甚至在梦中都不敢想一下。

而今，“来宾”这个火星般的地方，就这么猝不及防地、以迅雷不及掩耳之势进入我们的视野，这让我们是何等的激动啊。

这样，我们几个懵懂少年忘记了砍柴，站在山顶上，呆若木鸡。远方那抹灰白色，成了我们所有的想象和希冀的一种寄托，让我们所有虚无缥缈的想法有了一个着床的地方。我们定定地望着那远远的地方，直到双腿发颤，眼睛发涩。后来我觉得我站的地方还不够高，就爬上处于山顶最高点的一块锯齿般的石灰岩，手搭凉篷，遥望远方，我还嫌不够高，不由自主地踮起了脚尖，巴望着将我们的目光拉得更长，看得更远……

其实，我再踮起脚尖，也无法将我的目光拉得更长。那一只脚掌的高度无法帮助我将远处那一抹模糊到近乎无的白色看得更清晰一些，也无法让我将那目力之外的景色摄入眼帘。但我踮起的脚尖，却为我打开了一个广阔的视野，将我的思绪拉得很远，将一个少年的心事变得层层叠叠。一个走向远方的渴望油然而生。

在多年之后，我知道，以我老家所在的那个地方根本无法看到被层层山岭阻隔的来宾。但那个错误的说法，让我踮起了脚尖，从而点亮了我心中的希望之火，也让我的人生有了一个模糊但却闪亮的盼头。这个脚尖的踮起，同时也垫高了我心中的那些美好的梦想，让我感知外部世界的思维度得到拓展。

而今，我早已“走向远方”。哪怕是数千公里的遥远途程，借助一只铁鸟的翅膀，也就转瞬即达，更遑论那几十、几百公里了。在交通如此发达的时代，地球上任何地方，只要借助大家都十分迷恋的孔方兄以及多种高效的交通工具，都能履足亲临。当下，距离已不是问题，甚至远方——这个让人产生无限遐想、产生无数梦幻的名词，也没有了那种令人神往的色彩。

只怕，再没多少人需要踮着脚尖遥望远方了吧？

其实，踮起脚尖并不能让自己真的能多望到些什么。脚尖那一点点高度，不足以让自己望到更远的地方。但是，踮起脚尖这个举动虽然延长不了人的视线，却在某一种程度上让人的内心伸展得更远——那是我长大后才懂得的道理。

但是，踮起脚尖的习惯已经深入我的骨髓。哪怕外在的形体动作没能再现踮起脚尖的姿态，我的内心，一定也常常“踮起脚尖”。人的精神世界过于广阔，而人的内在灵魂其实并不都是神通广大的，在那个世界里，一定有着我们的灵魂永远无法企及的地方。那么，在精神世界里“踮起脚尖”，也会是每个人的应有之义吧？

我知道哪怕自己的内心再强大，灵魂再空灵，视线再广阔，哪怕我不仅仅是踮起脚尖，而是借助一飞冲天的火箭，上升到无限的高度，我仍然无法望到我曾经的“来宾”，也无法望得到曾经踮起脚尖遥望的媗、嬚和黛。媗三十年前放下了眺望；嬚也在八年前放下了脚尖；而在嬚走后不久，一向健康、脑子十分清醒的黛突然罹患老年性痴呆，任谁，她再也认不出了。尽管我们一直瞒着她，可冥冥中，我感觉她已经感知到嫲在很远的地方再次踮起脚尖遥望着她了。不久，黛以九十岁的高龄回到她的女儿也就是我的嫲那里去了。我再怎么踮起脚尖，也无法透过层层屏障，看到她们在天国里是如何踮起脚尖，遥望她们尚在尘世里忙忙碌碌的儿孙了。

而在尘世里忙忙碌碌的我们，既为自己的生计操劳，也为自己的子女操心。在这些操劳、操心的背后，我们，何曾转过身，抬起头，遥望一下时时在我们身后默默付出的婄、黛和嫲们？在我们还需要抚育的时候，她们不但在身体上付出极大的劳动，而在不善言辞的背后，她们时时踮起脚尖，每时每刻，无时不在遥望着我们。

如今她们已经远去，我们的遥望并没有多少次是对着她们远去的方向，偶尔踮起脚尖也是背离着她们所在的方向的。当我们在尘世忙碌之中偶尔空闲之时，可能才会转过身来，对着她们的方向遥望，遥望不及，我们也会踮起脚尖来，或许也会用手搭起小小的遮阳篷。

而现在，当我们以失怙之痛，突然想到转过身来回望的时候，我们亲爱的婄、嫲、黛，已经离我们远去了。不管我们是多么执着的遥望，不管我们踮起脚尖的姿势能够保持多久，其最后回馈给我们的、回映到我们视线里的，一定是空荡荡的虚空。

只有这时，我们才深深地体会到，原来，那踮起脚尖也望不到的地方，叫远方。

初夏的野菜和浆果

初夏的天气实在太好。周五晚上和几位好弟兄喝酒已经很够量了，原打算次日早上睡个懒觉的。可是一大早就醒了。是透过窗帘的灿烂阳光唤醒的吧？也可能是偷偷潜进屋里的清新空气唤醒的。

要不，就是那依稀可闻的鸟鸣。

总之，就这么早早醒来了。

醒来了，拉开窗帘，人的心就闲不住了。窗外是那么明亮，初夏的微风是那么清爽，空气里偶尔传来的花草的清香是那么的诱人。于是，拍醒家人，草草用完早餐，就拖着他们上车了。

走，郊游去！

车子一路向西。向西去是本市重点发展的来华投资区，新的城市次中心。那里原本是一家华侨农场。“来华投资区”中，“来”的人就是华侨。这家农场是早先政府的“安置小区”，在 20 世纪 70 年代归国的印尼、印度、越南侨民们就被安置在这里。这里地势平坦、土地肥沃，可见当时政府对侨民们的安排是如何的用心了。数十年后，这些已然与当地居民同化了的原侨民万万没有想到，他们所占据的这片平坦土地竟摇身一变而为城市了。

这个目前还是“准城市”的城市次中心正在紧锣密鼓地向“城市”蜕变，宽阔的桂中大道延长线初具规模，而与其交汇的、同样宽阔的华侨大道则已经完成，甚至红绿灯等交通设施都已经具备。不具备的唯有道路两旁的设施：房子。大道两旁房子十分稀少。规划者的超前意识实在了得。

原先是要沿着华侨大道往尽头那座正在修建的体育馆方向去的。大道的两旁那些空着的土地上遍布野草，野草里夹杂着各种只有我这种自小在农村生活的孩子才弄得清楚的野菜、野果。而这些野菜、野果，是当年肚子空空如也的我们赖以解馋同时也果腹的美味。对于我，它们不仅仅是美食，而是更多的童年的记忆，更多的故乡情结和弥漫在心底的温馨。

但今天我的车子开着开着，还没到华侨大道，就自动驶入了与华侨大道平行的另一条小一些的路——星城路。那路不是很长，走到一半，路两旁那种丰收在望的感觉就直接进入了我的视野。我迫不及待地停车，带着家人，拿着塑料袋就下车了，直扑那一团团的绿色而去。儿子像一只跟屁虫，黏在我的身后，嘴巴叽叽呱呱问个不停。我也耐心地倾尽我有限的植物知识吃力地回答他不按常理出牌的提问。

那些黄泥巴小路像一根根毛细血管，由星城路往两边的野地四散而去。我们沿着一条黄泥土路走去，两旁茂盛的茅草、苦艾等各种野草支支而立，那鲜嫩的绿色直逼心底，让人不由得想钻进那低矮的草里去。野草里间或长着一些野菜，大都是野苦麦菜。那些野苦麦，有的叶子是细长的，有的是长椭圆形的，一般都鲜嫩，尤其是那新长的尖芽，鹅黄或嫩绿的叶子、白嫩尚带着绒绒细毛的茎秆，引诱着我的手伸向它们。拇指和食指轻轻一掐，就听清脆的一声嫩响，一支嫩芽就到了手中。紧接着，另一个嫩响又起……手指就沾染了野苦麦的浆汁。那浆液起始是白色的，但一接触空气，那颜色迅速变成棕红色的了。它牢牢地粘在我的指头上。它那清新的有些淡淡苦涩的清香，一瞬间就包裹了整个人，加上那温润的、清凉的夏风，让人简直有如坠入一种无我之境……不一会儿，小家伙提着的塑料袋里就装了大半袋的野苦麦嫩芽，显得沉甸甸的。

沿着土路，我们来到一片甘蔗地。甘蔗地里陈年的叶子正在腐烂，准备化身为养料献身给新长出的蔗苗。而随着蔗苗的茁长，那种我们称之为“酸咪咪”的酢浆草蓬勃地撑起一片片圆形的叶子，那圆形的叶子中间，是一簇簇密密麻麻的紫红的花。我对小家伙说，这东西的叶子可以吃的，微酸的味道。听我这么一说，他就扯了几根肥壮的草茎，就往嘴巴里塞，囫囵嚼着。我问什么味道，他说有些酸，好吃。我找来一根树枝，沿着“酸咪咪”的根部那松软的泥土直直插下，然后猛然一挑，“酸咪咪”就连根带叶被挑了出来。将泥巴抖抖，那根茎就显露了出来。那根茎迷你萝卜似的，大的有小指般粗，小的则只有筷头大，水晶般的透明，引来了小家伙的欢呼。他将那迷你小萝卜摘下，象征性地拍了拍上面的泥土，就迫不及待地将它往嘴巴里塞去。那“臭青”的甜味，是他从没有尝过的。他咀嚼了半天，才吞下去。我问他，是什么味道？他想了半天说不出来，就是嚷嚷着叫我快点挖。于是我赶紧继续工作，他拿着一个小塑料袋在后面跟着，不久，就挖了小半袋。弯腰过久，我觉得腰肢发胀，就说够了吧？小家伙说，行。

于是，暂时解放了的我就在广袤的甘蔗地里徜徉起来。蔗垄上有去年砍剩下的蔗根，经过半年时光的侵蚀和近来雨水的浸泡，几乎都腐烂了。从腐烂蔗根长出来的新蔗苗，那修长的叶片犹如刀剑一般，斜立着，在微风里悄然摆动，显出一种勃勃的生机。我走在垄沟里，寻找着苦麦菜的嫩苗，小心翼翼地轻移碎步，生怕踩伤了那些蔗苗。小家伙没经历过农村生活，不知道苗的重要性，也分辨不出何为苗何为草，我多次提醒他，并详细教他如何分辨。但不管这临时的教授如何费尽口舌，他就是分辨不清。我只好让他只走垄沟，不走垄上。但他哪里能够按照我的要求做？不一会儿，他就蟹横蛇行了。看到一只小老鼠在地里四处蹿着，心下就想，这家伙跟我那小家伙何其相似啊。都在大地上行走着，都不知道珍惜那农人辛苦种出的蔗苗。又想，八九岁的黄口小儿，就知道农人的辛苦了，那他需要注意的东西就太多了，这样，他的背负该有多重啊。我今天带他出来，不是学习农业知识，也不是学习珍惜劳动的，就是让他到野地里体验、了解大自然，又何必将人世间的这些苦恼强加给他呢？何况，以他那轻轻的体重，即使偶尔踩对那些幼苗，倒伏了，三两天它自己就能修复了。对，让他在愿意自我控制的程度上尽情玩耍吧。于是我不再理他，让他随意跟着我，或者跟他母亲，在这片蔗地里奔忙吧。我走到甘蔗地的另一头。地头那儿有一道小小的土坡，我走过去，一看，那遍地的杂草中间，遍布着一大片我们称之为刺莓的植物。这片刺莓带刺的枝条上挂满红红的小灯笼，密密麻麻的，就像漫天的星星一般。我知道小家伙最喜爱这个。往年回乡下老家做清明，偶尔在路边发现几株早熟的刺莓，摘给他吃后，自此就喜欢上了这个味道，早就一直嚷嚷着要去找刺莓，但一直找不到，不料今天竟然在这里发现了，而且是如此之多！我赶紧对着远处的他大喊，他一听，赶紧屁颠屁颠地跑过来了。一看到那满地的红星星，他眼都发直了，故意装着要晕倒的样子。我推了他一下，他装着醒了过来，呀哇乱叫着，大声喊着："妈妈，妈妈！快过来。好多的刺莓啊！"然后让我赶紧给他摘。那刺莓就是一刺蓬，那果都长在刺枝上，稍不注意就会被刺伤。摘刺莓我是老手了。在我们小时候，初夏时节，没事干时就是去找刺莓。离村子三四里地的山谷里长着一大片刺莓。每到这个季节，我们都会顶着火辣辣的日头进山，寻找那片我们的福地。那刺莓正当季节，果子多得让人只恨自己手脚太少。于是我们就死命摘啊摘啊，拼命往肚子里塞，也不管那刺儿有多尖利。反正那些短短的刺，最多也就划破一些表皮。我们被划破皮的时候还少吗？谁怕？那多汁的刺莓果简直就是天下至美的佳肴，那些微微的刺痛，已经被这美味消解了。那饱满多汁的刺莓一塞进嘴巴，立即就融化了，等不得你来吞，它就已经自动滑入了你的肚子。赶路时的饥渴，此刻已经变得很遥远了。肚子里一有货，手脚就慢了下来，挑剔的感觉就上来了。个儿不大的，不要；个儿够大但不够红的，不要；够大够红但没变成红得发紫的不要。我们就这样挑挑剔剔着，在那片偌大的刺莓地里磨蹭着。既担心时光过得太慢，又担心过得太快。太慢，我们肚子里满满的刺莓消化不去，那满地的刺莓就浪费了；太快，那我们在刺莓地里的时光就越来越少了。我们就是在这样的矛盾里吃了摘、摘了吃，直到肚子三番五次地饱了，又饿了……竹篓里的刺莓满了，被自身的重量挤压得瘪了，就变得不满了，我们又摘了刺莓往里装满……三番五次之后，时间就过去了，山谷的四周开始变暗了，我们就赶紧往回走。随着我们走路的颠动，竹篓里的刺莓渐渐地也就被压实，那浆汁就慢慢往竹篓外渗，渐渐就变成一条丝线，在我们的身后，在路上画出一道道断断续续的红色的湿线……到家时，那竹篓里也就剩下了一半被压扁、变了形的认不出原样的红红的一堆了。但这红红的一堆，在弟弟妹妹们的眼里，依然是一种巨大诱惑。几只手同时伸进竹篓……最终，竹篓里的争斗导致的结果，就是谁都没有办法拿出哪怕是一粒小小的红色。肚大口小的竹篓将那几只互相抢斗的手卡得死死的，最后，不得不在父母的调解下依次退出——结果是，竹篓里几乎空了，只剩下一些残渣嵌在竹篾的缝隙里。那些美味都化成了水，滴落在泥地上，像一摊摊老师改作业时打破的红墨水……让互相争抢的弟妹们懊丧不已。

现在，在我面前的刺莓，没有我小时候的丰硕。它们也红，也多，但个头只有我的手指尖那么大。个头小，浆汁就不饱满，入口就没有那种融化的感觉。但这只是我的感觉。对于没有品尝过我小时候山谷里的美味的小家伙来说，眼前的红色浆果已经足够令他开心的了。我每摘满一把，就往他摊开的小手掌里倒。他小小的手掌常常是捧不住那些滚圆的浆果，每次都有好几个滚落。这种滚落让他有了珍惜的感觉，他赶紧将摊平的手掌慢慢一收，让手掌变成船形，这样，船里就有了更大的空间，有了更多的装载量，他进入肚子的东西就多了起来。

在小家伙的招呼下，妈妈也来到了刺莓丛。她原先拿了一个装衣服的纸袋，没别的东西可用，只好将小家伙吃不过来的刺莓装进纸袋里。装浆果用纸袋是不行的，但我们没有办法，只好将就。未几，那纸袋就沉甸甸的了。随着重量的增加，纸袋里的浆果就被自身的重量压扁了，外强中干的纸袋起先还好，但渐渐地，那纸袋薄弱的环节——褶皱的地方开始被刺莓的浆汁“攻陷”了。那淡红色的浆汁顺着褶皱的缝隙渗了出来。一滴一滴地往下淌。这不断往下淌的浆汁让小家伙那种珍惜的感觉愈加浓郁了，他伸出手接过袋子。但他还不知道如何缓解那种挤压，他接过袋子后，竟然猛力一荡，荡得那纸袋里的刺莓愈加挤压得严实，那浆汁的渗漏就愈加厉害了。我提醒他慢一点，教他注意事项，那纸袋才在他的小心翼翼下慢慢放慢了渗漏的速度。

刺莓是摘不完的，在粗略地将那些看着肥硕的部分摘完之后，我们就离开了那片刺莓丛。小家伙提着那沉甸甸的袋子，肚子里的装载已经让他对袋子内容物失去了兴趣。他将它交到妈妈手上，就在甘蔗地里玩了起来。他一会儿大呼小叫，说有一只大老鼠跑过去了；一会儿又自我恐吓，说有一只可怕的大蜘蛛要飞过来了；一会儿又跑到我近旁，问我某种植物是什么；一会儿又跑到妈妈身边，说一些肉麻的话。更多的时候，他独自一人在野地里奔来跑去，像一匹生龙活虎的小兽。我看他那活泼的身影在野地里晃动，不由得就微笑起来。这样的样子是我当年的样子吗？我知道是，又不是。他自小就享受的幸福生活是当年的我所没有的，但当年我所享受的野地里的那些快乐，岂是他今天偶尔在这片陌生的甘蔗地里享受到的这些些微的快乐可比？

我微笑了一下，在初夏凉爽的风里，迎着我的儿子走去。我愿他是这初夏野地里的野苦麦，自然、绿色地生长着；我愿他是这甘蔗地里的“酸咪咪”，尽情吸吮着大地的厚爱，将自身养育得清新自然。我知道他也许比不得那些金贵的水果，但我也愿他像野地里的一株刺莓——也能自己在一片自由的天地里长成一枚浆果，在初夏阳光的映照下，鲜艳、饱满、丰厚，饱含丰沛的汁液，保持着天然食物的那种特有的微甜与略酸，那该是一种怎样的赏心悦目啊！

乡村旧物志

除却这些乡村旧物，我不知道，我的心中还会不会时不时涌起乡愁？

——题　记

双截棍——连枷

【连枷】一种农具，由一个长柄和一组平排的竹条或木条构成，用来拍打谷物，使籽粒掉下来。也作梿枷。——《现代汉语词典》

这个定义与我的记忆不符。我的记忆是：农具，由一长一短两截棍子组成，长者为握柄，短者为敲杆。两者之间由一根麻绳连接，用来拍打谷物，也可用来打人。

这应该是出现在乡村中的最为大型的双截棍了。

这双截棍一长一短。长的有一丈，或者更长一些，有杯口粗，是为握柄；短的有两尺，也有杯口粗，是为敲杆。都是用深山里长了很多年的杂木制成。一长一短的木棍，用一根指头粗的麻绳连接。麻绳的一头拴在握柄的顶端，另一头拴在敲杆的一端。握柄和敲杆的一头，各被刻了一圈凹槽，绳子就被拴在那凹槽里，然后打了死结——死结是结实的，那缩成一圈的绳子却是松动的，它可以在凹槽里自由滑动——这样，它在被农人挥动的时候，就能很自如地转动了。

在我们这里，连枷一般用来给玉米、芝麻、黄豆等作物脱粒。对于脱粒工作量更大的稻谷，则有更高效、更便捷的方法。因此，连枷需要敲击的是秸秆、枝干等更加坚硬的作物。而对付这些东西，自身不过硬，那怎么行？

那双截棍的质地自然十分坚硬，敲击起来铮铮作响，发出铁质的声音。尚在制作阶段，它就给欺负它的人来了个下马威。首先，这样的木质，没有数年的时间，它长不出坚硬。而在烧菜、煮饭、熬猪菜全靠砍柴、割草的年代，要在离家近一些的地方找到这样的木头，那简直就是做梦。所以，要制作一把好连枷，就必须像我的父亲一样，进山去。

我的父亲一早就背上一竹筒的玉米粥，腰里拴上一把坚硬而锋利的柴刀，往深山里走。那天我认为我的父亲其实是偷懒。因为这个时节，是农活很紧的时候，稻田里的秧苗刚刚插下，而畲地里的活又在那儿等着了。这时候，我父亲怎么能够丢下那么多的活儿，进山去砍什么树、做什么连枷呢？

但我父亲不管不顾，让母亲独自去干活，自己一个人往深山里悠游而去。

父亲会走上几公里山路，钻进那些一般人钻不进去的山角落，寻找那双截棍的原料。在容易攀爬的地方，那些矮小的灌木都被人砍回去做柴火了，哪里还会有能够做连枷的树？因此，父亲只能或钻进人迹罕至的深沟，或像一只猴子般爬上那些险峻的峭岩……好不容易看到那更险峻的深处，一丛树梢从看不见的地方探头而出。有经验的父亲立即看出那就是他所寻找的目标。于是他爬下深谷，但深谷里峡深石险、荆棘纵横，根本无路可走。他只能眼睁睁地看着那丛树梢在那里对着他挤眉弄眼。他长叹一声，晃眼又看到在山顶一处悬崖的缝隙里，又一丛树梢在探头探脑。于是他从深谷里爬出，气喘吁吁地朝那道高峻陡峭的崖壁攀去。眼看来到崖缝处，却发现那树离自己还远着呢。好不容易侧着身子，猿猴一般扯了一根藤荡到崖缝里，又惊觉那树是长在一道更小的缝隙里。父亲只好蜷着身，将手伸得老长，用刀一点一点地在树根上拉着……费了半天劲，才勉强将那树给拉倒。

别以为那树长了数年甚至十多年，就该有相应的巍峨，其实不。它再怎么长，也长不了多高、多大。它要么是长在高峭的悬崖上，要不就是长在幽深的深谷里，都是人烟罕至的地方。那倒不是因为它孤高自傲。作为一蔸树，它完全没有选择的权利。它只能遵从命运的安排，将自己的生命搁置在那荒凉、贫瘠的处所。正因了这样的因缘，在人迹罕至之处，它没有受到外力的袭扰，就能够静静地生长，按照自己的意愿在属于自己的这一片窄小的天地里伸枝长叶，拼命伸长它那软而韧的根须，往下，往下，往不可测的地底深处拼命挤去，顽强地吸收贫瘠的石灰岩缝里那可怜的一点点营养，然后拼命往上长。它要长大，它要长高。天长日久，它坚信自己会成为一株参天大树，会成为珍贵的树种，会成为栋梁之材……它长了数年甚至十多年，却依然只有杯口般粗。那数年甚至上十多年的日晒雨淋、日精月华，都到哪里去了？村人对瘦人，有一个很生动的说法，就是“吃了不认账”。这树，难道也是一个“吃了不认账”的货？可当它将近十年的时间终于长成杯口那么粗、两丈那么高的时候，却被父亲发现了。幸运和不幸就是这么一对紧密的邻居，走错门，命运就会发生质变。你的幸运却是他的不幸——它的命运至此发生重大转折……

这株可能在一两百年之后会长成参天大树的杂木，不幸被父亲碰上了，它的参天大树之梦到此为止。父亲将那把坚硬而锋利的刀砍到发软，几乎都卷口了，那多枝、多刺的树才悄然倒地。父亲将它的枝叶收拾干净，将它从高高的岩上往下一扔，然后再慢慢爬下来。这时天色已经快黑了，父亲还得扛着它，穿越丛丛刺蓬，翻下层层悬崖，摸黑赶上几公里山路回家……父亲到家之后，一屁股坐到门槛上，半天动弹不得。我以为的父亲的“偷懒”，原来竟是这样的！这让我心生惭愧，赶紧先给父亲递上一碗玉米粥，然后帮他将那根木头竖到屋檐下……

过了一段时间，那根木头自然阴干了。父亲就将其剥了皮，再用重新打磨锋利的柴刀，小心翼翼地将那已经锯成一长一短的木棒仔细刮磨、凿刻凹槽……

这小小的农具，要制成它，竟然要费如此多的工夫——足见农作之辛劳了。

这把双截棍，这把连枷，在父亲的手里慢慢从粗糙难看的样子显出了它光滑精致的模样。经过几天的打磨，在一个阳光灿烂的上午，父亲从家里走了出来。家是在东边，地坪在西边，从东边走来的父亲被初升的太阳笼罩着。刚从野外捡粪回来的我刚好走到地坪边。父亲迎面而来，掮在肩上的那把连枷被金黄色的阳光镀上了一层淡淡的金色，那种金属的质感，将那连枷变成了一根黄灿灿的铜条。那铜条在父亲的肩上一漾一漾的，不断变换的角度将那一闪一闪的金光闪进我的眼睛。我眼睛里一阵一阵发亮，心头就一阵阵地发颤。

父亲将肩上的连枷放下，竖在地坪边的仓库的墙上。那根长条的握柄斜靠在墙上，那种铜一般的金属质感闪着坚硬的光芒。新打的麻绳往下垂着，像一根铁条般，直直地要往地里插去。麻绳的下端连着那根敲杆。敲杆被麻绳的坚硬强化了，在垂落的状态中一动不动，犹如躲在战壕里的战士，准备着随时一跃而起……

那铜棍一般的敲杆，在我眼里就像一把磨得锋利至极、眼看就要跳起来插进一头大肥猪脖颈里的尖刀，铮铮响着，要突匣而出；又像是圈里饿了两三天突然听到木瓢敲击潲桶的饿猪，急不可耐地要跨栏而出……这种姿势暗暗地鼓励着我，让我很想冲上去，试一试那铜质的坚硬。

但我不敢。在吾地，有这么一种说法：凡击打砍戳类的器具，都属于凶险之器。首次使用者，非得是内力强大的强悍之人不可。否则，降不住它，反会被它所伤。连枷虽不是很凶险，但它内里隐藏的击打力量，也远不是我一小毛孩能够对付得了的。

所以我只能眼睁睁看着那连枷静静地斜立在墙边，发出慑人的坚硬光芒。在炎热的夏天早晨，散发出一种凛冽的气息。

我只能尽着自己的耐心，等待父亲将它高高抡起。

但现在是早晨，7 月的朝露在昨晚连夜收回的黄豆棵上闪着晶莹的光芒。它所带来的那种潮润让每一颗豆荚都紧紧闭合着，豆荚与豆荚粘连在一起，润润地连在豆棵上。这种湿度、这种粘连，组成了一道绵软的防线，将它内里的秘密继续隐藏着，即使已经被收割，被晾晒在阳光之下，它还是不甘心，将自己内里的真相尽力遮掩。而在这种绵软之下，连枷的坚硬就被窝囊地锁在它那双截棍般的身子里。如果它强硬地将那坚硬的力量施展出来，那它一定自取其辱——拳头打在棉花上，窝囊死了。

因此，那把连枷只能静静地斜倚在那堵黄泥墙上。它所能做的，就是静心养气，将坚硬蓄满全身，等待那迸发的时机。

作为一个乡村少年，我对农具的兴趣是与生俱来的。但我对农具感兴趣，并不是因为它对农业生产所产生的作用，那是农具的使命，这没什么新奇的。我对它感兴趣，纯粹是因为乡村少年生活的贫乏单调，而它能成为聊以为乐的补充。单调、陈旧，日复一日的人事、农事、玩事，实在让玩心大发的我们大为丧气。因此，村上的一点点新事的出现，都会让我们大为激动。父亲的新连枷，它远远有别于村上那些粗制滥造的、用小叶桉甚至竹子浮皮潦草制作的应付似的连枷。

但父亲的连枷斜倚在黄泥墙上不动声色了一段时间之后，逐渐升高的太阳的金黄色变成了刺眼的白色，镀在连枷上的那层迷人的金色早已消失殆尽。在我的眼里，那连枷也就是一把连枷罢了。乡村少年的兴趣也随着那金色的消退而消失了。我在惨白的阳光里退出那层金黄的魅惑，走进另一层没有魅惑的金黄色——正待收割的早稻田。手里拿着的，是母亲抽空赶到圩上为我的农忙假专门选购的一把轻薄但却锋利无比的半月形镰刀。心思离开了连枷，我的兴趣便转移到了新镰刀上来。我用拇指轻轻试着刀刃，一种吸力几乎让我的拇指嵌进刀锋。我赶紧移开手指，看到拇指肚那圆形的圆箩图案被一道隐隐的白色印子从中间截断。我赶紧吹了吹那道白印，确认它只是表皮上一道浅浅的压痕之后，才放心地弯下腰，挥起那把镰刀，像举起一把弯月，对着脚下弯垂的稻子，嚓，嚓，嚓，狠劲地刈割起来。那种姿势似乎是在割着荒草，哪里像在进行收割？也难怪，一个酷爱读书的乡村少年，在好好的学期中间，无端地被农忙假驱赶着回到他十分厌烦的田间去劳作，哪怕他面对的是一派丰收的景象，他又怎能像一个老农一般喜气洋洋起来呢？因此，他的劳作必定就像大多数村人制作连枷时的状态，懒散，马虎，潦草，应付罢了。

最终我没有看到我的父亲是如何使用他的强悍之力降服新连枷的。待我在稻田里割完一垄稻谷之后，天上的太阳已射出炽热的白色之箭，刺得暴露在光天之下的每一个人全身刺痒，大汗淋漓。当我一路抹着流进眼睛的汗液，艰难地挑着两捆沉重的稻捆回到地坪上的时候，地坪上的连枷已经此起彼伏了。

相信没有多少人看到过这样的情景。在地坪上，十几副连枷，围着地坪上摊开的厚厚一层黄豆棵，绕成一圈，然后你起我落，我起你落，慢慢围着那摊开的豆棵转着圈。

困了的我，将稻捆卸在一旁的谷堆上，然后疲倦地躺倒在地坪旁边的苦楝树下。未几，我就迷糊起来。在半睡半醒之间，我迷迷糊糊地看到：在蓝色天空的背景下，十几个村人围成一圈，每人间隔一段距离，在使劲挥舞连枷。在劳作之中，他们全如沉默的机器人，眼睛只是看着地上的豆棵，在寻找适合手中的连枷敲击的地方……只见他们叉开腿，一前一后，呈前弓后箭的姿势。举起连枷时，他们的腰往前挺，握着连枷握柄的双手猛然朝上、朝后一举，连枷的敲杆带着麻绳一跃而起，往后一荡……说时迟那时快，村人的姿势快速变换，上身往前倾去，带动双手将连枷往前一抡，那往后荡的敲杆立刻随着往前的握柄闪电般朝地上的豆棵抡去……那些上下翻飞的连枷的身影，在半空里犹如一道道黑色的闪电，疾速地划拉出无数条弯弯绕绕的曲线。而那些在挥抡连枷中慢慢转圈而行的身影，更像是一群跳青蛙舞的舞者，那种近乎迟滞的脚步，那种集体的缓慢，好像全被那些厚厚的豆棵所吸引……

这时，那连枷的敲杆击打在厚厚的豆棵上，发出沉而闷的声音。一些掩藏在豆荚里的秘密蹦跳出来，但立刻就隐入层层叠叠的豆棵里——真相转眼又被掩埋了……在击打过一段时间之后，十几副连枷同时歇下，十几把料叉将被击打得稀巴烂的黄豆棵翻了个底朝天。之后，十几把连枷又再次挥动起来……在连枷连续的击打下，那厚厚的黄豆棵破碎、慢慢变薄，豆棵上的豆荚爆裂开来，一颗颗圆滚滚的黄豆粒瞬间就跳荡着往下钻……待到连枷的击打发出的声音变得清脆的时候，连枷停了下来。十几把料叉再次将那些豆棵翻了个底朝天。然后，每把料叉叉起一把零碎的豆棵，用力抖索着，将夹在里面的秘密都抖落下来，然后，那料叉往身后一翻，那豆棵就老老实实地落到地坪的边上……

待到那些豆棵清理完毕，连枷连番抡举的结果就让真相大白了：地坪上，是一层厚厚的、饱满的黄豆粒。这就是豆荚里的秘密，也是一棵黄豆短暂一生所具有的全部意义。那种厚实和金黄，让所有在地坪上劳作的人脸上全都露出笑意。一张张蒙着一层灰白色粉屑的脸，在这种笑意之下，一下子就显出好多道纵横交错的线条——只有细细观察，才能隐隐看出，这些线条里呈现出来的那种黧黑，才是农人脸上真正的肤色。

大太阳天的热气，早将农人身上的汗水吸干了。但农人们并没谁嫌恶这热气，而是巴望它更热一点——他们刚刚打出来的黄豆粒，是急需太阳的热气的。

这时候，已经来到下午时分，是一天中最适宜暴晒谷物的时刻。农人们也都暂时歇息，回家喝上几碗黄澄澄的玉米粥，稍事休憩。而那些闲下来的连枷，有的直接就被丢在地坪边上，有的则被斜靠在墙边、树干上。这时，这些连枷就成了我们的玩具。有的拿来一副连枷，双方各扯一头，拔起河来；有的将连枷高高举起，用力摇动，让那敲杆在空中飞舞成一把虚虚的伞；有的则拿来对着那堆豆棵学习击打，似乎要为长大后成为一个连枷高手进行艰苦练习……有更捣蛋的人，抓起一把连枷，将它夹在胳膊下。那笔直坚硬的物件，让夹住它的人立时就产生了夹着一把枪的感觉。而枪，对于我们这些乡村少年来说，那是梦寐以求的东西啊。而现在梦寐以求的"枪"就夹在了自己的胳膊之下，那这"枪"如不尽其所能地将其作用完全发挥出来，岂不浪费？这样，持武器者就乘着这样的感觉，变成了一位持枪英雄。这位"英雄"平时在伙伴们中是个弱小者，向来都是被欺负的角色。但"枪"让他具有了以往完全没有过的感觉，他突然像获得了大地母亲力量的安泰，觉得自己强大得不得了。于是，就想发出自己的威力。他环顾左右，发现了自己的敌人——村上那个自小患上中度小儿麻痹症的勒权。勒权比他要大好几岁，是成年人了，但他的手脚平时都蜷曲着，很难伸展开。路倒是还能走，就是走起来一步三摇。由于身体的问题，导致他的心理也渐渐应和了他的身体——扭曲了。他脾气特别大，动不动就骂人，甚至要打人。可惜的是，他的手脚不灵便，打人的姿势还未摆出，欺负他的小毛孩早已不知道溜到哪儿去了。这样更是惹得他火冒三丈。今天那位"英雄"也完全变了个样，看到勒权，立马兴奋起来，觉得英雄终于有了用武之地。于是，他挟"枪"前行，逞一时之勇，一把"枪"直直就顶了过去，将勒权顶了个四仰八叉。勒权跌在地上的滑稽样子引来了大伙的一阵大笑。"英雄"则在这些大笑中觉出了自己以往所没有的成就，站在那儿得意地东张西望。殊不知，那跌倒在地上的勒权，在哼哧了几下之后，挣扎着坐了起来，手哆哆嗦嗦地竟然抓起了一把连枷。

后来的情景让大家都目瞪口呆。只见勒权突然变得敏捷起来。他从来没伸直过的蜷曲的手，这时变成了一把会飞舞的曲尺，带着那把连枷飞了起来……连枷那坚硬的敲杆一下就追上了那位“英雄”，狠狠地击打在他的后脑壳上。那种击打的力度不小。那位“英雄”右肩往下一塌，整个人就完全扑倒在地坪上刚打出来的黄豆粒上……后脑上突地凸起一个大包，大包顶上冒出一个血口子，那汩汩而出的红色液体慢慢地顺流而下，将他的脖颈、肩膀染红了一大片，然后，将他头下的颗颗黄豆染成了一颗颗的红豆……

那把连枷也静静地躺在他的身边。呀，是我父亲精心制作的那把连枷啊。它独自躺在金黄色的黄豆粒里。那截麻绳依然坚硬地伸展着，那一头连着的敲杆，在经过这次击打后，似乎具有了一种嗜血的欲望，在金黄色黄豆的映衬下，在炽热的阳光的照射下，发出一种坚硬的光来——那种铁似的硬，似乎时刻总在等待着，要蹦跳起来，准备开展再一次的击打……

那时，我不知道，连枷的质地其实就是人的质地，连枷的脾气就是人的脾气，连枷的力量就是人的力量呀。

“录毒”——碌碡

【碌碡】一种农具，用石头做成，圆柱形，用来轧谷物，平场地。也叫石磙。——《现代汉语词典》

这跟我的记忆完全相符。

在桂中壮族农村，没有多少人能够知道，那几块死沉死沉的圆柱体的石头，用官话来讲叫什么。我们只用壮话称呼它。直到有一天，离村子不远的水管站新来的管水员来到村子里。他拿起一只玉米棒，在地坪上摊得像一块畲地的稻谷上画出簸箕大的“录毒”两个字时，村人才终于懂得了这个东西，原来官话叫作“录毒”。

村民们看着那两个陌生的汉字，跟着那水管员念了起来：录毒？录毒。录毒！录毒录毒录毒毒毒……还别说，他这么一点，立刻得到了村民们的认可。可不是？那东西在地坪上滚动起来的声音，不就是“录毒录毒录毒”吗？

这个“录毒”，在我的印象里，是个来历不明的东西。反正打我记事起，那几个“录毒”就杵在地坪边上了。它们一律的两头平，中间都是一个滚圆的肚子。有的肚子上还留有人为开凿的斜纹，有的纹路已经完全磨平了，那肚子则成了九月怀胎的孕妇的肚子，光溜溜的。有的呈灰白色，有的呈青灰色，有的呈青黑色。我猜想，它们一定是用我们村后山上的石头做成的，那些颜色就是我们山上的石头的颜色。可是我们从来不知道，我们村上有谁会制作这些东西。

山上的石头，我们对它最大的认知，就是可以用来烧石灰。那青黑的、灰白的山石被炸开之后，被垒砌在一个大窑里面，然后就是连续不断的柴草的煅烧。一段时间之后，我们就会发现，村头的几个凹坑里堆积了一块块“石头”，只是，这些“石头”已经变成了白色的块块。走近它们，会闻到一股浓烈的刺鼻的味道。那时，我们就盼着下雨。雨一下来，这些白色的“石头”会吱吱啦啦地自然冒烟，然后炸开。这时，一个池子里就变成了煮开的一锅白粥，冷却之后，完全就变成了一池洁白的滑嫩的豆腐。这种景象让我们兴奋莫名……

而这些圆柱体的“录毒”，跟我们的认知是脱节的，即使我们能联想到它们是山上的石头变的，还是没有具体的事实予以证实。好在我们的脑筋一时还没有固化，对这个问题的纠缠仅仅坚持了一小会儿，就随着那些石灰的炸开而融化了、销声匿迹了。它们给我们带来的快乐，则像是夏夜的凉风，一阵又一阵……

“录毒”带来的快乐，更多的是在那炎热的夏季。

当然，夏季就是农忙季，村人那时都忙得要死。而闲置了一冬一春的“录毒”，也开始忙活起来。村人将两截坚硬的杂木短棒削成一头方、一头圆模样的楔子。方的一头，就敲进“录毒”两头的两个方形孔中，圆的一头则楔进一个四方木架子里，然后从这个架子里引出两根缰绳，接上一个牛轭，然后套上一头牛，这样，一个农具组合就完成了。

组合完成的农具在一个具有丰富经验的老者的牵引下，在地坪上铺陈成一个大圆形的稻禾上缓缓动了起来，那种“录毒录毒”的声音就开始在地坪上传响开来。那牛驾拖着沉重的“录毒”画着椭圆形的圈，一圈一圈地碾压着那些稻禾。一圈，一圈，又一圈，无数圈，原先厚厚的稻禾慢慢被压实、压扁。稻穗上的谷粒就在这样的碾压中脱落……之后，牛驾暂停，待在一旁的众人迅速拿起料叉，将那些稻禾底朝天翻了过来。等在一旁的牛驾重新动了起来……重复了上一次的动作之后，稻禾上的谷粒完全脱落了，牛驾就被赶到地坪边上。牛轭卸下，那老牛就站在一堆新鲜稻草边，伸出粗粝的舌头，将香甜的稻草卷进嘴里……村人们则用料叉将那些稻草挑起，抖一抖，将裹挟在里面的谷粒抖落之后，将那稻草一扬，就扬到身后的地坪边上……不久，稻草被撩走，地坪上就剩下一层厚厚的、金黄的稻谷……

所有曾经的疲累被这金黄的颜色给盖掉了。丰收的喜悦立即在大地上传开。天上的太阳也笑咯咯的，将它那一层金黄色撒到谷粒上。这时，那些谷粒全成了一粒粒的碎金，珍贵而又亲切。

这种亲切让我们感到一种饱暖的快乐。这种快乐可能比任何一种玩具都要来得踏实。正因为有了这种踏实，由此才生发出更多的快乐。否则，在炎热的夏夜，我们怎能体会到这“录毒”带给我们的别样的快乐?

桂中乡村的夏夜，那简直就是孩子们的乐园了。紧赶慢赶将碗里的饭菜扒进嘴巴，孩子们就火烧火燎地溜出家门，朝地坪跑去。

这样的夏夜，不管是凉爽还是闷热，都无法阻挡我们前往地坪的脚步。夏夜，是我们游玩的黄金时间，而地坪，则是我们的乐园。白天各自忙碌的伙伴，这时都汇聚到了这里。

有月光，或者没有月光，我们都在地坪上。这样，我们就开始了对这“录毒”的利用。有月光的晚上，我们会捉迷藏，充分利用月光下的暗影，自欺欺人地将自己藏得滴水不漏……在没有月光的晚上，我们则老实得多，四周的黑暗让我们害怕。每个人都尽量将自己限定在一个约定俗成的范围里。坐着的，自然就围坐在“录毒”四周；而坐不住的、四处游走的人，也一收往时的放肆，与坐着的人群保持若即若离的距离。

这时，“录毒”就是整个场面的主角了。

大约是怕我们胡乱拉动，那几个“录毒”已然被大人卸去了木框，干净利落地呈现着夏夜的清凉。有两个被我们合力竖立起来，被两个平时喜欢吆五喝六的家伙分别霸占了，我们则都挤在那三个横躺在地上的圆柱体上。

这时夜都蛮深了。白天为整个地坪带来喧嚣热闹的“录毒”沉静下来，似乎也将四周所有的热闹给带走了。“录毒”静在那里，它内心所存储的清凉之气慢慢地渗漏出来。坐在上面的我们，也因这些清凉之气慢慢减轻了那种夏夜特有的燠热。凉爽之气让我们静下来，谁也不想说话，都在看着高远幽深的天宇上那几颗闪烁不定的星星，间或看一看四周那藏在树叶深处的更深的黑暗。鼻间，一直到心灵深处，都闻到稻禾那有些呛人的迷人的味道，以及微风带来的成熟的苦艾的苦涩香味。

这些独特的香味啊，一旦沁入心底，哪怕是懵懂少年的心底，它也是驱赶不去的。就是累到死的这些味道构成了童年的深刻记忆，一直延续到成人，甚至老去，谁也无法摆脱它。

没有了这些味道，我怀疑我自己是不是还会有对乡村的记忆和惦念？

还会不会在人到中年的时候来写作这些文字？

但那时的我，只是随着同伴们在“录毒”上瞎呆。没有思想，没有说法，只有天生具有的一些感受能力。正是这些感受能力，让那些味道牢牢地沁入我的心底……

但乡村少年的夏夜毕竟短暂。次日的劳作或者上学像是撵在屁股后面的恶狗，在拼命驱赶着我们快点回家睡觉。大伙也都感到了时间的紧迫，于是，那种静默，仅仅保持了一小会儿，就被我们自己打破了。地坪上再次喧闹起来。有的人试图将竖起的“录毒”再次推翻；有的人则相反，要将躺着的“录毒”竖起来。伙伴们则按照自己的喜好加入到某个团伙，不久，几个团伙都达到了自己的目的。其实更过瘾的，就是将“录毒”推动起来。白天，我们看到它在犍牛的牵引下在稻草毯上辘辘转动，这种由沉重到轻飘的无缝转换让我们觉得十分有趣，想到自己如果能亲自操作就更妙了。而现在，在漆黑的夏夜，没有大人的干涉，谁都想试一试，感受一下那种奇妙感觉。我们深知那圆柱体的沉重，以我们的力量没有办法掌控它。它一向的威严总让我们感到泄气。但最终好奇心占据了上风。几个力气较大、平时搞鬼惯了的家伙开始跃跃欲试。他们打开手电筒，围着一个横躺着的“录毒”转了几圈，然后集中到“录毒”的一边，岔开步，躬下身，伸出两只手，顶在“录毒”上，然后合力一推，然而，那“录毒”却纹丝不动。几个人不服气，重又拉开架势，每人都使尽吃奶的力气，暗地里喊“一、二、三”，只见那“录毒”动了一动，接着又动一动，然后往前滚了一点，慢慢就滚动起来……有两个人甚至站到上面，在它那圆鼓鼓的肚子上互相挤对，看谁先掉下去……后来那“录毒”开始随着惯性越转越快，越转越快。那两人就吓得赶紧跳下来。快速转动的“录毒”碾压过地面，由于失去了稻毯的垫铺，没有了缓冲，“录毒”直接碾着坚硬的地面，发出沉重的声音。“录毒，录毒，录毒录毒，录录录录毒毒毒毒毒毒毒毒……”

“录毒”这个原本死硬的石头，一旦发力，它就变成了一股移动的力量，这股力量在这块地坪上绝无阻拦。有人将一把谷子撒到它前进的路径上，顷刻之间，“录毒”滚过，根本就感受不到任何的阻力。在手电筒的亮光下，被碾过的谷子大都白花花的一片破碎；有人将一片瓦片扔到它前面，就听到“啪嚓”一声，瓦片顷刻间就被碾成一片瓦红的齑粉……有人甚至顺手将谁家忘记拿回家的连枷的竹柄一把塞到“录毒”前面，只听一声脆响，那竹柄爆裂开来，那响声鞭炮头一般炸响……

“录毒”那沉重的声音像是一串沉沉的雷声，在黑魆魆的暗夜里似有一种摄人魂魄的魔力，像一根粗大的长长的绳子，似乎要将人心里的某一种东西粗暴地扯远，扔到无边无际的夜空里去，让人有些心悸。伴随着这雷声的，是地面的震动。这种震动在暗夜里极速放大，从来没有体会到这种震动的我们似乎感到整个天空也晃动起来，人就似乎要站不稳了，不禁就有些心慌，禁不住想找个地方靠一下。

这种心悸最让乡村少年们慌神不已，有几个已经悄悄离开地坪，回家去了。看看人少了，那几个推动“录毒”的家伙便肆无忌惮起来，在最后一圈走完，来到地坪靠田的一边的时候，几个人心有灵犀，将那“录毒”往下一推……那沉重的“录毒”就迅速朝两米深的田间飞去。那几个无良少年还没来得及发出得意的笑声，就听到下面田里传来一个“哎呀”的尖叫声，将他们吓得魂飞魄散……原来，一个伙伴内急，悄悄跳下田间大解，哪里想到有人会将“录毒”往田间滚？

万幸的是，也多亏了那“录毒”一头略大、一头略小的结构，那“录毒”在顺着田坎往下溜时，朝旁边歪了一下，改变了运行方向，才没有砸上那个小伙伴，否则，后果不堪设想。

第二天，那几个无良少年的父亲，在全村人的哂笑下，费尽九牛二虎之力才将那数百斤的“录毒”弄到地坪上。而到了夜幕低垂时分的晚饭时间，村里几个不同的方位就断断续续传来男孩被痛打的尖厉哭声……

“录毒”，这个叫“录毒”的东西，在乡村少年漫长的无聊季里，就这样陪伴着我们度过发育、启蒙的时光，成为我们取之不尽的乐趣的来源之一。

后来我才发觉，那个外村来的管水员其实是个半桶水。他的以讹传讹让我们将这个东西叫错了好多年。若干年后某年夏收，已经在外地参加工作的我回到村子，想着要借一个机会向村人进行纠错，当然也顺便卖弄卖弄我的学问。在一个村人刚刚翻完一阵稻禾、正放下料叉歇息的空当，我故意用字正腔圆的汉语说出“碌碡”这个字眼。但村人听了之后，皆面面相觑，完全不知道我说的是什么。村里的兼职会计犹豫了一阵之后，小心翼翼地问我这个“碌碡”是何物件。我指指那几块圆柱体的石头说，就是它。本地官话叫它“石磙”，其实正确的叫法是“碌——碡——”

我这话一说出口，立刻引来一阵哄堂大笑。笑声将地坪边那苦楝树上的几只麻雀都惊飞了。有人说，说得那么拗口，原来你说的是“录毒”啊。

我在这哄堂大笑中面红耳赤。

乡村跷跷板——舂碓

【舂碓】可将稻谷、苞谷、高粱、小米等原粮加工成米粒或米粉，也适宜于小量加工。碓由碓坊、碓马和碓臼组成，是一种比较原始的加工工具。舂碓不仅用作粮食加工，有时还运用碓舂枯饼、火药（去铁杵用木杵）、香粉等。需要小量的各种粉末，都可以用碓舂。——摘自互联网

其实，在我的记忆里，它就是一副乡村跷跷板。只不过它不是用来游戏的，而是实用，乡村是时时离不开它的。

按理说，必得有一间叫碓房的屋子来容纳它。但在桂中农村，没有谁家能够奢侈地腾出一间屋子，来容纳那叫作舂碓的工具。它只能憋屈地挤在某间幽暗厢房的一角，默默地横在那儿。这样，原本具有一定私密性的厢房，无形中便成了公众可以随意出入的准公共场所——在乡村，一个村子并没有多少架舂碓。有幸具有一架舂碓的人家，便情愿或不情愿地变成了具有某种

公共事业性质的机构。不管家里有没有人，装着舂碓的厢房的门，总是一如既往地大敞着。

厢房一般都憋闷，幽暗。主要的光源就是后墙上挖出来的一个四方形的小窗子，透光有限；再加上屋顶上那一两片瓦片一般大的亮瓦，那点暗淡的光线基本上也没起多大的照明作用。一进去，你眼前会一片漆黑。但这种感觉也不过持续一小会儿，待你适应后，你的眼睛立刻变得猫眼一般，在黑暗里闪闪发亮。屋内的陈设便都在你的眼里出现了。

房间里，靠北墙的这边，摆设着主人的床铺、衣柜等简单的家具，对面南墙边的空地上，一根硕大的碓木依着墙边静静地卧着。这根碓木，在四分之一处，被两块竖埋在地里的青石组成的结构承载着，这样碓木就被分成了一长一短的两截。长的一头斜搁在地上，短的一头呈翘起状，整块碓木呈现一副跷跷板的姿势。在碓木的尾部，一个瘦小的女人正在那里劳作。她的左手叉着腰，右手举在半空，握着一截从屋顶垂挂下来的麻绳，左腿站在地上，右脚则踏着碓木的尾端，右手用力一拉，将自己的身体往上带去，然后发力，整个身体随着右脚猛力往下一塌——木头这一端就被压了下去，那一端就高高抬起。然后她快速将腿抬起，失去压力的碓木，沉重的前端瞬间就快速落下。在碓木的前端，有一根呈 90 度嵌在木头里的碓杵，镶着一块钢牙铁齿。这碓杵被碓木带动着，往埋在地里的石臼里猛然捣去，然后发出沉重的声音。在起起落落间，碓杵就发出咚、咚、咚的声音，那声音沉重而浊哑，在厢房里回旋着。这些动作一气呵成，连续不断……正是因为这反复不断的动作，那咚咚的声音才会连绵不绝。

在这连绵不绝的声音中，通过窄小的窗子斜斜投进来的微弱的亮光里，无数的微尘像细微的蛾子一般，上下翻飞。如果谁注目那道光柱，那么，他就看不到躲在阴暗厢房里的人和物件了。而在乡村，只有闲人才会去看那看得见、摸不着的光。但需要进这个厢房的，肯定就不是闲人了。所以，那翻卷着晶亮微尘的光，就兀自在那里悬浮。而窝在阴暗里的人，正在使劲地将自己的目光放大，以便能够很好地进行自己的劳作。踩碓的人如果是个有经验的人，那么，这个动作对她来说可能就是某种程度上的诗意的劳作：抬起的右手紧握着垂下来的绳子，上面会有几个绳结，方便身高不一的人找到最佳的握持点；左手则叉在腰间，一来可以扶持一下腰部，同时可以帮助腿脚使力；左脚踏在一边，右脚作为踩碓的主力，一定稳稳地踏在跷起的被削成扁平状的碓尾上。为了让足底与碓尾的木头更好地离合，村人找到了最佳的方式，那就是赤脚。厚实的脚板底上，厚厚的一层老茧，在与木头之间的离离合合之间，成为减震的肉垫，避免了木头对脚底皮肉的撞击。

踩碓最难的，恐怕就是刚刚开始的那几脚。那根木头十分巨大，而作为跷跷板，它的支撑部分并不在中间，而是靠近碓尾这一段。这样的跷跷板一头极长，另一头极短。重量的不均衡造成了压力的不平衡。碓头和碓尾之间力量配比悬殊，为了将那一大段长长的碓头抬起并且抬高到一定程度，碓尾的地面上还挖了相应的一个坑洞，目的是让碓尾能尽可能压低，从而将那一头抬得更高，让它落下时更有力。踩碓时，如果没有足够的力量，是无法将碓尾踩到深深的坑洞里的。照理，这样的体力活，该是男人们的任务。但男人们有更重要的事情。他们无暇（其实是不屑于）来做这些婆婆妈妈的事情。开掘、击打、起扛、追猎、攀爬……凡是跟这些猛烈、凶悍的语词有关的农事，比如耕犁、砍伐、搬运、夯地、建筑等，那是男人们理所当然的事务。只有这些事务，才是男人们施展力量和技艺的项目。而碾磨、簸扬、捡拾、播撒之类相应不太需要力量和技艺的事务，那就是女人们的事情了。而像踩碓这样既需要大力气又需要小技巧的界限模糊的劳作，男人们则支支吾吾、退避三舍了。所以，这样一项需要一定程度的体力和技巧的活，就理所当然地落到了柔弱的妇女们的身上。多年以后我读李白，他说："田家秋作苦，邻女夜舂寒。"我才恍然大悟。原来，踩碓这样的劳作，自古以来就是妇女们的专攻啊。

踩碓最需要力气，而且是大力气的，特别是刚刚开始的那一两脚。由于杠杆配比的故意偏差，那一头的重量就像一头大牛伏在那里。而这头，是一只瘦削的小牛犊。以小牛犊之力，它怎能将那头大牛抬起？

看看我的母亲是怎么对付那头大牛的吧。她的脚微微弯曲着，踏在碓尾上，脚底的老茧像蚂蟥的吸盘一样牢牢地巴在那被无数脚底摩擦得滑溜溜的木头上，然后抬起身子，在右手使劲拉动绳子的同时，身子全部的重量瞬间就压在右腿上，右脚几乎同时往下一蹬——这时那头大牛就被缓缓地抬起。在母亲全身力气几乎使尽的时候，碓尾也被母亲踩到了坑底。这时母亲将右脚快速地抬起，压力的瞬间丢失让那一头的大牛发了威。它依照自由落体的规律，快速地往下一落，只听“咚”的一声，碓杵带着金属牙齿往舂臼里重重一落，然后往上稍稍反弹……说时迟那时快，经验丰富的母亲抓住时机，右脚快速压上碓尾，借着那反弹的力量将碓尾轻松踩下……那一头的大牛在这样连续不断的动作中被抬起、落下，落下、抬起……“咚、咚、咚……”连续而有节奏的声音响了起来。这时，你再看看母亲，她开始踩碓时的使劲让她黧黑的脸几乎憋得变形，而一旦踩碓进入节奏，那脸上的神情便轻松起来。这时，她像一架发动起来的进入正常运行了的机器，所有肢体开始轻松起来，叉着左手的腰肢一扭一扭的，右脚不断地弯曲、绷直，绷直、弯曲，将那头大牛玩弄于股掌之间……她甚至可以扭头看了一下窗外，瞥了几眼从来没认真看过的光柱。那光柱里越来越多的蛾子在上下翻飞，那是舂臼里的谷物被舂碎后弥散开来的粉尘，似乎，她从这里看到了它艰辛的劳作所呈现出来的一丝诗意。可母亲是个没有什么文化的农妇，哪里懂得什么诗意？一定是弥散开来的粮食的味道让她感到了舒心或者是我们所说的诗意吧？那种亮色，怕是劳动人民在劳动过程中与生俱来的某种快意的外在体现吧？

但是亮色很快就消失了。舂了一段时间后，石臼里的谷物须得翻搅一下，否则会舂得不均匀。本来，踩碓最好是两人。一人踩碓，一人在碓头那里趁着碓杵的起落将石臼里的谷物搅匀，或将满溢出来的谷物扫进石臼。如果恰好这时，另外一个妇人也来舂米，那就能跟母亲配合，这样进度要快得多。但这时并没有人来，母亲就不得不停下踩碓，来到大牛的这一头，艰难地将大牛抬起，将一个木架子塞进大牛的身下，将大牛顶住，然后单腿跪下，手伸到石臼里，将里面的谷物搅拌一番，然后将那木架子取掉，放下碓头，然后回到碓尾，再一次调整机器，再次使尽全身力气，将自己发动起来，努力带动这架舂碓继续运作……

我很小的时候曾经试着踩过舂碓。那时我五六岁，跟着祖母到邻家去舂米。当时我的祖母正在碓头旁用撮箕将谷子从箩筐里撮出来，准备将其倾进石臼。在一旁的我兴趣顿起，一下就跳到碓尾上，学着大人的样子，一手拉着绳子，一手叉着腰，右脚就踩上舂板……但年少力弱的我，小小的力气怎么可能踩下碓尾？那碓尾纹丝不动。我一急，就将整个身子压了上去，然后费尽九牛二虎之力，才将碓尾压下去一点点。由于全身都压在碓尾上，身子无法及时抽出，失去了重力的碓木变成了一根抛竿，碓尾被碓头一压，就将我轻飘飘的身子抛起来……多亏我把那根垂下的绳子牢牢地抓在手里，人才没有被抛出去……

这次经历将祖母吓得不轻。她伸手将我捞起，环进她的怀里，将我紧紧抱住。惊魂未定的我躲在祖母的怀里，瑟瑟发抖。静下来之后，我听到了祖母急促的喘息声。从此以后，祖母在做家务的同时，一半注意力要放在我身上。好在我不是那种好动捣蛋的人，很少惹什么事情，这才让祖母稍稍能够专心舂米。

或许是这次经历让祖母心有余悸，每在碓房，她一面操持着舂碓，一面将心思放在我身上。这样的操心让祖母有些忙乱。有时刚踩下碓尾，一眼瞥到被她摁在旁边一张小凳子上的我似乎有所动静，就急急忙忙抬脚，由于只顾着看我，一时的疏忽间，那碓尾一抬，将她未及举高的右脚往上一顶。多亏那脚已经举到了一定的程度，那顶的幅度不够大，否则，她的脚有可能被那带着强大惯性的碓尾所伤……祖母将小板凳搁到床铺前的箩筐后面，将我摁在板凳上，用箩筐将我和碓隔开，并多次叮嘱我不许起身。一直到我点头答应，她才转身回到碓边，开始专心踩碓。那均匀而有节奏的声音让在一旁的我听得入了神，祖母劳作时全身的动作让我看得着了迷。坐在板凳上的我不由得随着那节奏也动了起来。祖母见了，见我没有起身，就又放心了。她离开碓尾，将碓头抬起，将舂好的米挖出来，然后又放进新的谷子，继续舂了起来……

在祖母漫长的劳作中，我趴在箩筐上，听着舂碓发出的击锤声，闻着谷物被舂开后散发出来的新米的味道，慢慢地进入了迷迷糊糊的状态……

在舂碓的起起落落中，碓房里的味道慢慢浓烈起来。舂米还没开始时，碓房里的味道是一种干燥中带着某种些微的霉味的陈旧味道，那是天长日久累积下来的味道，原始而真实，里面蕴含着农村特有的谷物、粪肥、家禽和人体的气味，乃至老鼠、蟑螂长期出没遗留下来的腥膻味。这种混合气味，任你进出任何一家，都能即时闻到。乍一闻到，你会觉得那是一种说不出的臭味。但这种臭味又不是那种臭不可闻的，它会在冲进你的鼻子之后，让你隐隐闻到某种你无法判断的带有一丝疑似香味的奇怪味道，而这种味道让你在记忆中不断翻找……即使翻找不出什么东西，你也会对这样的味道感到熟悉……这样的气味将你熏透之后，随着舂碓的起落，石臼里的谷物慢慢被碓杵上的铁嘴咬出了味道。起始，那是粗糠的味道。城里人进到存放原粮的粮库里闻到的，就是这样的味道，很糙，它像一根根谷芒一般，疾速地往你的鼻孔里穿去……对，是穿，让你娇嫩的鼻孔里像塞进了一撮谷芒，让你鼻孔蒙受刺激，要打许多个喷嚏，要将那些谷芒喷出来……但不久，那粗糠的味道渐渐变得细柔起来，就像你曾经被堵塞的鼻孔，突然被一根细而柔软的丝线来回摩擦，让你感到了鼻子慢慢疏通、渐渐闻得到大自然亲切而清新的原味……那其实就是谷物被脱粒之后散发出的原初的生米的醇香啊。

乡村孩子最喜闻的味道，也就是能够解决温饱和嘴馋问题的粮食的味道吧。在温饱问题未能解决的年代，即使肚子里刚刚吃进一些东西，也很少有饱胀的感觉。但闻着越来越厚的米香，心里的踏实感总是让人感到愉悦和放心。因此，我闻着那一股股不断从石臼里弥散出来的清新的米香味，不由得沉入梦乡……

但对于我来说，这样的味道并不是唤醒我——因为它们还没有来得及深藏进年幼的我的心底，相反，它们正在用它们的味道将我包围，并力图潜进我的记忆里，让我一辈子无法摆脱它。我觉得我就是从那时开始接受这味道的。它们像一只只正在吐丝的蚕，不动声色地将一根根几乎看不见的丝慢慢地拉出，渐渐形成一个强大的包围圈，将我变成一只蛹，让我躺在这个包围圈里沉沉睡去，让我在梦中慢慢习惯这样的气味……在之后的人生道路上，这种气味就一直紧紧地裹挟着我，让我无法挣脱那些思乡的丝线的层层缠绕。而这种原初的味道，唤醒了被掩埋在内心多年的对于纯正而简单的原始味道的感觉，我终于觉得，这舂碓所揭示的，竟是久居城市的许多人迷失了的最直接、最纯真的真理啊。

这碓房里不断氤氲着的、挥散不去的，就是在这副巨大的乡村跷跷板不断起落的动作中，那些发出来的本真的、纯纯的米的味道。那也是沉积在心的、久远而深厚的、无法忘怀的乡村的味道啊。

这种味道是这样令人气定神闲，让人踏实安然。

捶布石

【捶布石】古代用于家庭布料洗涤后在上面舒张的工具。材质以石料为多，形状有方有圆，上平面平滑光润，中间略高于周边。古代被褥或衣裤布料多用粗布（农家自织棉布），洗涤后发脆，故用面糊浆之。浆硬之后，就折叠放在锤布石上，用木制棒槌捶打舒张至绵软舒适后使用。——摘自互联网

这与我的记忆相符——不过，在童年时代我还见过，何况古代？

在幽暗的夏夜，我们的活动场地主要就是地坪了。有时我们会坐在碌碡上，仰望着遥远天上的某一颗发出些微亮光的星星。我们不知道它叫什么，我们甚至不知道它还有名字。叽叽喳喳的声音突然停了下来，我们就只是看着。看着看着，就觉得我们自身化成一缕清风，飞到那幽深、遥远的夜空去了。这样的感觉让我们突然有了一种对时间和空间的距离感。

这时就有人问，村里最老的东西是什么呢？

这个问题一提出，立即引出大家的七嘴八舌。有人说就是地坪不远处的社上的樟树。每年的二月社，大家都到那株樟树那儿摆开饭菜，在那里拜祭社王。那樟树高耸入云，满身的裂纹展现出古老的姿态。

的确，它够老的。

但马上有人反驳，最老的不是樟树，而是村中间那栋老房子。这个房子一直没人住，但却依然稳稳站立着。老房子的样子很独特，完全不同于我们村里的房子。它的基础是大块的青石，墙壁坚硬如铁，泛着青灰的老颜色。据说村里后面新建的房子都已经倒塌了好多，唯有它还威风凛凛地站立着。

的确，它也够老的。

也有人说是村后的小树林更老，也有人说村前小河上的石桥更老……最后有人说，最老的，应该是村巷里的那块大石头。

他这么一说，所有的人都静了下来。

他说的那块大石头，就是搁置在我家门前巷子边上的一块捶布石。

那块石头呈四方形，长宽约三尺，大约五寸厚。白色中带一点点灰。它被搁置在几块同样颜色的青石块上，稳如泰山，任谁都无法摇动它一丝丝。

这块大石头，跟地坪上的碌碡一般，来历不明。据村里的老人说，在还

没有他们的时候，它就已经在了。

我们听到老人说，世界上最柔软的布，就是绸缎。手一摸过去，那绸缎就柔柔的，从指头滑过……像……像什么呢？再能说会道的村人也举不出一个例子。我们不知道绸缎是什么，不知道抚摸绸缎是什么样的感觉，这样说等于白说。倒是有一个老人，冒出这么一句：就像锤布石的光滑一样。

切——我们异口同声地哂笑。那绸缎，不就像水一样嘛。

那些老人听到我们的哂笑，面面相觑。是啊，那么简单的比方，他们硬是打不出来。

我们当然知道绸缎像什么了。因为我们知道捶布石，知道它的细腻和光滑。它面上的那种光滑，能照出人的影子来，能滑出人的心事来。

白天的捶布石，曾经忙碌过。那时，我好像刚刚有记忆。每当阳光明媚的正午，村里就有几个妇女挎着竹篮往河边走去。她们来到河边。河边一排排的灌木上，晾晒着她们一早就染制好了的土布。那土布是她们自己纺织的。她们自己种棉花，精心护理它们，让它们结出粗大的棉铃，然后在灿烂的阳光下开出硕大的、洁白的棉絮。她们将那些棉絮小心翼翼地摘下，用簸箕将它们晒干，拿到分界街上，用轧棉机将棉籽轧出来，然后拿回家，待晚饭之后，架起纺车，用睡觉前的一点时间纺起纱来。她们纺纱让我觉得很奇妙：她们右手摇着纺车，纺轮飞旋，左手拿着棉条，我不知道那棉条起先是如何在纱锭上扯出第一根线头的……随着纺轮的飞旋，她们的左手将棉条慢慢从纱锭那里朝外拉，棉条头那里就扯出了一道细细的白线……随着她们循环不绝的一拉一扯的动作越来越快，那手里的棉条很快就变成了短短的一截。更让我惊奇的是，她们以飞快的动作将另一根棉条续好了，那线就源源不绝地被拉扯出来……未几，那纱锭上就缠满了洁白的纱线，成了一个白色的纺锤形……

这些棉条全部变成线之后，妇女们的工作还远未结束。她们还要架起织布机，每天抽时间坐在织布机上拉拉扯扯。具体怎么做我全然不记得了，只有她们织布时将梭子熟练地抛过一层层白色纱帘的行云流水般的动作，让我记忆犹新。

我只知道，待她们忙过无数个白天和夜晚之后，织布机上就层层叠叠地堆起了白色的粗布。那粗布干净清爽，虽然粗糙，但它散发出的新布的味道让人闻了还想要再闻。我们曾经将脑袋钻进那堆布料里，使劲地嗅着那有些刺鼻的棉纱的味道，那种新鲜的感觉让我们感到无比的舒畅。

纱变成布之后，妇女们的任务还只完成了一部分。她们要将那些布丢进染缸，将它们染成蓝黑色。那染缸里的蓝靛幽深、湛蓝，似乎深不见底。妇女们会将蓝靛加热，之后将粗布投入染缸，用木棒使劲将那些布压下，让它们全部浸入蓝靛里，之后使劲搅拌，以使它们均匀吸收那些湛蓝的颜色。木棍毕竟不那么听使唤，有的妇女干脆将木棍丢开，挽起袖子，将手伸进染缸，使劲翻动那些粗布。等到妇女们认为布已经跟那些颜色紧紧地相互渗透之后，她们才停了下来。这时，你就会看到，一旦停止下来，那些被搅乱了的布就像我们站在最高山上时看到的脚下那些矮矮小小的山山岭岭，排列无序、高低不平，微微闪亮着黛蓝乌黑的幽光。再看妇女们，她们那两条原本黝黑粗糙的手臂，完全变成了两截蓝色的藕节……不管事后她们如何使尽浑身解数要除掉那些颜色，那些蓝靛依然十分顽固地巴在她们的胳膊上，不无骄傲地炫耀着妇女们的勤劳……

这种沁入皮肤的蓝靛，需要天长日久，才会渐渐退去。而这时，妇女们的勤劳已经转移到了捶布石上。

这时的捶布石，冷静，沉着，在白日的光照下，泛着清亮的光。在燠热的天气里，坐在上面的我们，并没有感到什么热气。相反，它会不动声色地将我们身上的燥热悄然带走。它是怎么做到的？我们并没有去多想，只知道尽情享受就是了。

妇女们的到来让我们自觉地从捶布石上下来了。这种自觉，让妇女们满心欢喜。她们一定觉得奇怪：这些少年，怎么跟平时顽皮的表现不一样了？

她们哪里知道，我们的自觉完全是出于一种自私的考虑。因为，我们喜欢看她们捶布。

为什么喜欢看她们捶布？她们的捶布有什么让我们着迷的？

其实也没有什么东西让我们着迷的。激起我们好奇心的，是她们捶布时的一些情景。

她们将染过、晒干的粗布铺到捶布石上。那一长段的黛蓝色，一下就将那灰白色的捶布石给盖住了。她们细心地将布料铺得平平的，之后站起来，抓起擂杵。那擂杵有三四尺高吧，上尾是小的，下头则是一枚独蒜似的疙瘩。

那擂杵举得并不是很高，也就半尺这样。然后就听“咚”的一声钝响，我们看到，擂杵捶到的地方，那黛蓝的布上就现出一团浅淡的闪亮的捶痕。随着擂杵的多次击打，那捶痕就渐渐扩大，变得愈加闪亮。我们感兴趣的，就是那粗布是如何在擂杵的击打下慢慢变得亮光闪闪的……有时候，我们也会抢过妇女们手中的擂杵，在捶布石上密密地胡乱杵着。这种乱杵弄得布料乱成一团，我们的击打使得原先已经被击打得亮闪闪的一片平面全都布满了支离破碎的裂痕。妇女们倒也大方，待我们折腾够了，她们重新将那些布料整理好，拿起擂杵，又捶打起来……

这时，如果有阳光，那擂杵下一定是银光闪闪的。擂杵仔细而执着地捶打着，而躲在布料下的捶布石，也在默契地呼应着擂杵的动作，那就是稳稳地任由擂杵隔着粗布将力量施放在自己的身上，自己则将光滑的特质，透过这种击打，施放到那粗糙的布料上……就这样，在多方的共同作用下，捶布石的光滑渐渐就爬进了粗布里，然后慢慢渗透出来……不久，让我们惊奇的一幕就出现了：原先粗糙得像砂布一般的布料，现在已然完全变了，像镀上了一层……一层什么呢？见识少的我们找不出一个好的比喻。直到后来队长家里拥有的村里唯一的一个暖壶爆炸了，我们才骤然想起，那布料不就镀上了一层暖壶内胆的叫水银的东西吗？那水银似的一层亮闪闪，亮闪闪的，似乎能照出人的影子……

过了几天，在分界街赶圩的那一天，临近中午，我们在村道上就会看到，几个妇女，脸上春风荡漾，袅袅娜娜地用她们从没用过的步态往圩上走去。而让她们采用这种奇怪步态的，是因为她们身上穿着的衣服。那衣服显然刚刚缝就，浆洗得棱角分明。袖子和裤脚那里上折了很宽的一截，折口整齐无比，让人疑心是用刀割出来的。在这么炎热的天气里上街，她们居然穿着厚厚的土布长衣衫，不热死才怪。可那些妇女显然已经顾不上天气了，一门心思想让自己几个月辛劳之后的劳动成果获得众人的审视。

也难怪，那时候，一年到头难得做一件新衣，何况，那衣服新鲜亮丽，是亮闪闪的黛蓝色，还散发出新鲜棉布和蓝靛混合的好闻的味道。新衣服的细腻和亮丽，完全跟她们平时做农活时的感觉对不上，捶布石的光滑已通过这些衣服延伸到了她们的身上。那种愉快的别扭让她们久久沉浸于其中……在这种心态下，她们的步态怎能不轻盈而快捷，别扭而生动？

说来好笑，那些穿着新衣的农妇，再回到家后，迅即脱下新衣，换上平时穿着的旧衣服，挽起衣角、裤脚就下地去了。由于印染的功夫不到家，那些蓝色的染料与布料的结合不够紧密，致使有些妇女胳膊上、脖子上这些容易出汗的地方留下了斑驳的蓝色印痕。更可笑的是，她们没有察觉，并不知道跟在她们后面、在暗地里取笑她们的我们在笑什么，有的甚至莫名其妙地跟我们一起笑起来——这让我们几乎笑岔了气——这是后话了。

妇女们穿着新衣服上街去了，而身无分文的我们，实在不愿意去街上接受那些空让我们流口水的各种诱人味道的煎熬，宁可待在家里而不愿出门。不上街，燠热的天气里的野外实在太过滚烫，待在家里我们实在不甘心，这样，我们常常就会去到捶布石那里，让它光滑的凉爽将我们身上的暑热带走。被热风吹困了，我们会在上面睡一小会儿。有时一觉醒来，便觉得手臂或腿脚冰凉冰凉的，有些僵硬，那捶布石的凉，给体质尚欠的少年们来了一个下马威。但这一点小小的意外更让我们感到了某种新奇——那是若干年之后，我们这里下了一场百年不遇的雪之后，我们所接触到的雪的那种冰凉感觉。更多的时候，在夏夜，我们会为抢占这小小的高地而发生一些少年间的争抢。结果是你坐上了，我将你拉下，我坐上了，你将我拉下。我们吵够之后，便安静下来，平和地坐着，在捶布石不动声色的冷冷的注视下，将目光滑向深邃的夜空，看那些星星在眨眼，看流星在夜空疾速滑过，看一朵朵变成灰黑的白云像几只灰狗在胡乱跑动……

乡村的任何物事，都会生长故事。村里那些年代久远的物件，都会被村人抹上一些说不清、道不明的神秘色彩，会被赋予某种神奇力量。关于捶布石，故事也是有的。比如某夜，阿莱跟几个小伙伴坐在捶布石上聊天。聊久了，他觉得有些累，就顺势斜着躺了下来。而那捶布石太窄，他没能卧在石头上，身子突然悬空。情急之下他伸手一撑，也不知道怎么了，一下竟撑不住，一头就栽到捶布石下了。我们将他扶起来之后，他突然用右手托着左手，说，哎呀，我的手断了！要回家找我爸弄。到了第二天，我们发现他左手被一根烂布条绑着吊在胸前，说是脱臼了。我们觉得很奇怪：那么一点点高的地方，跌下去居然会脱臼？有鬼了！这让我们感到后背有些凉。

鬼倒不是很可怕。可怕的事情是这样：夏夜的晚上，我们如往常一样坐在捶布石上歇凉。阿剑不安分，蜷缩在捶布石上，然后伸出一只手，在捶布石和地面的空当间划来划去，有时候还伸到捶布石底下，东摸摸西碰碰……忽然，他“啊”了一声，之后只见他猛然将手从捶布石底下抽了出来，另一只手赶紧将那只手摁住……谁刚好带有一只手电筒。手电筒一亮，发觉他的手指上冒出了几个血滴……我们问怎么了，他说，蛇，蛇！他这么一说，所有的人都一溜烟地飞跑，跑了数十米之后才停下，回头再看，已经看不见他了……

第二天一早，上学时间，阿剑笑眯眯地出现在我们面前。原来，昨晚咬他的，是一条无毒蛇，大概是过树榕蛇之类。他爸说，被蛇咬过，看伤口，如果有两个深深的牙印，那就是毒蛇；如果没有，那就是无毒蛇。他爸是村里捉蛇的能手，每到这个时节，他爸都会背着一个铁丝编成的笼子到山野里四处捉蛇。他说的，自然不会有假。

想不到，坐在捶布石上，还能学到一点有关蛇的知识。从此，我们理论上知道了怎样从伤口分辨蛇是否有毒。可惜没人敢去试一下，让蛇咬上一口，以验证那个说法是否正确。

有人说，那蛇怎么就不咬别人，单咬阿剑？一定是阿剑他爸捉蛇太多，触怒了蛇神，怕是毒蛇派来警告他爸的。他爸再不收手，怕有不好的事情发生。果然，过了两个月，也是一个炎热的晚上，阿剑再次来到捶布石。他是第一个到，还未坐下，一条银环蛇就从捶布石底下蹿了出来。阿剑还没反应过来，脚踝那里就传来一阵辣痛……多亏他爸有解毒药，阿剑才没有丧命。但脚踝那里留下了一个扭曲的、十分难看的紫色瘢痕。阿剑从此不敢再到捶布石来。我们也是过了很久，才又敢到这里来玩。而坐下之前，都先用一根棍子捅捅石头底，确认安全后才敢坐下来。

捶布石啊，一块石头，发生的故事竟然有那么多。

…………

牢牢占据着巷口显眼位置的捶布石，直到现在，依然蹲踞在那里。村巷早已面目全非，但它依然蹲踞着，显示出一种古旧、沉重、稳健的力量，它表面的光滑呈现的久远，就是时光的力量。

房子稳重，但会倒塌；樟树稳重，会被砍伐；而捶布石，却没有任何力量能撼动它——即使时光。毕竟，时光的脚步太慢，我们看不见它施加在捶布石上的力量。

我们只看到了捶布石在时光里的那种沉稳和无言，那种牢固的、不动声色的坚守的力量。

聚光灯——亮瓦

【亮瓦】传统中国建筑以瓦封顶，其中设置透光瓦片。当有阳光时，太阳光透过亮瓦在室内墙壁或地面形成光影，随着太阳从东往西移动（相对），室内形成的光影也随之由西向东移动，从而可大致判断相应的时辰。——摘自百度百科。

这与我的记忆不符。我的记忆是：它是照亮我的明灯。

没有通电的年代，在桂中农村，照明的途径有三：一是太阳，二是月亮，三就是煤油灯了。

我的祖母将煤油叫作火水油，或者叫臭油。“臭油”可以理解，它的味道确实是臭的。可“火水油”这名字好奇怪。水火本不相容，水能浇灭火，煤油怎么能叫水火呢？但祖母并没有跟我们解释，固执地叫我们：去，到分界街上给我打二两火水油回来。

火水油打回来，祖母会将它收得好好的，绝对不让我们再碰触它。每天晚上，要待天黑透之后，祖母才会将煤油灯端出来，搁到堂屋的桌子上，将灯通（玻璃罩）取下，划燃火柴，将火苗点到灯芯上。那火苗慢慢舔舐灯芯，起始是一点点黄豆粒一般的摇摇曳曳的火。这如豆灯火燃了一小会儿，渐渐就变得像花生粒那么大。祖母这才又将灯通罩上，摇曳的灯火就不动了。

这时，满屋子都是昏黄的灯光。

我们围坐在桌子前，脸上被灯光照得一闪一闪的，饭后的踏实感让每个人脸上都洋溢着生气。我们并不安分，一会儿摇头晃脑，让自己巨大的影子投到地上、墙壁上；一会儿伸出手张开手指做着各式各样的手势，将那些怪模怪样的黑影投到墙壁上……那时的情景，至今让我想起，觉得就是一帧发黄的黑白照片，虽有些模糊却又历历在目。

印象最深的，就是那种光影。灯火摇曳，屋顶上鳞片一般排列成排的瓦片摇动起来，像一条条大蛇在转动身子。我们眼睛随着那大蛇在转动，待它停止不动时，我们就看到其中的一条大蛇断了……那断处，隐隐地透出一层灰白色。

那是一块亮瓦。此刻它像一片陈旧的、透光性不好的塑料薄膜，孤零零地嵌在一条大蛇的身段中。屋外隐约的月光艰难地透过它，将一阵微弱的光亮送进来。尽管如豆的煤油灯火昏暗发黄，还是将它的光盖住了。因此，那片灰白就变成了隐隐的一团灰指甲。

当煤油灯被祖母吹熄，我们在黑暗中行将睡去，这时，屋顶上的那一片灰白指甲在我们玩心未收、不舍睡去的眼睛里呈现了新的面目。似乎它得到了什么照耀，慢慢地就变得明亮起来，那层灰白早不见了踪影。恰好这时，一团刺眼的光照进了我的眼睛里。原来，亮堂堂的月亮刚好透过亮瓦，钻进我的眼睛里。我是第一次在半夜里透过亮瓦看见月亮的。

其实亮瓦并不怎么亮，它长期被雨水冲刷，会起苔，会有水痕，还留滞有被风带来的灰尘、细沙，会有枯枝、落叶，还会有鸟粪遮蔽。但那些覆盖并没有多严重，因为南方的多雨会为亮瓦做一些清洁。拜雨水所赐，月亮才会在此刻与我相遇。

这时的屋子里，其实并没有陷入那种浓重的黑暗。我们的眼睛在煤油灯熄灭后呈现过一阵短暂的致盲之后，很快就恢复了。这时，屋子里的器物，慢慢从黑暗里浮出来，都在隐隐现着它们的轮廓，突兀，但不很明晰。投进来的月光没能将整间屋子照亮。原来它像追光灯一般，慢慢追逐着并不存在的主角，只照亮某一个局部，而且会随着主角的移动而挪移，渐渐、渐渐就消失了——其实是移到了屋外。

这种追光灯的感觉，自然是若干年后我的感觉，而那时，我只是感到月光的外移让我心生某种隐隐的失落，是不谙世事的乡村少年心底油然而生的某种寂寥，是说不清、道不明的。

这里必须先了解我们桂中地区农村屋子的结构。一般进门是天井，两边各一间小房，一边做牛栏或猪栏，一边做厨房。穿过天井，直接就是比天井高半尺的堂屋，两者之间无遮无拦。两边则是厢房。墙大都是黄泥舂成，顶是三角顶，顶上盖瓦。一般在厢房的后墙挖一个一到二尺见方的小窗子，采光有限。为了弥补光线的不足，一般大家都会买回亮瓦。亮瓦是玻璃制成，做成瓦一样的形状和规格，在盖瓦时，选一个合适的地方，将亮瓦镶到烧制的泥瓦片里——就像在一排长势良好、高矮几乎一模一样的玉米行里，突然插进两株高粱一般，有些突兀，有些抢眼。

但这种抢眼和突兀给我们带来的是极大的新奇。即使在白天，我们也能真切地感到亮瓦的特别的存在。我在很小的时候，早上醒来，并不急着起床。而是在床上玩起了游戏：躲在被子里，将被子拱起，呈一个岩洞状，将四周紧紧掖住，不让一丝光透进来。之后用一只手慢慢将被子的一角掀起，让一丝光慢慢透进来。在这光亮的照耀下，我看到了奇异的一幕：那丝光犹如投在水里的一个光团，在“岩洞”里慢慢沁润开来，将被子的花色、席子的纹路幻化成色彩丰富的现实梦境，我则成了躲在岩洞高处的小小的精灵，俯视着那个美轮美奂的光影世界……以至于在后来的人生历程中，这个美妙的光影世界多次出现，搞得我弄不清那是我的梦境、我的臆想，还是真的是我的现实。

那丝光，大都是从亮瓦照进来的。

其实，在天气好的日子里，白天，谁都不会去注意到亮瓦。天气好，正是做农活的好时机，谁都得忙着，尤其是忙着屋外田地里的活路。即使回家，也只是为着吃些东西填饱肚子增加一些做活路的能量，做饭、吃饭时都是急吼吼的，哪里有闲心看什么亮瓦！

我在白天注意到亮瓦，是在一个大雨天。那是一个炎夏，一大早，狂风骤雨就死命扑打着四周，屋顶上像是有一条河隆隆地流过。我们迷迷糊糊地睡着难得的一个懒觉。风声雨声在梦里进进出出，我们无法再装着睡下去。

于是起床。父亲还在呼呼睡着，祖母和母亲已经在弄着早饭了。油煎木薯饼的香味传来，平时最讨厌这种食物的我们这时也食欲大涨，那种油和食材在高温的炙烤下紧密结合发出的独特香味，在这个雨声大作的早晨里使劲地攻进我们的鼻腔，肚子里的馋虫攀着隐隐透进的香味使劲地朝外爬着，它穿过喉咙，进入口腔，让我们的口腔里也像发了一场洪水。那汪洋恣肆的唾液，像几条微型饿狼，在撕咬着舌尖、上腭、舌根……于是，我们被这饿狼驱使着，脸也不洗，口也不漱，直接就奔到灶台那里，将簸箕里的热腾腾的木薯煎饼一把抓起，吃将起来……

对于农村人来说，大雨天是一个难得的休息天。是大雨，要足够大，大到人借助任何雨具都无法出门的地步。这样，所有的人便都将一颗劳作的心放了下来（尽管心中犹有不甘），不再去想田地里的活路。这样，轻松下来的农人，便就有了一些平常所没有的想法，要尽可能做些好吃的东西，让家里人聚在一起开心开心——其实这是城里人休闲的想法。只是农村人，谁也没有这份闲心，也没有这份闲工夫，所以就没有想到这个字眼。

总之，城里人时常能享受到的休闲，在大雨天的日子里变了个样儿，来到了农家暗黑的日子。

煎完饼，母亲和祖母端着热腾腾的饼来到厅堂里的时候，我们看到，一大片黑暗从不高的天空上像一匹黑布一般垂了下来，从天井的上方一下就垂到厅堂里，厅堂里蓦地暗了下来。

这种黑暗呈深灰黑色，它将四周的景物完全淹没，将所有的器物涂上它深灰黑的颜色。桌上热腾腾的木薯煎饼只隐隐约约地散发出一些我们看不见的热气。我想说，点灯吧。可我没有说出来，因为我知道，祖母哪里会在白天点灯呢。

我无意间将目光投向天空。屋里屋外全然变成了一色，我看到的是一片黑乎乎的屋顶。可是随着一个闪电，我看到屋顶上亮了一下——那是闪电从亮瓦投进来的光。

随着这一个闪电，随后就是轰隆隆的雷声。伴随着雷声的，就是一阵更大的雨声。这时天地间就只剩下了哗啦啦的雨声，连人说话都几乎听不见了。

接连不断的强闪电和雷声袭来，胆小的我们甚至不敢再待在开敞的厅堂，赶紧躲到厢房里。厢房四面是厚厚的土墙，不像厅堂那样只有三面。四面墙合成一个坚固的屏障，让我们心里大为安定。

但就在我们松了一口气的时候，一道亮光像大雨一般，突然充满了所有能够看见天空的地方。所有黑暗的地方全都被它照亮。在厢房里，我们看到一道刺眼的闪电笔直地从高处直直落下，眼看着它就从那道亮瓦杀将进来……紧接着一阵炸雷响过，一阵更大的雨泼了下来。借着那尚未消失的微光，我看到那铮亮的水汩汩流过亮瓦，犹如门前那道小河发洪水时的激流，发出激越的声响。我和弟弟妹妹们个个都捂着耳朵，闭上眼睛，觉得自己就是风雨飘摇中的一张落叶，随时会被吹到不可知的地方去。

不知道什么时候，雨终于停了。躲在厢房里的我们，耳朵里突然静了下来。抬头一看，整个屋顶上还是黑魆魆的，只有亮瓦呈现着模模糊糊的光斑，像一个流失了蛋液的鸡蛋壳。不久，那鸡蛋壳某一个地方像被小鸡仔啄了一个小洞，透出一丝暗淡的黄色光来。在我们不经意间，那小洞突然变成了一团光团，直刺我们的眼睛。

天晴了！南方的夏天就是这样。雨啊，云啊，都像个任性的小孩，说来就来，说走就走。这片亮瓦发出的信号，让我们的父母开始从那种休闲、散漫的状态中跳出来，像是上了发条的闹钟，连锅里刚放下去的木薯糊糊都不想理了，只想着赶紧下地干活。锅里的木薯煎饼变成了很糟糕的病牛身上的一块皮毛，这里一团白，那里一团黑，完全是个懒婆娘马马虎虎弄出来的东西。母亲也顾不得这厨房里的名声了，赶紧操起锄头，挑上撮箕，出门去了。

望着一地狼藉，我不禁感到深深的失望。好不容易才积酿下来的温馨气氛像被泼了一大盆冷水的热锅，那热气转眼间就消散四尽了。

我看着屋顶上那片亮瓦，它像一只巨大的眼睛，在那里对我眨着幸灾乐祸的眼，我气恼地瞪着它看。看着看着，就觉得它就是个空洞，将我无限的希望全都抽了出去。

我以与我年龄完全不相称的口气长叹了一声，倒头躺在床上。想着就在那片亮瓦的照耀下，重回梦里，细细重温刚才那阵暴雨之中的温馨一场。

戒指——顶针

【顶针】做针线活儿时戴在手指上的工具，用金属或其他材料制成，上面有许多小窝儿，用来抵住针鼻儿，使针容易穿过活计而手指不至于受伤。——《现代汉语词典》

我一直固执地认为，我的母亲和祖母、曾祖母、高祖母以及由此上溯到N代祖母做针线活儿时手指上戴着的红黄的顶针，就是西方教堂婚礼上新人们互相交换的那枚极具象征意义的戒指的前身——不，或许其本身就是戒指，只不过其初始意义被改变了而已。

上面《现代汉语词典》中那段极为书面语的解释倒是符合我的记忆。而这记忆，自然来自于我的母亲和我的祖母。而作为田间劳动强劳力的母亲，她做针线活儿的时间毕竟没有那么多，这样，我只有相信，这样的记忆主要是来自于我的祖母。

常常是晚饭后的时间，收拾完厨房里的活后，我的祖母便就着那昏黄的煤油灯，开始了她的另一项主要工作。

那时，我们也坐在油灯下，静默，或者偶尔说说话。家人都是不爱说话的人，性情大都木讷。尽管煤油灯被大肚子形的玻璃灯罩罩住，但它昏暗的火焰时不时还是被风吹得摇曳不定。父亲坐在一旁吸他的烟，母亲在一旁做着一些杂务，我和弟妹们则松松松垮垮地坐着，只有祖母低着头，就着忽明忽暗的灯火，一手拿着厚厚的碎布剪贴而成的鞋底，一手拿着粗大的针，一针一线地纳着鞋底。祖母很老了，但身子还硬朗，眼睛特别明亮。在这样的光线之下，她将那根拖着一根长线的钢针准确地钉入某个位置——而为什么要钉那个位置，我们是不明白的，只有它完成了，那由密密麻麻的针脚排列出来的几何图案，才让我们赞叹祖母的灵巧。

这种灵巧是我们亲眼所见的。灯光下，那钢针一闪，针尖就立刻扎进了那堆叠起来的厚布里。一层布是柔软的，两层布是柔软的，三层、四层、五层布还算是柔软的，可是六层、七层、八层、十层、十几层的布呢？这柔软的布，它们一旦一层一层地堆叠起来，经过黏稠的糯米糊糊的强力粘贴，变得异常的坚硬……“团结就是力量”这句话在这里，就得到了有力的佐证。那根钢针坚硬而锋利，被祖母用力扎进了那十数层的碎布里去了。我们以为，用钢针穿过碎布，那是再简单不过的事情。但是我们看到，那根钢针只将那尖利的针头部分扎进了布里，就怎么也扎不进了。我在一旁看着，觉得是祖母的手劲太小了。于是我自告奋勇，抢过祖母手里的鞋底，搁在板凳上，然后直起身，学着祖母的样子，用拇指和食指捏着那枚直立在厚布之上的钢针，使劲地往下扎去……但任凭我费了九牛二虎之力，那钢针依然如故，根本就没有能够再扎进去一点点。看着我那忙乱的样子，大家都笑了。祖母更是笑得几乎要流出眼泪。那昏暗的灯光似乎也来凑趣，摇晃得几乎要熄灭。

我难为情地将鞋底交给祖母。祖母接过去，摸摸我的头，说，乖孙哎，能帮婄（壮语，祖母的意思）做事了。但是呢，有些事情不是靠蛮力就可以做得了的。像这根针，别看它硬，利，但碰到这么厚的布，没有别的东西来帮，也不成的呢。说着，祖母伸出右手，张开五指，伸到灯下晃了晃。一道亮光闪过，尽管很微弱，我还是察觉了。祖母将手停在灯光之下，我这才看到，祖母的手指上竟然有一道箍子。

那箍子套在祖母的无名指上中间一节，煤油灯的暗淡亮光下，隐隐约约散发着跟灯焰的颜色一般的光，昏暗，陈旧，泛黄。我好奇地凑过去，仔细一看，发觉那个箍子就是一个铜做的圈圈，铜圈的表面密密麻麻地布满了细小的凹坑。

待我看罢，祖母说，这叫顶针。顶针嘛，就是用来顶针的。祖母拗口的话让我们反应不过来。她将那个箍子一把顶到针鼻上，用力一压，那针就嗞嗞地往下钻，一下子针尖就从另一头冒了出来，之后她再稍一用力，那针就穿了出来，于是祖母就捏住针，一把将整根针拔了出来。随着吱啦吱啦的声音，那针就将线一起拉了出来。

就这样，针一扎，顶针一顶，那线就在尚未成型的鞋底间来回穿梭，用它柔软的力量将同样柔软的棉布们紧紧地钉在了一起。两股柔软的力量一旦紧密结合在一起，拿着那个柔软瞬间就变成了一种无比的坚硬。这样，针线过处，留下的是一个个因为棉线被钢针用力拉扯而形成的整整齐齐的、坚硬的凹陷。那无数个凹陷，按照某种次序，组成了一个奇妙的几何图案。这双鞋子做成后，穿着它踩在干净细腻的沙尘上，沙尘上会清晰地印出鞋底上的图案。那图案实在太好看了，谁都不愿破坏它。几只鸡崽摇摇晃晃地一路追闹着过来，我们来不及反应，无数个细碎的爪印就盖上了那精美的图案。小鸡崽的行为让我们恼怒不已，于是我们抓起一把沙子，撒向它们。那小鸡崽还算机灵，叽叽叽叽地就跑得不见了踪影……

平时，我并没有注意到祖母的手。但自从看到祖母手指戴着顶针以后，我就有意无意地盯着她的手指看。当然，祖母的手总是难得静下来的，她不是忙这个，就是忙那个，我要转好多个角度才能勉强看到她的手指。有时，祖母的手指上是空的，有时，我会看到她的手指上戴着顶针。

后来我才发觉，祖母之所以有时戴着顶针，有时又不戴，完全取决于她的记性。记性好时，做完女红，她会将顶针摘下，将它和针线等物件一起收进那个小笸箩里，小心地搁到一个老旧的木柜顶上；要是记性不好呢，她就只是将那些针头线脑胡乱拾掇，搁到笸箩里，将笸箩随便搁到什么能够容纳它的地方，手上的顶针就忘了摘下。她在砍猪菜、淘米洗菜时，依然戴着那枚顶针，完全没有什么碍事的感觉。

所以，她并没有发现那枚顶针是在自己的手指上。等到晚上再做针线活，需要用到顶针时，她也习惯地用惯常戴着顶针的手指去顶那针头——她竟然就顶上了。

她竟然没发觉，那顶针一直戴在自己的手指上呢。

有一阵子，祖母病了一段时间，什么针线活都不能再做。她躺在床上，其实还是很想动一动的。但她动不了，只好让我找来顶针，让她戴在手指上。那顶针原先是挺合适的，但现在她瘦了，手指变细了，顶针一戴上，显得松松垮垮的。她叫我将针线笸箩拿来给她。祖母在笸箩里翻来找去，找出一条布条。那布条很小，原本是白色，但已经陈旧得变成了灰色。祖母用布条缠住顶针，绕了一圈，然后将顶针套进手指，拉扯了两下。嗯，挺合适的。

祖母要我将她扶起来，靠在床头的泥墙上。我将笸箩搁到她的膝盖上。祖母将手伸进去，慢慢翻找着。未几，她翻找出一块块小布料，说要给我最小的弟弟做一件围在脖子四周的口水挡。口水挡需要用许多层布料粘起来，然后用密密的针脚将它纫实，这样才不至于很快被口水侵蚀。

祖母将那些布慢慢展平，一块一块地摞叠起来，叫我帮她将针穿上线，然后开始纫布。针一扎进去，祖母就习惯地将手指往针鼻一顶……只听祖母嘴里发出“咝咝”的声音。原来，那顶针并不在祖母的手上，她的手指太过枯瘦，那顶针套不牢，在她将手伸进笸箩里翻找的时候，不知何时，那顶针就脱落了。

失去了顶针的祖母心中发慌，好像失去了依靠。她赶紧将整个笸箩一股脑儿全倒在床上，急切地翻找着那枚顶针。

但她将那些零零散散的东西翻遍了，都找不到顶针。我在一旁也帮着翻找，甚至将每一块布头都仔仔细细地捏了个遍，都找不到。很奇怪。

后来我换了个思路，扶着祖母让她挪开身后，就翻找床上的角角落落，依然没有顶针的踪影。我想了想，弯腰朝地上东瞄瞄、西看看，这才发现那枚顶针就在床底泥地上的一个小小的凹坑里。

我钻进床底，将顶针抓了出来，递给祖母。祖母原先紧绷的脸这才舒展开来。她说了一声“乖”，摸了摸我的头，然后用布将那顶针仔细擦了一遍。我觉得祖母是将顶针擦脱了一层皮之后才停下的。之后，她找了一块布，将顶针又缠了一遍，然后将它紧紧地套进手指里，专心做起她的女红来……

但过于紧的顶针让祖母操作起来很不方便。她一会儿就停下了手中的活路。我以为她会将那枚顶针也摘下。但她并没有，而是用瘦弱的手慢慢抚摸着它，眼睛里黑洞洞的，似乎陷入某种怀想或者沉思。但以我那时的心智，我是不懂的，既然祖母不做活路了，那我就只好跑出去，玩自个儿的去了……

到了后来，我穿的布鞋就变成了母亲做的。再后来，到我读小学的时候，我们基本上就只穿解放鞋了。解放鞋轻便，且耐磨耐湿，全家人乃至全村人几乎人人都穿，布鞋就再难得穿了。

我十五岁时，就离家出门读书了。每次放假回家，见到祖母。她似乎总是那么老，总是那么弱，也几乎总是那么忙，喂猪、洗衣服，煮饭菜，家里的杂务几乎都是由她在做。小时候见到她忙什么，此刻她依然在忙着什么，就是没有再见到祖母坐在灯下做针线活儿了。

随着年龄的增长和见识的增广，我的兴趣早不在这里了。此后，那枚顶针我再也没有见到。

若干年后，祖母去世。祖母的活儿就落到了母亲的身上。但此时我早在外成家生子，在滚滚红尘中奔忙，极少回家，就很少见到母亲忙碌的身影。只是逢年过节回家时，见到在厨房里忙碌的母亲，感觉回到了童年时光。差一点就对着厨房里那有些伛偻的身影喊出一声“婄”来。待那声音就要从喉咙里冲出时，猛然间就醒了过来。暗暗提醒自己：这是“嬷”，而不是“婄”啊。

婄早已回到土地深处，去和我从来没有见过的祖父团聚去了。哪里还见得到她啊。

吃完夜饭，全家人坐在灯下，有一搭没一搭地说着话。说着说着，闲坐着的母亲将一个针线筐箩端了出来，在翻找什么东西。

我一看，那不是我小时候祖母用的针线筐箩吗？

我以为母亲要做针线活。但母亲在筐箩里找出一块破旧的绒布后，就将那筐箩放在了一边。她拿着那块绒布，要帮我将白日里走村串户弄脏了的皮鞋擦干净。也不知道她是怎么知道用绒布擦皮鞋的。

我将那筐箩拿过来，随意翻了翻。突然，什么物件在电灯光下微微一闪。我将它拿过来，发现就是那枚原先祖母用、后来母亲用的顶针。

我将它拿在手里，细细地摩挲着。原先冰冷的顶针在我的摩挲下渐渐发热了。我将它套在自己的手指上。但那顶针太小，它只能套住我小指的最末端。我将一根针拈起，将针鼻在顶针上顶了一下，感到那枚顶针将针的力量全部顶了回去。

我鼻子一酸。在心里喊了一声："嫱!"

不觉泪流满面。

看得见的时间——日历

【日历】记有年、月、日、星期、节气、纪念日等的本子，一年一本，每日一页，逐日翻过或揭去。——《现代汉语词典》

在旧时乡村缺乏钟表的年代，看时间一般是抬起头，将手搭起，做成一个微型遮阳棚，看太阳。有时阳光凶狠得像一根根尖锐的钢针，刺进眼睛里，人不得不赶紧将眼睛一闭。凭着多年的经验，这是午时。肚子里有些墨水的人，知道此时是古人对死刑犯问斩的时刻。而对我祖母来说，该放下手头的杂活，去做午饭了，田里人待会儿就要回来填肚子了。而没有太阳的日子，那就有些抓瞎了，搞不清此时是何时了，只好胡乱按照自己没有谱的判断来安排一天的活路，这样往往就会出错。有人会因为中午回家吃饭，有些困了歇息一下，然后再出门时，以为还可以再干个大半天，殊不知才干了一下，夜幕就垂了下来。

每天的日子悄然流逝。一天中的每一个时刻，我祖母都有自己的办法来判定。那是她积了数十年时光的经验，估计没人能够学得到。话又说回来，就是学得到，也没人愿意学。有些人家里有一个小闹钟，有些人甚至还有一块上海牌手表，哪怕这些都没有，那时候还有生产队的大喇叭，电台里时常会发出那几声嘟嘟嘟的报时声……据说，还有人会通过屋顶上的亮瓦透进来的亮光准确地判定时间——这些，都能让人时刻掌握时间的进度。就算这些都没有，劳作中劳累的程度、肚子里的辘辘饥肠响声的强弱，也会提醒人——午饭的时候到了。

每一天的各个时刻，祖母可以按照自己的经验来判定；一年里各个季节的变换，她也可以根据物候的变化来准确判断季节的变化。但是，有一点，祖母无法做到，那就是她不能根据经验，也不能根据物候的变化，来判定某一天是哪一天。除非某些具有重大意义的日子临近，比如春节、清明节、二月社等这些节日，她就会每日留意，扳着指头进行倒计时：今天是初十了，离某某节还有多少多少天。万一哪天她忘记倒计时了，那就麻烦了，那日子就会紊乱，让她慌乱起来，似乎生怕她忘记了时间，那节日就不会来临似的。

那时，不识字的祖母，就会将求助的眼光投向挂在墙上的日历。

那时候，我家跟村上大多数人家一样，拥有唯一能够表示时间（准确地说，应该是标注日子）的物件，就是被挂在墙上某处显眼地方的日历本了。

那日历本一般有巴掌大，也可以有现在A4纸的一半那么大——这种版本的日历本是那个时代的高档之物，比较殷实的人家才会买，而一般人家都只会选择最小版本的，比如我家。最小版本也不会像目下的那些迷你书，要借助放大镜才能看清那些蚂蚁般大的字。那时印制出版日历的人很诚实，最小的日历本挂在墙上，十步开外也能让你清晰地看到那醒目的数字。当然，更多的信息，比如今天是星期几、农历是初几、是什么节日等，那些字就很小了，必得到近处才能看清。那日历本大多都被一根长钉子直接顶在厅堂的泥墙上。讲究的人家会想方设法找来一块彩色硬纸片，先将日历本固定在上面，再将硬纸片钉到墙上，这样要好看得多。

我家的日历本一般都是巴掌般大，直接就钉在泥墙上。一般都是临近公历新年也就是元旦，是我母亲到分界街上的供销社买回来的。在桂中农村，人们将元旦和春节分别叫作“新年”和“老年”。大多数人都认为“新年”是城里人和干部们专有的节日，跟自己无关。硬是要找到这个日子跟自己有关的，无非就那么一点：要买新的日历本了。因此，临近元旦，卖日历的供销社的柜台就有些拥挤，那些大小不一、有几种样式的日历本让那些没有多少文化的农妇眼花缭乱，她们根本拿不定主意该买哪一种。在供销社那高傲的售货员不耐烦的催促中，她们终于在犹犹豫豫中掏出油油腻腻的三五毛钱，不甘地递给售货员，然后将玻璃柜台上售货员扔过来的那本最便宜的日历本小心翼翼地捡起来，小心地收进赶街专用的竹篮里。

那日历本虽然只有巴掌大，但却有一块砖头那么厚。那时的我们，从来就没有拿过这么厚的本子。最厚的，恐怕就是那本红皮面的《毛主席语录》了。但那语录也只有我们巴掌的厚度。再厚的，就非这本日历本莫属了。

这本新的日历本，封面自然是一些红色的文字和图案，这对我们意义不大，纯粹就是浪费了一张好端端的纸。但这张纸也是必需的。因为一般新日历买回来时，还没到新的一年，如果没有这张“废纸”，开宗明义第一页就是日期，那我们可能就会搞错日子。

其实这张封面对我另有一番意义，它对我起到某种心理暗示。新的日历本挂上墙后，我每天看着它，心里总有一种莫名的、隐隐的期待。那封面的红色有一点喜庆，更有一点神秘，它就像演出前的红色大幕，遮掩着后面很多精彩的东西。我每日数十次地望着它，有时还用手触摸它，期待它的打开，甚至用拇指和食指拈住它，生生要将它一把撕掉……但最后还是只能不甘地将它掀起，查看它背后的秘密。

其实背后并没有秘密，我们知道这张封面的后面，就是一个大大的“1”字。这字是红色的，因为这天是节日，凡是节日，都印的是红色。那大红的“1”字很醒目，摸过去，有一种凸出来的感觉。

不甘地放下后，我侧头看了一下旁边的老日历。那日历很薄了，只有寥寥几张，勉为其难地贴在墙上，就像冬天树上残存的几片黄叶，摇摇晃晃的，风一吹，似乎随时就会凋落。这种感觉突然间袭上心头，我就涌上一阵莫名的惆怅。

我的祖母每天早上起来，必然习惯性地先看日历，将一张日历撕掉，看着刚刚露面的那个陌生的数字，然后掐指算算今日是哪一日。那张撕掉的日历她会将它跟原先的攒到一起，塞到作为床垫的稻草的下面。她不一定觉得它们会有用，她或许是受到我那识文断字、已故去多年的祖父的影响，潜意识里有“敬惜字纸”的观念。凡是有字的纸张，她都很珍惜。也许，她将每一张撕下的日历攒积起来，会不会也觉得她积攒了很多的日子？

我不知道祖母看着那厚厚的日历本是什么感觉。但对于我来说，这本日历本却给一个乡村少年很大的触动。那时我跟同龄人一样，懵懂无知，但却有一点异于同龄人，那就是天生具有某种敏感气质。一些物事本是平常，却能撩动我心深处某些莫名其妙，无法明确指出，没有办法捉摸，剪不断、理还乱的思绪。面对大家熟视无睹的日历本，我却敏感有加，种种思绪像是傍晚风中缭乱的炊烟，袅袅升起却四处乱飘，看得见却捉不住。

新的日历本刚买回来，放在厅堂的桌子上。我将它捧起，不断地掂量着，慢慢体会手中那种沉甸甸的感觉，那纸单张薄弱柔软，一张张摞起来、钉在一起却坚硬无比，用手触摸那些边缘，竟隐隐有割手的错觉；将它凑近鼻子，好闻的油墨香味慢慢沁入鼻腔，这让我想起了在小学第一次拿到课本时闻到的那种香味，它们两者是何其相似啊。

关键是，那种沉甸甸的厚实感，让我有了某种踏实的感觉，似乎日子都是这么坚实和淡定。那时候，父母们每天为我们的温饱操劳，一年到头的忙碌奔波和锅碗里的稀薄不成正比，让我们心头忐忑，老是觉得自己的日子就像挑在母亲柔弱的肩上的那对木水桶，老是咣当咣当地晃荡着，哪里会有踏实的日子？

新日历本开始使用后，初始，那踏实感依然在，因为那日历本还厚着呢。这种感觉，就像当年我们面对时光时，因为知道自己还很青涩、很稚嫩，只盼着时光快点溜走、让自己快点长大一样。时光那么充裕，简直就是太多了，心里哪里会有什么“珍惜”的感觉？

可有时候，日历本还是让我感到有点压力。比如过了两个月、三个月，再去看日历，发觉它还是那么厚。但手一摸过去，原先的那种厚实感就很可疑了，撕去了几十页，装订线上剩下的纸头参差着，看起来那参差的纸头也有相当的厚度了。这种明显的消减让我不由得有些紧张。

但这种紧张感很快就被那尚显厚实的日历本给消解了，小孩儿的忘性让那紧张感一会儿就烟消云散了。日复一日的单调生活，让我们老是觉得日子的艰难，老在想，快点快点啊。似乎日子就是我们每天去野地里放牧的那头大水牛，用鞭子一甩，它就会走得快一些似的。

大水牛是如此笨拙。它的四只大蹄子迈在大地上，慢悠悠的，似乎半天走不出半步。这样的速度给了我们某种错觉，因此，我们就将心放到路上一些有趣的物事上。

但日子其实是不用我们催促的。当我们投身在五荒六月的日子里，尽力将裤带勒紧的时候，那日历本不知不觉地就变得薄了。当我们在不知不觉中，以半空的肚子、单薄的衣着，以青春年少的躯体、天生的炽热，去忍受抵抗着北风的寒冷的时候，才猛然发觉，墙上的日历本已经悄然变得只剩薄薄的几张了。

一种突如其来的紧张感袭来，让人疑惑那日历本是不是让谁给乱扯掉了。

我们都将怀疑的目光投向祖母……但顷刻间，我们就感到了自己的无理。可不是吗，日子就是这样来到了日历上的今天，哪怕祖母没有将那些过期的日历扯掉，日子依然会走到今天。

父亲和母亲望着那薄薄的日历本，忧郁地对望了一眼。我们知道父母的艰难，但我们无法体会他们此刻的心情。一阵风吹来，那几张日历被吹得哗啦啦地乱舞——后来我猜想，那张牙舞爪的日历，在父母的眼里一定是一帮催命鬼，催促着奔忙了将近一年依然两手空空的父母想办法弄出几张钞票来，以迎接那更加催命的年节的到来……

这时候，我们就觉得日子的紧迫了。

但当父亲将一本崭新的日历本挂到旧日历本旁边的时候，我们心中的那种紧迫感就悄然消失了。因为，当我们故意忽略旧日历，而将所有的热情都投放到新日历上时，新日历那厚实而新鲜的感觉让我们感到了空前的充实，转而盼着那本旧日历快点撕掉好些张，让那几张紧连在一起代表红色年节的日历快点呈现出来——那是贫困的乡村少年一年之中最大的期盼。在那几个红色的日子里，我们的口腹之欲会得到空前的满足。

不知不觉间，那几个能让我们满足口腹之欲的红色日子很快就过去了，日子又开始了它庸常的行程。墙上的日历一张一张地被祖母撕了下来。偶尔有一天她忘记了，便会问我们今天是什么日子。待我们回答之后，她就小心翼翼地将旧的日历撕掉，然后再仔细地看着那张当天的日历，之后才拿着那几张刚撕下的旧日历走进她的房间，掀起床上的稻草垫子，将那几张日历小心地塞了进去……

日子就这样悄无声息地过去了。在日历本一张一张地撕落的过程中，父亲、母亲日出而作，日落而息，有时还需要披星戴月，含辛茹苦地养育着我们一大群兄弟姐妹，完全没有心思去看那墙上的日历。只有当某个需要他们必须从本就羞涩的口袋里多抠出几张钞票来应付的日子快到来时，他们才关注那本日历。哦，离某日子还有多少天，离某某日子还有多少多少天，倒计时似的。那种紧张感从他们看似平淡的话语中透了出来，让我们也跟着心里紧张起来。

只有祖母一个人对那日历十分重视。我们那时正是属于没心没肺的年纪，完全没有也无暇去体会一个上了年纪的老人的心思。但我注意到，她每天打日历本前面走过时，再忙都要看上一眼，好像多看上一眼那日历，她的日子就会多上一天似的。

但祖母的日子就像一本日历，撕完了就没有了。不知道撕去了多少本墙上的日历之后。祖母自己的那本日历，最终被日子一页一页地慢慢撕薄，最后终于在1982年的某一天被完全撕掉了。

在清理祖母的房间时，我们从她的席子底下清出了一摞又一摞撕下来的日历。我们将那些日历一张一张小心地收拾好，找一个地方，将它们烧了。看着袅袅青烟带着被烧得卷曲的纸灰飞上蓝天，我们感到了那些失效了的日历的内在力量。

路旁的油桐叶沙沙作响，那阔大的叶子似乎在向我们招手。落在地上的，还有厚厚的枯叶。这些落叶，今年落的，去年落的，还有多年前落的，一层一层的，都叠在一起，任由风吹日晒，在悠长的岁月里慢慢地腐化，成为一棵棵油桐树或其他树以及野草们丰富的养料。这些养料，日积月累，一直在滋养着这片曾经滋养了它们的大地。而祖母累积的那些日历，以及附着在日历上的那些辛劳、那些汗水、那些希冀，其实也像这些落叶一样。它们丰富而营养，让我们这些子子孙孙能够生生不息地尽享着它们绵延不绝的恩泽。

其实，每个人心里都有一本日历。至于怎么撕掉它，是每一个人穷其一生才能揭晓的答案。可惜，到那时，揭晓的是什么，怕是自己也不知道了。

旧码头

大湾码头

红水河自西蜿蜒而来，在即将汇入西江的上游黔江时，忽然来了一个急剧的大拐弯，因此处在大拐弯边的这座老街，人们就称之为“大湾”。

一脚迈进大湾老街，那种旧时的气味就扑面而来。

街道是逼仄的，两旁一间连着一间的房子高高低低的，交错凌乱。与其说是街，不如说是一条巷子。

古老的房子已经不多了，更多的是旧房子。那些旧房子的历史看起来也就 5 年、10 年、15 年、20 年，至多不会超过 30 年。它们或红砖砌就，或黄泥垒成。尽管岁月在它们身上也留下了很多痕迹，或红砖已褪色，或黄泥已成褐色，顶上的红色瓦片已然被岁月覆盖上了一层厚厚的晒干的青苔似的尘垢。但它们仍然不能被称为古老，它们只是变旧了。而只是变旧的房子是不能称为老房子的。

更老的房子几乎已经绝迹。

原以为，老街一定很老，老到路上一定是被年深日久的岁月磨得光滑的青石板，起码也是层层叠叠的鹅卵石。但没有。我们脚下踏着的，就是时下我们几乎时刻都踏足的水泥路面。尽管如此，那种老旧的味道却依然盘旋在这条老街上。你尽管往里走，那不算老的老房子，总在不经意间让你能够管中窥豹。那些旧房子之间，间或夹杂一两间老房子。那老房子大都由青灰色的砖砌成，或者干脆就是青黄色的泥巴垒成。它们的颜色已经很黯淡了，墙根、墙角也已经有些破败。但当你一眼看到它们，立时就能嗅出它们散发的老旧的味道。那种味道有些呛鼻，但让人回味。一间破败的泥房的前壁上，张贴着十数张毛笔画的黑白肖像画。那肖像分明是一个威武的旧时军人，很英俊，英俊得让人想到一位老人。那位老人就是周恩来。老旧的岁月里他曾经如此鲜活。在这张肖像画上，我们看到了他青年时代在黄埔军校时穿着旧军装时那威武的模样。

哦，在这条老街上，究竟还有什么我们不能理解的？就像旁边一间泥房的门楣上，一张颜色褪成灰白色的红纸上，“五谷丰登”那几个字虽然是简体，但那稚拙的笔画却依稀让人看到了当年。

即将走出大湾街头，就是几条泥尘小路，它们分岔而去，我们无法判断哪一条会带我们走向大湾码头。它们不声不响地躺着，我们的脚实在是迷失了方向。好在村民们的热情指点，让我们重新找到了方向。于是，我就径自先走了。

沿着小路，拐过一座房子，我的脚就不由得停住了。我的沾满泥尘的鞋子的下面，是有着和我鞋子上的灰尘同样颜色的泥巴路，而再迈进一步，就是一条古旧的青石板路。沿着这条青石板路一直往下走，就是我们要寻访的码头了。一条弯曲的石阶路，好像一条结绳，自河岸往河里撒去——那一块块青石板，不就是那绳上的结吗？

可我们不知道，它们结绳记事，到底记了些什么。

我踏着青石板，一级一级地往下挪去。青石板本应是坚硬、粗粝的，但现在，它们的坚硬让我怀疑，你看啊，每一块条石的中心部分已经被多少人的脚底磨得成了一个圆形的凹坑；而它们的粗粝，也已经被磨得柔润、细滑了。

这些石阶，应该有百把两百级吧，没有细数。脚踩踏在这些不知多少年月了的条石上，我的脚竟然有些不自信了。平时尽管自诩多难的路都能健步如飞，但对脚下的这条路，无论如何都没有办法“飞”起来——是什么东西让我如此沉重呢?

接近河边时，那青石板就没有了，取而代之的，是占据了整个河滩的一片不知道面积有多大的花岗岩。这片花岗岩不可能天然这么平坦，那是谁，用了多大的毅力，费了多大的神气，耗了多久的时光，将这些花岗岩勉强凿平，让它成为一个码头的形状呢？一位头发几近全白的老伯在河滩上被我们团团围住。老伯对这种“包围”似乎并不拘谨，侃侃而谈，将他所知道的关于大湾码头的故事和盘托出。这就对了，假如这个时候，面对我们的是一个漂亮的姑娘，在用一种受过导游专业训练的语调和表情对着我们絮絮叨叨，那么，这个古老的码头沉淀的岁月印痕一定变得轻如蝉翼。

我只是听了听，七嘴八舌的提问是无法满足我的需求的。我不需要那些掌故、传说什么的，我需要的是心灵对这片河滩以及这条叫作红水河的河流的感悟。

我离开人群，独自往水边走去。在这边河滩，有很多地方可以直接接触水，这些可以接触水的地方，大多是自然形成的，也有人为开凿的。我沿着那条青石板路的走向往水边走，果然，人工开凿的台阶就在脚下。再往下，接近水的地方，横了几块条石。这些条石显然是就地取材的，是那种青石夹杂着灰白颜色的花岗岩，再不是那种温润的青色条石了。这几条花岗岩条石显然已经年深日久了，虽然有些破损，但坚硬依然，只是夹杂着的灰白质地的花岗岩已经呈现出风化的痕迹了，有一小部分甚至风化成了我们建筑用的石米。

我踩过这些岁月遗留下来的痕迹，坐到水边，先是习惯性地将手伸进水里，抚摸了红水河的水，然后对影沉思。想着，这些坚硬、粗粝的石头，是如何在茫茫岁月中被打磨、被柔润的?

我转头，目光沿着石阶往上移去。午后的阳光有些热度，但它并不张狂，只是微微地散发着那种让人觉得熨帖的热度，让我们感受到它一如既往的热情。不时有一阵和风从河面吹过来，刚刚沁出的微汗就被这和风轻轻抹去了。这是多少年前的风啊，它吹拂过的那些树木花草呢？还有那些人呢？在过去的时光里，一定有很多很多的人，在这里浣衣、洗菜、挑水，还有戏水的孩童、垂钓的渔翁、摆渡的艄公、赤膊的挑夫、拉船的纤夫、来来往往的客商，以及在码头上痴守着等待亲人归来的守望者……他们是如何在这旧码头上、踩踏在这些青石板上，进行着他们的生活的？他们或赤脚或穿鞋的步履是如何将这些青石板的坚硬、粗粝慢慢地打磨、浸润成温润和柔和的？而他们的汗水，在其中起到了多少的作用？多少人用了他们短暂一生中一大部分的时光，献给了这条路、这个码头、这条河？我们无法知道了。我们只是知道，这条路、这个码头、这条河，还遗留着他们曾经度过的或美好或艰辛的时光的鳞片，那是一种没有数十年、数百年就无法附着、沁润下来的时光的味道啊。

码头意味着什么？河岸意味着什么？那些在船上的人，他们的脚底下，是勉强称得上坚实的船板。可船板下面呢？是深不可测的河水。他们在船上，就把船板当成了他们的大地。可他们清醒地知道，这船板不是大地。他们对船板的信任，是被迫的、不得已而为之的。被迫的信任让人心底空虚，脚在船板上就自然会打飘。它急切盼望的，就是岸边那坚实的大地。尽管岸边和大地就近在咫尺，但这片大地不是他们的大地，这片河岸不是他们的河岸。他们的大地、他们的河岸在某一个地方，那里才是他们的目的地。这样，他们就只能望着河岸兴叹，把自己孱弱的命运系于这一艘艘或铁或木做成的小小的船上。什么叫望眼欲穿？他们坐在船上，望向远方自己的目的地，将颈子伸长成一只大鹅的样子，就是望眼欲穿的最好注脚了吧？

望眼欲穿的最好的结果，就是让他们飘忽在船板上的双脚，沉稳地踏踩在码头的石头上。船一靠岸，每个人悬着的心便都落了下来。那双在船上紧绷的脚，接触到大地的坚硬的一刹那，就有了一种回到家里的安全感。那肩上所有的物品的重量、那心上所有的牵挂的重量，通过这双脚，统统稳稳地卸到了这坚实的大地上来了。这让从船上下来的每一个人，是感到何等的温暖和踏实啊。而河岸上等待已久、同样是望眼欲穿的那些人，怀着万分的欣喜从河岸飞奔而下，向着自己所期盼的人扑去。

那时，这个码头，该是怎样的一副其乐融融的美好辰光啊。

码头上游，是一个车渡，客车、农用车、拖拉机、摩托车以及挑担的人，熙熙攘攘的，都停在此岸上，或焦躁或悠然地等待彼岸那艘突突冒着黑烟的渡船；而下游不远处，是一座巨大的圆形建筑，据说是一座电灌站。这座白色的建筑就矗立在稍稍靠岸的水里，它的脚下，停泊着几只洁白、漂亮的小艇。河面宽阔，水面清静，车渡的那种热闹，恰跟我们所在的旧码头的静寂形成强烈的对比。人一处在这种静寂中，情绪就变得十分稳定，心就变得格外的柔软和敏感，脑子就变得分外的清醒。看着那一头的喧闹，觉得自己似乎就站在了心灵的另一个高度，对那种世俗的喧闹看得透了，就察觉，原来自己在那种热闹中拼命地来去、拼命地争来争去，其实还不如这里的清静一坐来得惬意。

红水河的水从上游逐我而来。它的清澈和透亮，已经将它的名字颠覆了。它的微波、它的涟漪，就轻轻萦绕在我脚下的岩石边。它们像一尾尾水中鲜活的小鱼，用它们的嘴轻啄着河岸的岩石。它们，一定尝到了时光留下的久远味道。

我眼前的河面，静静地泊着几艘乌篷船般的渔船。这些渔船或是木板钉成，或是铁皮打造，都一律盖着乌黑的篷子。这些乌篷，挡住了我们的视线，阻挡了船里面已经老久的时光。

数条不太新的小船，系着长长的缆绳。那缆绳似乎承受不了阳光的重量，向水面坠着。水和阳光在缆绳上跳跃着，像一粒粒金子的碎屑，熠熠闪耀。我站起来，将一根缆绳举到肩上，然后转身，摆出一个拉纤的姿势。同行的摄影家立时将镜头对准这矫揉造作的 Pose 猛按快门。我知道我会得到一张拉纤的相片。但相片上的假纤夫只能留下一个扁平、平淡的影子，大湾码头岁月的痕迹无法复制、粘贴到这张相片里。它依然在它的所在，在水里，在岸边，在岸边的石头上。哪怕人心不古，它们，依然是古的。

石龙码头

石龙曾经辉煌过。在若干年前，它就是一个县。1952 年，象县与武宣县合并成石龙县，县治也搬到了这里，直到 1960 年石龙县改为象州县后，该县才不复存在。而它还是作为象州的县治存在了两年。之后，才恢复石龙旧名。

一个县跟一个乡镇，两者不在一个档次上，那是相差很远的。

现在，它隶属于象州县，是一个镇。

我们先是驱车进入秤砣湾，那里新建有一个码头。现在进行时的现代生活正在河道里和河道边上推进着。河道里停泊着我们数不清的千吨级的大船；而就在我们头顶的河岸上的造船厂，也威武地卧着数十艘正在建造的成品或半成品的大船……河道里的繁忙、码头上的喧嚣、造船厂的热闹，无不与时代保持了同步。毕竟是旧时老县，它根底总在，要飞起来，也总会比别人快一点，省一点劲。

我希望看到的那个老码头在哪里呢？我们指向不明地驱车前行，凭着直觉就走进了石龙老街。街口一座硕大的牌坊似的门口矗立着。毕竟是旧县，它的街道就与大湾的不同。大湾那条老街，与其说是街，不如说是一条村巷，那里农村的成分居多。而这里，完全是真正的街，是城里人的老街。街上人的世俗生活在这片新、旧房子交错的街道上随时上演着，那些居民永远都是主角。他们干活、娱乐、吃饭、睡觉，平常的日子不因为这个老街的老而变得暮气沉沉。这些小镇居民，脸上永远挂着一副随遇而安的散淡，过着自己所喜欢的庸常日子。一位老奶奶，看不出多大年纪了，因为牙齿脱落而显得嘴巴微瘪的脸上，有着深浓的岁月的印痕。我以为这么大年纪一个人，见到扛着那么多长枪短炮的采风队伍，一定会被吓着而躲进深深的厅堂里去。可是不，见到来人，她就从厅堂里踱了出来，以一种闲散的姿势倚靠在老旧的门框上，脸上的表情淡定而自然，任由长枪短炮们对准她狂拍。

我在她家门前留下了一张照片。她家门口低矮窄小，木门框的上方灰黑色的墙皮已经脱落，露出里面勾缝的灰浆和砖缝。其他没有脱落的墙皮，也被雨水以及岁月浇染成一幅幅抽象的图案，那些青苔以及雨水漫漶的痕迹，组成了一幅幅无解的图画。门上贴着一副对联，上面写着“长行好运人才旺，富贵平安福满堂”，仔细一看还贴反了。对联褪色成了颇有年头的样子，墙角一横一竖地，随意摆着两个很有年代的破破烂烂的小碌碡，不知道有何用意。尽管只是下午4点多钟，但那门的里面一团漆黑。我穿着深蓝色的牛仔裤、深蓝夹灰黑的条纹T恤，站在门口的一侧，竟然与这老旧的屋子浑然一体。

原本不知道，老街走到头就是码头。我们只是凭着感觉往前走，眼看着似乎到了尽头，一个小拐弯一过，就看到了又一段石阶路，蜿蜒着往下而去。

这就是石龙旧码头了。

这石龙码头就没有大湾码头的鲜明。斜斜往下的石板路极不规整，而且那些石板东一块西一块的，很散乱的样子。间或夹杂着一些水泥块，可见时光给这码头带来的破败。

沿着那散漫的石板路，一直走到河滩。高大伟岸的石龙大桥横跨柳江，在河滩上看它，须仰视才行。一条沙土路从桥头沿着河边，一直斜拉到河滩。河滩上卵石遍布，几道卵石垒成的隔断一直伸展进河里，形成一座粗具雏形的码头。这码头两边则是一个个“泊位”，停泊着密密麻麻、挤挤挨挨的乌篷船，都是些渔船。船上基本没人，只有一艘船上有一位赤膊的船家在洗米做饭。船上的家当极简单，但家庭日常生活必需的日用品都有。可见这些船民对生活的适应能力是多么强。

暗淡的余晖洒了下来，那些小船乌蒙蒙的顶棚上也有了些许光泽。回首一看，那条斜斜的石板路歪歪扭扭地挂在河岸上。

象州旧码头，留下的，就这些了。

而我蓄谋已久要参拜的红水河与柳江合流成为黔江的那个交汇处，再一次与我擦肩而过。

回到家上网一查，发现那个交汇处离我到过的那个秤砣湾不过咫尺之遥！

西门码头

很凑巧，此行参访的三个码头，都是先有一条老街。都是须先穿过老街，走到尽头之后，才到的码头。

在武宣，我们先是沿着县城老街的北街，经过北门城楼，才走入西街。

武宣北城门是个拱门，青砖砌就，很旧了。门墙上斑驳陆离，长着不少的杂草。三层的城门楼规模还在，只是门窗紧闭，不少窗户甚至已经被用红砖封了起来——而在我的印象中，其实该是被尘封了的。

穿过北门，向右一拐，就是西街了。这条西街，一路斜着往下。脚下，旧时的青石板依然静静地躺在路上，两旁的房子虽然简陋，但大都是青石打的基础，许多人家的门槛还是那种被踩踏得变光滑了的青石门槛，这让人体会到了某种久远的力量，这不是大湾街上那种没有年代感的房子可比的。

在这处处是坚硬而冰凉的青石风格的西街上行走，无论如何也产生不出戴望舒那种雨巷的感觉。是心境使然，抑或这里剽悍的民风根本就产生不出“一个丁香一样结着愁怨的姑娘来”?

由于斜着往下，这条街的房子也就呈现一种散漫的状态往下延伸。到了尽头，是一座社王庙。自社王庙往下，就是武宣西门码头了。

这座码头可以称为古码头了。据说，它的兴建得追溯到明朝洪武年间。那是多少百年前的事情了?

下码头的依然是青石板路。相对于大湾和石龙两个码头，西门码头的路要平缓许多，也宽敞许多。许是平时还有很多人使用的缘故，那青石板路还相当完好。沿着青石板路走，眼前黔江的风光尽收眼底，就有了闲庭信步的感觉，一路，就带了详细考察的兴趣。路边时有一些奇形怪状的石灰岩，或竖立，或横卧，如果仔细考究，还是能够看出些名堂的。但不等我们看出名堂，这个码头的管理者已经帮我们点出名堂了。走几步，这块石头上刻着“三姐妹”几个红漆大字，走几步，那块石头上又刻着“西门古码头”几个红漆大字……那些字，张牙舞爪的，毫无美感可言，跟这古码头十分不相称。这就大煞风景了。

靠近水边，是一大片石灰岩，谓之“石门”。石门有门，石灰岩的中间，天然地开了一个大口子，像一个大门。走进石门，就是在岩石上人工开凿的台阶。逐级而下，就到了水边。岸边泊着一艘挺大的船，水边的石阶上，几个妇女在水里浣衣……黔江的水此刻清幽。近处的一个小水湾里泊着几艘渔船，而远处的水面上，时有货船经过……

一个垂钓者，将几根钓竿插在岸上的石缝里，钓丝静静地垂入水中。而垂钓者却高高坐在石门左近的石头上。我问他，钓什么鱼。他答，能够有什么鱼钓?再问，一天能钓到几斤鱼?他竟然回答：零斤。我问，既然一天到晚钓到零斤鱼，为何还钓?他将码头四周环视一遍，然后说，这西门码头风光秀丽，每天在这里看看，心情也是不错的。

他竟然用“风光秀丽”这样文绉绉的字眼!

噢，一个对现实生活怀着某些愤怒的人，竟然能够将这西门码头秀丽的风光转换为自己的某种精神养料，进而化解自己的不良情绪，实在让我们这些在红尘中的汲汲营营的追名逐利者感到羞惭。

我没有坐下来，只是斜站在码头的乱石上，看着上游两岸停泊着的那些大货船。这些船，让这满满一河的水有了另一种使命，它们让这条河重新活了起来。

我走到水边，将手探到清冽的黔江里。黔江的水真清啊，掬水一闻，那种水的清气就钻进了鼻子，撞进了心底。

因着这商运的船舶而活起来的黔江的水，此刻，或者若干年后，还能保持着它的那份天然吗？

这么一想，我就站了起来，想着赶紧回到岸上，想再一次仔细端详这有了数百年历史的西门码头。因为，刚才在经过社王庙之时，我看到一堵墙上画了一道红线，那里标示着那年特大洪水造访西街时的洪峰的高度。那数字是多少，具体的我记不清了，但我记得是60多米。这么说，这个西街的最低处，也就是社王庙所在的这个高度，将是若干年后下游建起的大藤峡水利枢纽抬高的水位的高度。

就是说，我脚下的这个西门码头，将在数年之后，永远被淹没在滚滚的黔江水之下了。

我长叹一声，也罢，历史的陈迹如果不是被岁月掩埋，也会被水淹没的。武宣西门码头，最终也不过是历史上某一阶段的一处微小的陈迹罢了。

对许多人来说，微小得不足一提。

但我会为西街的居民感到遗憾。我不知道，当到了那一天，不断上涨的河水慢慢将眼前的西门码头淹没的时候，面对这样的沧海桑田，他们心中会不会有深深的失落感？

遍地瓜果

如果我说，在彼地还瑟缩在棉大衣里而吾地的人民已经开始采摘树上的新鲜果子尝新时，一定有彼地的人民觉得这不可思议，可这是真的。不知道彼地因为什么与冰雪结怨甚深，致使它们久久不肯退去。而吾地与冰雪之类甚为友好，后者极少来袭扰我们，因此，当彼地还是冰天雪地的时候，吾地已经呈现出一派彼地所没有的新鲜景象了。对了，吾地被称为桂，就算你望文生义地理解吾地的特征就是遍地桂树、桂花我也不会去纠正你，毕竟，你这回“望”对了。

这回不跟你说什么花啊草的，也不跟你讲山啊水的，虽然这些都很能体现我们桂地的风貌。跟你说什么呢？吾地瓜果遍地，就让我从一只灰白的小老鼠开讲吧。

最早出现的灰白小老鼠

它躲在一派青葱之下。要知道，这才是阳春三月，天还冷着呢。可它紧跟在叶子之后，把自己的生命力顽强地展示在枝头上。它青涩、稚嫩，不成形状，如果硬要给它拟一个形，那就把一个很不雅的形象给它吧。见过刚刚生出、尚未长毛、仍在窝中嗷嗷待哺的幼鼠吗？对，它的样子就像幼鼠！为了与一只青虫和一片树叶划清界限，它开始勉为其难地为自己涂上一层无力的浅浅的灰白。你如果走过树下，偶尔抬头看看，会以为它大概是一小片被风吹上树梢的废纸。

它当然不是废纸。它跟小老鼠一样，有着极强的生命力。待天气稍稍变暖，你再去看看，嘿嘿，小老鼠长大了。你看到什么了？对，青中带红的，毛茸茸的，桃子啊。

你能想象吾地这个时候就可以吃上新鲜的桃子了吗？

似是而非的桃形李

桃是桃，李是李，就跟男人是男人，女人是女人一样，泾渭分明。桃子快吃完了，就该轮到李了。刘三姐在得知莫老爷请来跟她对歌的三个秀才的姓氏后，用圆润的歌喉开始嘲笑他们：姓陶不见桃结果，姓李不见李花开，姓罗不见锣鼓响，三个蠢材哪里来……说的“桃结果”“李开花”，就是这桃子和李子。大家平常老说“桃李桃李”的，把它们摆在一起，形成这么个通用的说法，可见它们还是有联系的。吾地自古虽为边远之地，但对付自然界的生物却是办法多多。比如说吃的吧，有很多东西，就是让彼地的人民每天练脑筋急转弯练到脑子抽筋大概都不会成为盘中餐。但吾地就聪明多了，有一句话概括得极好：天上飞的除了飞机不吃，水里游的除了轮船不吃，地上有脚的除了板凳不吃，其余什么都吃。想想看，厉害吧？更厉害的是，吾地能够利用自己的聪明才智让桃李结婚，生下它们新鲜的儿子来，取名桃形李，样子真的像桃，只是比桃小、比一般的李大，口感却是地道的李。看，这种似是而非的东西就这样毫无来由被制造出来了！而且这名字起得是这么贴切！

让你想不到的是，这个似是而非的桃形李却有李子的特质，它青绿的外表里面就是我们平常吃的李子的肉质，只是少了一些酸，多了一些甜。令人感到不解的是它里面靠近核的地方莫名其妙地空出一个旮旯，不知道的人看着空荡荡的那一小块地方，会以为潜伏在那里的一只虫子就这么被自己生生吞了下去。真不知道它设的什么局！

妃子为什么笑

你肯定知道我要讲的是荔枝了。荔枝结果时节，你看到路边一丛丛低矮的深绿上缀满红宝石般的星星点点，那就是荔枝了。让贵妃（其实就是桂妃，因为她就是吾地容县人）展颜而笑的荔枝现在已经从唐朝皇宫里贡品的位置流落到街头地摊货的地步了，只值八毛钱一斤。可这家伙还是放不下架子，取的名可够吓人的，“妃子笑”就是其中一个代表。但名字虽吓人，它本身却吓不了人，街头小贩一声“真正妃子笑，八毛钱一斤”，让人听了百感交集。听听，名是妃子笑，却只值八毛钱一斤，让人觉得只要你付出八毛钱自己就是杨贵妃了。掰开布满红色细小疙瘩的红色外皮，里面那凝脂般的一粒确实就像刚刚自华清池出浴的贵妃本人（不会认为贵妃过于自恋吧，连吃的果也要像自己那般美?），咬开，那种乳白透明的嫩滑会让你食欲大增。遗憾的是你在大快朵颐时忘记了我，没有得到我这个富有对付荔枝经验的老手的有益忠告。你吃得太多了，吃到荔枝皮上那些红疙瘩都转移到娇嫩美丽光滑的脸上了，对着镜子你大放悲声。你开始对妃子的笑产生了怀疑：妃子真的笑过吗？妃子为什么笑？她当然笑了，因为你的红疙瘩，因为你有，而她没有；因为是大唐帝国的快马展开千里接力赛才送到贵妃的嘴里的，多么珍贵；而你，在离吾地十万八千里的彼地的你最多也就付出那么三五块钱就到嘴了，太容易了吧？活该！谁叫你不与我分享？你后悔了，但你不思悔改，至少也要来个空口承诺说明年一定请我吃就行了，可你没有。否则，我会教你一个以其人之道还治其人之身的好办法，保证你立马从荔枝还原成为你自己，如果还是荔枝，也是一颗剥了壳的荔枝了。可惜！只好让你继续成为一颗硕大的荔枝，在你美艳的同伴们中间刺目地摇晃着。

长在树干上的重量

这是我知道的唯一直接将果长在树干和主枝上的植物。

长在树上的果，一般地说都是长在枝上。沉甸甸的重量让树们都变成了即将分娩的孕妇，沉静，下坠，稳重，幸福，但总有遮不住的高傲，总有藏不住的炫耀。尽管树们知道到了收获的时节，不宜大动了，但怀胎数月的辛劳总得表现一下吧，于是风一来，树们便随之摇曳，偶尔砸一两个果下来，也就是为了提醒大家它要分娩了。树们也太不谦虚了吧，满树的拳头大的果就以为够分量了，足以拿来充那咬人耳朵的拳手泰森的巨掌了。到邕城街头看看吧，你就知道什么叫重量了。高大的树，枝条比一般的树还多，如果在枝上都结满果，真不敢想象它能结出多少果实来！可它偏不，它将果实直接结在树干和粗壮的主枝上了。它结的果以簇为单位，一般一簇少的两三个，多的也有五六个（再多不敢说了，怕吓着你），大个的有十多斤，小的也有三五斤吧。想想看，这么些大果长在枝条上，会是什么样的结果。所以，未经同意，它就离经叛道地将重量全部移到了树干和主枝上——它竟然能测出它的身躯能够承受的重量，实在厉害！

这擅自把果长在树干和主枝上的家伙叫木菠萝，也叫波罗蜜，它的果极像榴梿，只是外表上不像榴梿那样长着刺儿、总保持着一种剑拔弩张的强硬态势。它果形椭圆，外表密密麻麻的突出物看起来像刺却不扎手，摸起来给你一种温柔的手感，就像它果肉的甜香一般让你感到亲切。

把星星藏成自己

这话不好理解，是不是？如果我说我吃过星星，你或许会以为我的脑子被南方燠热的天气烧坏了，因而在胡言乱语？

这种水果以它的现实味道给了我一个响亮的耳光。

在我数十年的生涯中，很多现在看起来不可能入口的东西我都曾经尝试过。我家乡的山上长着一种无名的植物，它有着椭圆形的叶片，这叶片酸涩酸涩的，我曾经发明了一种对付它的办法，就是用盐来拌它吃，味道随之大变，变得可口得多。可口就吃得多，吃得多肚子就被酸水刮得厉害，肚子就饿得越发快。饿得越快就越要吃它——因为没有什么多余的东西供我的肚子来玩消化游戏。

就是这样的年代，我对这种水果还是敬而远之。在我的换牙时代，它至少曾经免费提前为我拔下两颗牙齿，因为它实在是太酸，酸到用盐都对付不了的程度，除非用很多的白糖来渍它，可我的年代不是白糖的年代。这是我对它的看法一直保持恒定不变的原因。

它唯一让我感兴趣的是它的形状。你在吾地的街头巷尾卖酸的小摊上，一定会看到慈眉善目的南方老太太举起用长长的竹签串起的用酸或糖腌成黄色的星星递给小朋友们或年轻妹仔们。看到他们吃得津津有味的样子，你唯一的反应只能是舌底生津。我也一样，不是由于想吃，而是小时候那种经历的条件反射。

它之所以能够打我一个耳光，是因为我的冥顽不化，也就是我的恒定不变。话又说回来，我不是神仙，不能未卜先知，怎么能知道它会具有可以掴我耳光的能量？我以为数十年的经验可以坚如磐石，正确得像板上钉钉，不能更改。可它在一次宴席上以一个小菜的名义给了我狠狠的一击，以铁的事实将我掀翻在地。

的确，我得承认我的失败：它确实不是我数十年前的老朋友了，它具有了这个时代所具有的甜腻腻的特质。我以为是用糖太多的缘故，然而群众的眼睛是雪亮的，群众的味蕾也是正确的，大伙儿都以罕见的态度坚持真理，说是原汁原味，没有加糖。我只好推盏认输。

它冒充别人，姓杨名桃。那五棱形状无论如何也看不出跟杨和桃有什么关系。将它横切，你就会得到一片又一片五角的星星。只有手持一把钢刀的老太婆才知道它其实是把星星藏成了自己，经过老太太的解剖，它又把自己还原成了星星。

坚硬的青涩

亚热带风光的明显标志之一就是广袤田野里生长着一片又一片、排列得整整齐齐的香蕉（或芭蕉）林了。每一株香蕉（为了叙述的方便，我们就只说香蕉）都在笔直地站着，好像在过去的年代有某位诗人将它比喻成警惕的哨兵。不错，只要有一点点风吹来，它就立即有反应——阔大而茂密的叶子便摇摇曳曳并发出一种只有集体的力量才能发出来的海一般的喧嚣声。可这警惕的哨兵哪里还是哨兵？它的声音早就掩盖了一切，它反倒有可能变成敌人的同谋。不如把它比喻成一种坚贞不移的象征，比如爱情，民歌里就唱道：阿哥阿妹情意深，好像芭蕉一条心……对，它从上到下就一条笔直的干，当然也就一条心了。唉，算了吧，还原它们香蕉的身份吧。

香蕉挂果与别的果类截然不同。它会从自己的顶部弯下一根手腕粗的果茎，茎梢吊一个碗口粗的紫色的椭圆形果蕾，然后一瓣一瓣地裂开、枯萎、脱落，在这过程中会有花开、花落，会有青绿的小指似的东西长出来，然后按照梳子的排列方式，渐渐长成一串我们在市场上看到的香蕉的形状。唯一的区别就是颜色。我们在市场上购买的香蕉都是柔软的、金黄的，可它在树上时却是坚硬的青涩。青得真的可爱、新鲜，具有明显的蜡质，让人不忍撷取。这样的青涩在南方是不受欢迎的，因为急功近利的南方水果老饕们并没有等待这种青涩自动消退的耐心，他们会急不可耐地用生石灰强迫它们成熟，他们要的是随时能够将它们剥皮吃肉、大快朵颐的便利，因此这样的青涩就是专为遥远的彼地准备的了。因了这一层坚硬的青涩，香蕉们就可以经受任何的折腾而保持完美的体态、完美的味道呈现在彼地人民的面前。如果没有了这层青涩，彼地的你可能真不知道香蕉的真实味道了。

呵呵，真是美好的青涩！

走过消化道的再生

它有两个名字，中文学名叫番石榴，小名叫番桃。不管叫什么吧，反正都带个“番”字，可能是远来的客人走到吾地后走不动了，只好住下。为区别于国产的石榴，只好羞答答地叫这名字了。可它跟石榴什么联系呢？我看是没有。树干不像，枝条不像，开花不像，结的果也不像。味道呢，更是差远了。它可以大如拳头，也可以小如乒乓球。乒乓球样的都变成了本地产的了，拳头大的却是外来的。我只见过乒乓球样的原生态，它开的花很好看，五瓣形，白色，从花托里长出密密麻麻的细细的花须来，花落后会挂出一个个小地雷似的果。地雷繁盛如天上的星星，极多。不久，这些地雷就慢慢变白，最后变成黄色。要吃它，得掌握好时机。你要吃它新鲜的味道，就在它刚刚显露一些黄色时摘，这时的果味道很好，清甜、新鲜、爽口。要吃特甜的呢，那就等它完全黄透了吧，咬一口，绵软、绵软的，带着细核的果芯已经变成粉红的了。可你在将它进口时要控制好量，否则它会给你带来意想不到的麻烦。因为它的子核经过消化道时并不会被消化掉，吃得过多它们会在你的大肠里集结并紧紧抱成一团，会给你造成严重的便秘。假如你在荒山野岭土地肥沃的地方卸下它们，你就变成了播种机。明年你故地重游，就会发现你无意播种的番石榴种子已经变成了一株欣欣向荣的小树，在和暖的春风里向你招手致谢了。

神龙的眼睛

它尚未开花时是一堆繁茂的绿色。当它开花时，那情景就让人看呆了。它从无数的枝中悄悄伸出一根根花梗来，花梗上的锥状花序上敷上了一层淡淡的紫褐的颜色，那层紫褐色浮在叶面上，将那深重的绿色逼退了一大片。那层不张扬的默默的紫褐色就是它的花。之后它会慢慢变成一颗颗花生粒般大的米黄，那就是它的果了。待那米黄渐渐变成黄褐色，它的果实也变成了拇指般大。这时候，你看满树都是一簇簇累累的果实，不知道这树怎么就可以用这么丰盛的收成来回报脚下那片并不是很肥沃的土地。真是让人感动。

更妙的是它的黄褐色外壳里包裹着的东西。薄薄的一层皮一剥开，透明的、多汁的果肉晶亮晶亮的。比起荔枝，这晶亮的东西又是另一种面目。荔枝热烈、张扬、温暖，而它平和、内敛、舒缓，不会让你的脸上增加任何令你不适的东西。

为什么扯上个“龙”字？有故事吗？不知道。只知道它包裹在肉里的那颗小小的核漆黑发亮，炯炯有神，正应了它那高贵的名字——龙眼。就是失却了新鲜、被晒干了它也还具有一个温馨的名字——桂圆。都是很有中国味的名字。

只是不知道这么有神的眼睛、这么丰盈的圆为什么要藏在深深的心里。

最为张扬的果实

之所以说它张扬，是出于以下两个原因。一个是它曾经成为某国和我国领袖之间一件特殊的礼物，这个情节我在很小的时候就从课本上读到了，那时我还不知道它是什么东西，只知道它是一种具有高贵的金黄色的金锭般珍贵的水果。因为写在书上，所以根本没有想到会跟我们发生什么关系，毕竟，那个年代能够上书本的都是离我们很遥远的东西。这个东西竟然成为全国人民竞相顶礼膜拜的神物，在当时没有任何人提出任何质疑。一种水果张扬到神圣，看来没有第二种。

另一个原因呢，是出自它的本性。没有任何的生物会把自己的果实这样来展览的。你看吧，自从结的果刚刚成一点儿形，它就迫不及待地用一根没有任何遮掩的光光的枝条将那小小的果实胎儿从枝叶间垂钓下来，低低地坠着，让人以为是一排被一群恶作剧的孩子吊在那儿等待风干的小老鼠。过了一段时间，又让人误以为是某家电脑配件厂家搞的一次鼠标大展览（它成形时的果实样子就是一个腰子形鼠标）。这样粗俗的举动反映出来的性质当然也是相应的没有内涵的。皮倒不厚，可那扁平椭圆形的核太大，你只能吃到很少的果肉，而且如果吃时没有掌握要领，得，你吃的就是丝棉，你因为过多地用牙签挑剔而变得越来越宽的牙缝就会变成缫丝场——那些丝丝缕缕的东西又会让你使用更多的牙签了。所以，在吃时，你必须用刀横着、竖着划几条道道，这是我唯一能为你提供的吃食芒果的方法了。

对，它就是芒果，我们的邻国越南的胡志明主席曾经拿它作为礼物送给毛主席，算是国宾级的水果了。

从剑麻里长出的刺猬

剑麻就是一种长出剑一样叶子的亚热带植物，草本，它出鞘的宝剑般的叶子修长、坚韧，叶梢上是一根坚硬的黑褐色的尖刺。因了这叶子，它就现出一种腾腾的杀气，让生物对它产生一种恐惧心理，它就可以心安理得地占据着那片自以为肥沃其实没有多少油水的贫瘠的角落。

是不是它也学会了剑麻这家伙的做派？被称为菠萝的这种亚热带水果竟

然具备了剑麻的一些特质。比如剑一般的叶子，叶片从里往外发散的造型，不说神似，至少形肖了。这菠萝要说它学学剑麻的清高、威严也就罢了，可它偏偏又让自己好不容易长出的唯一果实成为芸芸众生的口中美食。

这样你就知道菠萝不是长在树上了，而是长在剑麻一样的唯一一根茎上。一株菠萝就一根茎，一根茎就只长着一个果实。可是这茎上长出的唯一果实并不是一般意义上那种让人赏心悦目的、平易近人的果实。那是什么果啊，远远看去，那茎擎起的东西简直就是一只满身长刺的刺猬，近看这刺猬头上竟然又擎起一株微缩菠萝。只是这微缩菠萝只有菠萝的造型，而没有刺猬般的果实罢了。如此令人敬而远之的果实怎么能够引起人的口腹之欲？它满身的刺叫人怎么对付？也难为那些路边、街头卖菠萝的村姑，她们左手套了一只或红或蓝的胶手套，以避免菠萝恶意的肌肤之亲，将满身是刺的菠萝抓起，右手则持一把利刀，飞快地将菠萝丑陋的外皮削去，这时，满身是刺的菠萝已经只剩下一些凹槽里的粗皮了。村姑们又飞快地扳动利刀，将手里的菠萝一个劲地转啊转，几下就将一个满身是螺旋似凹槽的洁净、淡黄的菠萝递给你。但是你要小心，菠萝最好切开了放在盐水里浸泡片刻，这样才不至于吃了过敏。

露肚脐眼的时尚

顾名思义，脐橙就是有着一个肚脐眼的橙子。

现今少女们不是流行露肚脐眼吗？我脑子比较迟钝，无法从理论和实践两个方面总结出露着一个肚脐眼的历史意义和现实意义，审美意识也比较落后，没能做到与时（衣服的时髦）俱进。如果肚脐眼长得真的好看，加之长着一截白嫩的小蛮腰，好看到不尽可能让更多的人看到就显得非常浪费的程度倒能够理解。如果不那么好看甚至是难看的肚脐眼（再配上一截臃肿的粗腰）也能这样丢人现眼吗？

人间的时尚大概也会流传到水果界。这不，我们原先吃的橙子也就一只小孩儿的拳头那么丁点儿大吧，可后来我们吃到了大人拳头大的橙子了。乍一见到它，不认识啊。问卖果的，说是橙子。得了吧，没吃过橙子还见过橙子在摊头上亮骚呢，骗人怎么的。这可是真的橙子，不信你尝尝，说着递过早剖开的一小片，一尝，果真是橙子的味道，而且比原先的橙子甜，没酸味。是橙子？好吧，那就来两斤吧。不对啊，老板，你这橙子怎么都裂开了？坏的吧？这你就外行了，看到了吧，那小女孩儿，就是那位，穿着那衣服，只有半截。那叫露脐装，时髦。这橙子也时髦啦，早改名叫脐橙了，这咧开的口子不是坏，是它故意露出的肚脐眼，是时髦的标志。呵呵，敢情我买的这玩意儿也是时尚的产物？行，那就时尚时尚吧，来两斤。尽管价钱是普通橙子的三倍，也认了，算是追求时尚的代价吧。

葫芦里卖的什么药

在柚子树下看到吊挂着的葫芦似的果实，相信你不会错把它当成葫芦而将它剖成两半晾干了做舀水的瓢子。

柚子的葫芦形外观倒很耐看，坐在那儿，弥勒佛似的，虽然不笑，却也有模有样，沉稳得像一口钟。成熟时表皮黄绿兼带细密的麻点，没有一般果实成熟时的鲜艳，从外皮看你是无法知道柚子这个葫芦里到底有些什么。

要弄清楚它葫芦里卖什么药，得费一番工夫。

你必须先用刀将那葫芦顶削了去，然后纵向划几道口子，将它分成几个等份。这就要经验了，它的皮太厚，除了表皮那层黄绿，里面还有一层厚厚的棉絮一样洁白的里子——真正的“金玉其外，败絮其中”。你用力太过，就会将柚子芯切碎了；要用力不够，那厚厚的棉絮没有切开，那么你要取出柚子肉就很困难。因此，一是刀不能太锋利，二是下力要掌握好分寸，以刚好将厚皮剖开而没有伤到柚子肉为准。这样你可用手指顺着葫芦顶剖开的地方开始抠，抠出一个口子后，两指或三指并拢，从口子里往下直插，只听“嘶啦”一声，一片厚皮就豁开了，如此炮制三四下，你一只手里是裂成四瓣或五瓣的柚子皮，另一只手里就是一只洁白、圆润的柚子肉了。将它掰开，就是一片片具有梳子形状的东西，但还不能吃，你必须用指甲将包着梳子的那层虽薄却韧的皮撕开。这时，露在你眼前的，就是排列稀疏的籽粒和千呼万唤始出来的严密、紧凑、整齐得像梳子的齿一般的柚子肉了。这时你去掉那些籽粒，就可以慢慢享用那甜中带一点点酸味的柚子肉了……太复杂是不是？没办法，你要弄清柚子这葫芦里卖什么药，非得学习这门叫作“烦琐”的哲学功课。否则，你就会像我见过的一个德国专家（是电力专家，不是吃的专家）那样一把将一片柚子直接塞进嘴里，嚼了半天像嚼炖不烂的牛筋，不知道什么滋味，让在一旁的中国专家（吃的专家兼电力专家）窃笑不已。

虽然你吃了柚子肉，但并不能说你已经懂得柚子了。如果你还能吃到用柚子那层厚厚的“败絮”做成的菜，比如“柚子扣”“柚子酿”什么的，哈，那你就真的知道柚子这葫芦里并不卖药。

吾地的瓜果显然不止这些，不过，收了柚子，基本上吾地的果季就结束了，毕竟已经冬天了。如果稍微有耐心一点，在这三四个没有新果出来的月份里，你就慢慢享用可以长期留存的柚子、橙子以及我没有提到过的柑橘吧，这些水果可以一直让你吃到那些灰白的小老鼠成长为桃子的时候。

对吾地的瓜果我说得其实还太少，可我已经不能再说了。或许是吃了太多的水果的缘故，我的思维已经完全被水果那些或酸或甜的纤维给堵住了，勉强说到这里吧。只能说明年见了。来年，欢迎你到吾地，看看我是怎么从一只灰白的小老鼠变成一只青中带红的桃子，然后怎么把自己装进果盘奉献给你的。

莫村上空的阳光

有些地方，你走过无数次，但你并没有记住它。

这里说的，是莫村。

有些地方，你一旦走过，就很难忘记。

这里说的，也是莫村。

莫村，地处来宾市武宣县东乡镇。

我有多次走过莫村。武宣至平南的二级公路就从村子前面蜿蜒而去。我多次驱车驰骋在这条新修好的平坦路面上，前往东乡。然后奔向那有名的百崖大峡谷，以及油葵花、将军第……

因来往多次，我对这一带的地理也熟稔了几分，记住了如下诸多概念：紫荆山、莫村、东乡、河马……

但最熟稔的莫过于武台新村、百崖大峡谷、将军第。这几个地方游人如织，密密麻麻的人像蚂蚁一般在新村里游荡和寻觅可口的农家饭菜，在将军第里流连，在油葵地里撷取镜头，妄图将一副灰头土脸拿去与油葵金黄色的花盘媲美……我也不能免俗，多次往来，也就是游荡和流连，拿长满胡楂的一副嘴脸去跟鲜艳的葵花拼姿色……当然，输得很惨的肯定是我。

因为自己的庸俗，也就记住了俗人都要前往的那几个地名。紫荆山、莫村这样的名字就是水过鸭背，听过就过了，再无印象。就连东乡，尽管我就生活在它的大地之上，但这个名字似乎并不在我脑里……

某年的仲春时节。是一个傍晚。莫村面前平旷的田畴一片青葱，正在茁壮成长的水稻生机勃勃。公路右侧是一条蜿蜒曲折的小河。妙的是，沿着小河岸边，丰茂地长着某种树形十分漂亮的矮树。那矮树张扬的枝叶在仲春的微风里摇曳着，整条树带则在夕阳里妖娆着，它们的丰茂有意无意地将一条小河的水面几乎覆盖了起来，似乎要掩饰什么秘密……我们被这妖娆吸引了，不由得将车停了下来，拿起相机对着那河那树乱拍一通。拍完之后，我转身偶然抬眼西望，几道巨大的光柱从一侧的山顶上斜斜切入，那座叫莫村的小村子，被西斜的夕阳照得如隐若现，袅袅炊烟在光照里摇曳多姿……这情景，让我一看就惊呆了。

同行的龙兄或许察觉了我的异样，他顺着我的目光朝莫村一望，说，忘了告诉你，这个莫村，就是太平天国洪秀全登基的地方。

我的脑海里登时犹如被莫村上空的那几道强烈的阳光注入了，记忆里被遗忘的某个角落顿时被照亮了！这样，那几个被我忽略的名字：东乡、紫荆山、莫村，突然就被放大了，被串联了起来，从我的记忆里被打捞了出来。

原来，在读初中的时候，有一段时间，不知道怎么回事，我们这些一点儿可怜的历史知识都没有的混沌少年竟然人手一册，拿到了一本关于太平天国的小册子。那时，课外书是极少的，能得到一本书，那是一种饿鬼面临大餐的喜悦。这样，著名农民起义领袖洪秀全和他的王们便进入了我的视野。而作为大瑶山余脉的紫荆山，不就是洪秀全和冯云山他们伐薪烧炭、发动群众、创建拜上帝会的那座山吗？1851 年，已在桂平县金田镇成其事的洪秀全率领起义大军，越过紫荆山，进入武宣东乡。3 月 12 日在莫村建立大本营，23 日在莫村登基，称“太平王”，后改称“天王”。同时，建号、封五将。莫村登极是太平天国革命中的重大事件。

但此刻我只能呆站在那里远眺莫村。此刻的莫村与我，中间隔着一块块青葱的水田。但我知道，我跟莫村的距离远不只是这些。对于知识匮乏、对太平天国的历史仅仅只有皮毛之知的我来说，莫村过于沉重。

因此，那天我们并没有走进莫村，还是与它擦肩而过了。但是，莫村却以它突然闪亮的阳光照亮了我，从此进驻我的内心。

2010年深秋时节，我再次经过莫村。村前那条小河两岸的奇树的枝叶已经在秋风的浸染和秋阳的照射下变得五颜六色了。它们依然紧紧地依靠在一起，依然将河里的秘密掩藏深深……

其实此次应该说是奔向莫村。

在村口，看着进村的道路是如此狭窄，于是就将车子停在村外的公路边，踅进村来。

村巷很复杂，曲里拐弯的小巷交织着，两旁的房子大多是粗制的红砖房，外面刷着惨白的白石灰。问过村人，转过一个长满绿色浮萍的污水塘，就进入了一所小学校。

学校里的学生正在上课，我们只是在校园里转了一圈，什么都没看到，甚至一点称得上遗迹的痕迹都没有看到。一位老师对我们说，你们所想看的，都在我们学校的地底下了。

一句话，就将我从头到脚泼得冰冷。一代天王，再怎么着，在他登基的地方，总该给后人留下一点念想的东西吧？可是，没有了。好在，这位老师提议我们到学校后面去看一看。

这样，我们就绕到了学校的后面。

多亏这位老师的好意提醒，否则我们真的就错过了。

这里，赫然矗立着一堵老旧的泥墙，长二十米，有我两个人高。土墙历经风雨，墙面或乌黑，或泛白，被风雨剥蚀得斑斑驳驳，一些攀缘植物肆无忌惮地爬上墙头，许多地方已经露出黄色的三合土的本色。靠近墙根的一个地方，甚至被蚀出了一道宽数十厘米、长约两米的豁口。但它依然高大巍峨、气势雄伟。据说这就是当年洪秀全临时王宫的残墙。洪秀全率大军翻越紫荆山，于3月12日来到莫村，3月23日称王。在到达莫村至称王之日的二十天时间里，以当时的条件，洪秀全是如何将临时王宫和长宽分别为六十米、二十米的坚固、高大的围墙筑立起来的？我实在无法想象，由此可见当时太平军的实力了。

我站在这堵残墙之下，在想象洪秀全登基称王的凛凛威仪、在点将台上敕封五将的那种志得意满以及挥军西进东乡的那种叱咤风云……那时的彩旗在 3 月的春风里恣肆飞扬着，那时的剑戟在 3 月的阳光下闪烁着寒光，那时的将士们怀揣着怎样的梦想追随着意气风发的一代天骄去寻求功业，目的是想建立“有田同耕，有饭同食，有衣同穿，有钱同使，无处不均匀，无人不饱暖”的理想社会的，《天朝田亩制度》这样的空想是怎样横空出世的？仅到了 1853 年 3 月 19 日，洪秀全就带领大军攻陷当时的江南重镇江宁（今南京），并将之改名为天京，定都于此。仅仅是两年时间啊，在历时十四年、足迹遍及十八个省份的征战中，他们是如何的摧枯拉朽，荡涤风云啊……我承认我的想象力过于贫乏，不能想象那种金戈铁马的峥嵘岁月。在这座仅仅剩了一堵残墙的王宫面前，我并不能还原当时的那段历史的场景。但是，有这一堵墙就够了，借助它，我就真实地站在了这一百多年前的王宫里，一种穿越感让我回到当年的某一时刻……至少，我的手能真实地触摸到一百多年前的遗迹，脚能踏上一百多年前坚实的土地，即使物是人非，那些掩埋、尘封在泥土中的刀光剑影、腥风血雨都还在——尽管我无法还原它们。

据说，围墙那一面——也就是王宫里面，都是芳草萋萋。在莫村，所有能够容纳房屋的地方，村民们都“种”下了一栋栋毫无美感可言的砖房；所有能开垦的地方，村民们都种下了每个季节该播的种子。唯有那残墙围起的那一方天地里，村人任其野草丛生、狐兔出没，谁也没在那里动过一锄……

这就是我原先所不知道的莫村。此刻，我站在这堵残墙面前，抬眼望着头上莫村的天空，突然有了某种深邃的历史感。高渺的天空中澄澈透亮，阳光的金色碎屑一片片地挥洒着，我似乎听到了那金屑在半空里发出的铮铮的敲击声……

后来走出莫村时，我竟然不敢大口呼吸。而思绪，还停留在太平天国那激越的年代里。

随着我们的脚步，我们与莫村渐行渐远了。看着那远去的村庄，我想到，在太平天国的历史上，金田起义、永安建制、突围北上到定都天京这一串珍珠链般的链条上，应该加上一环，那就是：莫村称王。

这是无论如何也绕不过去的一环。不管历史如何评价太平天国运动，它毕竟已经成为中国近代史的一个组成部分。而东乡、莫村，就是这个组成部分的一个有机分子。

再回首，莫村依然沐浴在21世纪明亮的阳光之中。而我，也是。

因此，经过这一走，这个莫村，我这一辈子，是难将它忘掉了。

天无雨

早上起床，撩开窗帘，一股久别的气味扑来。

那是一股水的味道。

其实那水味淡淡的，但或许是很久没有闻到这种味道的缘故，竟觉得它是如此浓烈。

窗外，雨雾蒙蒙，是下雨了。

知道雨不会大。很久没下雨了，干旱很严重。在这片有名的桂中旱区，住在城市高楼里的我们不怎么感觉得到干旱的严重性。毕竟，它没有影响到我们的用水。我们只要打开水龙头，白花花的水就哗哗啦地涌了出来，想用多少用多少，想怎么用怎么用。我们的煮饭、洗衣、洗澡，只要用到水的，都没有受到一丝影响。至于郊外不远的地方，不在我们的视野之内。没有那种直观的感受，自然就没有什么干旱的印象。而在农村的亲人、亲属、朋友，也没有谁刻意跟我们说到干旱的事情，所以，我们就装作没有什么旱灾。

但其实是知道的。云南、贵州很多地方甚至两百多天没有下过一滴雨了，而在我们广西的不少地方，也有着类似的情况。那些地区，缺水是要命的。不说灌溉了，就是人畜饮水，都成大问题。

这个旱似乎是一条火线，燃着燃着，就往别的地方爬过来。这段时间以来，我所在的红水河流域的旱灾也渐渐加重了。在这个春水应该大涨的时节，红水河的水位却前所未有的低。这条不算大的河，流量在全国却是排得上前几名的。它河床不宽，但深。往日走过河边，那看起来似乎凝滞不动的河水是深不见底的，让人生畏，即使会游泳的人，大概也不敢大意的。但现在，它显得是那么的瘦小和孱弱，像一条要僵死的蛇，软耷耷地躺在河道的乱石滩上，似乎用棍子轻轻一挑，它就会即刻断开来。

往年的这个时候，红水河就名副其实了。那河水涨满河床，红啊。可现在，一道浅水依然清白着。上游的云贵高原没来水，红土高原的颜色无法沁入河水，红水河的名头就空搁着了。

雨终于下了，很短暂，也很小。出门之后，已经感觉不到雨滴了。但地上洇湿着，水痕明显，甚至一些地方还有浅浅的积水，淡淡的雨雾还在氤氲着，那些许的凉意乍一袭来，沁人肌肤，鸡皮疙瘩突然冒出。但那凉意布满空气，空气潮润起来，让人感到无尽的清爽，就有了沉浸在南方春天的感觉里了。

到单位，停好车，才发现停车场上原先停在树下的车子，车顶上全是被雨点从树上打落下来的灰尘，厚厚地盖了一层。没办法，那雨太小，小到只能够将树上的灰尘打落，却无力将灰尘冲走。

雨是太过温柔了。那种南方春雨的淅沥和夏雨的磅礴真难看到了。但就这点雨，也引得中央电视台《新闻联播》栏目关注的目光，足见这雨的珍贵。古人说，春雨贵如油。那久，旱后的春雨又该怎么形容呢?

想起小时候在野外，经常被大雨浇淋的情景。一般都是在野外牧牛的时候，远远看去，天边一片小小的乌云，但转眼那乌云就飞旋过来，越转越大，顷刻间就来到头上，那大雨说来就来，劈头盖脸就没完没了地淋你，让你躲避不及。如果是在春天，那么我们可能会带着竹笠、披着蓑衣，将小小的身子猫在巨大水牛的身边或肚子底下，让它帮我们挡一挡雨。但手却是伸到雨里，让雨点打在掌心，直到手皮发白、起皱。雨一停，我们一定会踩着野地里的积水发飙，用脚将那些积水用力一踩，就将水溅到同伴的身上。旷野上，那些被雨淋湿而变得灰黑色的水牛会停下吃草，饶有兴趣地看着我们。而如果是夏天，那雨自然是最受欢迎的。那时，我们一定会将身上的衣服剥光，将它们藏到雨淋不到的地方，然后光着身子迎接大雨的浇灌。那雨点打在光身上，有些许的痛感，但紧接着就是无尽的舒适。如果是秋雨……如果是冬雨……每个季节的雨，都让我们有戏雨的快乐啊！

如今，不说随着年岁的增长，我们早就没有了那样和雨水亲近的心情，就是偶尔“聊发少年狂”，也没有那样的雨水了来让那个我们狂了。就是年纪和当年的我们一样的小朋友们，他们还能享受到大雨中被浇淋的乐趣吗？

他们有的是时间，可能也有这样的期盼。可是，即使他们来旷野里，一丝不挂了，但是，雨呢？

不知道，当年那些频密的雨，躲到哪里去了。

我时常望向天空，但我不能用我童年的眼睛去判断天空的颜色了。我知道我失去了童年时眼睛里的透明和澄澈，我混浊的眼睛看不到当年天空的那种碧蓝和澄碧，那种新鲜和纯净；也看不到那棉朵般的白云，墨块般的乌云了。我看到的是以烟囱里冒出来的浓烟的灰色作为主调的天空、云彩，以及灰色天空下的大地那灰暗的景色。就是这样的灰色，阻截了天空的透明和澄碧，阻塞了雨路。那些浅薄的灰云，它们怎么承载得了那沉重的雨水？

我自然无法追问雨的去向，但我知道造成雨的失踪的原因，在享受现代生活的同时，我肯定负有一份无法推卸的责任。

方便、舒适，只要有钱，我们就可以买得到大部分需要的或者我们所能想象得到的东西，这让我们渐渐失去了曾经有过的可贵的敏锐以及各种感觉。当年，我们小小的、本应无忧无虑的年纪，也曾在毒辣的太阳底下，学着大人，举手做篷，顶在额上，借助这片小小的阴凉，让目光放逐到尽可能远的地方，望向那万里无云的天空。那时，我们望的其实不是天空的澄碧，而是天边的云彩，我们期盼的不是晴朗，而是一片阴霾。

这样，我们就有了与我们的年纪很不相称的那种忧虑、那种焦灼，以及那种期盼。如果这种期盼得到满足（而这样的满足大多数是能够得到的），焦灼得到缓解，那我们必然又会油然生出诸如喜悦、狂喜之类的心情，进而引发我们心底的柔情，引发我们心灵深处的感恩之心……呀，原来我们曾经拥有的东西是那么多，原来我们自以为过得很丰富多彩的城市现代生活，竟然是那么的冷硬和干巴。数千万人受旱的消息，我们现代化的各种媒体早就很清楚地传递给了我们，同时似乎也引发了我们一丝丝的忧虑。可当水管里源源不绝的自来水让我们随时可以挥霍的时候，我们心中那“一丝忧虑”，是不是早被哗啦啦的水冲洗出去、随着下水道流走了？

正在我写这篇文字的时候，那“意思意思”的雨早就不够意思，不知去向了。天色尽管灰黑着，但那浅薄的灰黑，是积不成雨的。

天啊，雨之，请雨之！

在水中

水很多，但水很缺，这是一个悖论。

但这却是这座城市的宿命。

水是重要的——这是我的切身体验。

这座城市还是一个小县城的时候，我正在它的远郊度着快乐而又苦涩的童年。全村唯一的水源就是村前那条细小的无名小河。每当冬季来临，村子面前的小河干涸了，村人只好到附近村子寻找水源，一担一担地挑回来。那辛苦，没法说。

我也挑过水，一担水，要走好几里路。稚嫩的肩膀上，那扁担是越压越重。必须得咬紧牙关，憋着劲儿，才能勉勉强强将那担水挑回来。进家门时，能够倒进水缸的，恐怕只有半担了。一路的磕磕碰碰，那水已经洒得差不多了。有一次，好不容易将一担水挑到家门，在迈过那青石条做成的门槛时，脚抬得不够高，被青石条绊住了，一担水就这么全部泼洒在门槛里外……什么叫欲哭无泪？当时就是了。

这情景，似乎是出现在严重缺水的黄土高原。然而，事实是，这情景就发生在雨水一向丰沛的桂中地区！

大人们说，在来宾县城，那里有一条叫“红河”的大河。但在记忆中，那条“红河”似乎跟我们无关。它距离我们过于遥远（在出门主要靠走的年代，那真是遥远啊）了，它没能给我的生活带来一丝湿润。

因此，自小我就隐隐地嫉恨那条远离我的“红河”！

第一次见到那条叫“红河”的大河时，我被震撼了。与其说是震撼，不如说是仇恨！那水面宽阔无边，河中大水汤汤、波涛四卷。我想，这“红河”的水，只须流一条娃仔尿一般细的水到我们那儿，我就不必用稚嫩的肩膀去承受那不该承受的重量了。水该载我，我怎么去承它呢？

待我远离家乡参加工作之后，宿命般的就来到了“红河”边，然而让我惊奇的是，那“红河”竟然不叫红河，而叫“红水河”！

来到红水河边，接受它的浸润十数年，直到我离开它。

但过了若干年后，我又被命运像抽陀螺一般将我从柳州抽回到“红河”边，回到了这座新建的城市。这回回到“红河”边，我所住的地方离它也就三四百米。每当晚饭之后，我就到它的岸边散散步，也顺带眺望它那一路远去的湍急的旋流，以及壁立的陡峭的河岸……那种可望而不可即让我对它有了某种疏离感。

离开那座以水闻名的柳州，来到这座城市时，很久才接受城中无水的现实。这样，僵硬的黄土、坚硬的岩石、无水滋润的环境，让我将市民待人的生硬、说话的硬口、做事的硬手、骨子里的硬性、面对穷途的硬拼等坚硬的事物，包括满天的灰尘，都怪罪于这没有水的症结。这样这座城市在我眼里就呈现了冷硬的面目，让我觉得了无生趣。

水，再一次让我感觉到了它的重要。此时，我需要它，自然不是因为没有水喝、没有水用，而是它让我感到了精神上的某种缺失。这种缺失让我的思想枯竭、精神干涸。因此，我的内心常做美梦，还是希望这条与这座城市擦肩而过的“红河”能有所作为。我曾经不止一次地探问，大藤峡水库建成后“红河”在我们所在城市水面的标高。但探问一次让我失望一次，得到的回答尽管不怎么相同，但内容大体一致：大藤峡水利枢纽建成后，基本无助于本市“红河”水面的提升！失望之余又想，在红水河十级梯级电站之外，有没有可能在本市的下游拦河建坝，让水面提升一些高度，让“红河”的水离我们不再那么遥远？但回答依然令人绝望：该河水电资源开发规划早经确定，除了大藤峡，其他九座都已全部建成——就是说，不可能再有什么拦河建坝的奇迹出现了。

于是，绝望。

但“绝处逢生”这个词竟然让这种局面有了新的改变。一条人工河以极快的速度从西北方的北之江蜿蜒而来，穿越市区，然后以一种潇洒的姿态，一头扎入那条“红河”当中……

这条人工河筹划之初到开挖成功，一直受到一些人的攻讦。我则是坚定的支持者。当这条人工河将遮挡着它的真实面目的围栏全部打开，敞开它清新的面容时，我心中的那种欢喜真的难以言说。那天晚上，我乘上夜游船，航行在这条人工河里，河面微风轻扬，有些冰人，有些刺骨，但那潋滟的波光，那闪烁的微澜，在五彩灯光的映照下，呈现着迷人的风姿。我觉得，此时此刻，我似化成了一条鱼，翔游在那清澈的水里。

因了这条人工河，我对那看似近实则远的“红河”的嫉恨开始渐渐淡化了。那条“红河”横亘在那里，它内里毕竟也是水。它的大水，应和着人工河的小水，以宏大，以小巧，构成了这座城市最美丽的风景，因此，这座城市就变成了一座水城！

一座城市，能够有一条水浸润，那该是多么的幸运啊。水的到来，会用它的轻软，抹去城市的生硬；会用它的细腻，软化城市的粗犷；会用它的清新，荡涤城市的尘埃；会用它的灵性，嬗化城市的笨拙……它会用它的宽容，将一座简单、生硬的城市滋养成内涵丰厚、钟灵毓秀的美丽大地。

这真是让人言说不尽的愉悦。

当然，人工河所载负的，是一座城市的品位。这，本该由身旁的那条“红河”来承担。但“红河”遥远，所以只能由这溪流般的人工河用它的涓涓细流细无声地浸润着这座城市。而不经意间，它也成了那条“红河”的源头之一。它是这座城市的血管，它的流淌，使这座新城市得以流光溢彩，得以蓬勃新鲜，得以源远流长……它将自己融入“红河”之中，让那条与这座城市若即若离的大河，开始跟这座城市血脉相通、骨肉相连了，使“红河”真正成为滋养这座城市的“母亲河”。

它，就是这座城市的魅力之源！

早晨从柳来路开始

一直固执地以为，来宾的早晨是从柳来路开始的。

数年前从柳州迁来，我一直蜗居在这条路上的某个大院里。院落里挤挤搡搡的，拥挤不堪，让我有很憋气的感觉。所以，每天晚上吃完饭，我都会独自走出来，在这条叫柳来路的街上漫步。

柳来路，顾名思义，就是柳州至来宾的路。似乎也可以这么理解，是从柳州来的路。这条路的命名，透射出来宾人简单、马虎、粗糙的一面。比如，你知道了市区里有一条最为热闹的路叫北二路，那就可以按照你的推理，认为会有北一路、北三路、北四路，有南一路，就会有南二路之类的……不错，你的推理是正确的。更简单的就是直接拿一个地名做路名，比如合山路、维林大道什么的。

柳来路真的就是旧时来宾到柳州的路，也可以说是柳州来的路，而且是唯一的必经之路。当年，整个来宾县城的早晨是被从柳州开来的汽车唤醒的。汽车从北面来，驶到柳来路，轰隆隆的马达声和尖厉的喇叭声唤醒了路两旁低矮的房子里的居民。他们纷纷从睡梦中惊醒，揉揉糊满眼眵的眼睛——哦，新的一天开始了。于是，这条经过一夜沉寂的街道开始喧嚣起来……

一路往南，不知为何，整条柳来路只有两个十字交叉路口，其余的都是丁字路口。这就很好看了。设想从天上往下看，这柳来路一定像一蔸枝条旁逸斜出的繁茂的树，与柳来路呈丁字交叉的新兴北路、新兴路、维欢路、北四路、前卫路就是它那旁逸的枝条。

这个县城一夜之间摇身一变成为一个地级市后，这条长一千多米的曾经的通衢大道有些变异了。首先，柳来路“柳”的那一头，原先的车水马龙已经不复存在了。柳南高速的建成为这座城市开通了另一条通衢大道。柳州来的车子已经不从柳来路进入来宾了。这样，柳来路的北端就变得荒凉孤寂，从古三桥头往北，那曾经平坦宽敞的大道，变成了一个弃妇，蓬首垢面，红颜尽失。两旁低矮的房子虽然有了些改变，裸露的红砖贴上了这样那样颜色的马赛克。但坑洼的路面、随处可见的垃圾、各家各户门前胡乱堆积的杂物，无不显示出其破败不堪。

可是往南走过古三桥，那景致便有所不同了，那些破败有些收敛了。到了与新兴北路交叉的丁字路口，车流顿时多了起来。这里附近有汽车站，从柳州来的车子进入老城区也必须经过这里，在这里，堵车是常有的事，让人想到这里是柳州或者南宁这些大城市——因为堵车的现象像大城市了！

从这里往南就渐入佳境了。首先是一个大酒店矗立在街边，让这条一路低矮的街道突然有了一个高度，然后，是一间间被称为“竹筒子”的私人楼房挤挤挨挨的，像两排密不透风的防风林，守护着这条街道的繁华。

是真的繁华啊。一路数去，有公路局、交警队、计生局、工商局、劳动局、卫生局、农机中心、交通局、派出所、公安局等机关，有农业银行、工商银行、大型购物中心、几家大宾馆。这些庞然大物被无数的筒子楼挤压着，显出一种憋屈。不憋屈的是那些处在筒子楼下的商铺，多得数不清。卖什么的都有，摩托车、电动车、保险柜、办公用具、农业机械、钢材、五金配件、防盗门、杂货、小吃……真是琳琅满目，甚至还有一些修理、加工的小作坊。只要你需要，绝大多数都可以在这些筒子楼的底楼买得到。

一大早，这些店铺大多早早就开门了，管你有没有人来！卖摩托车、电动车的早早就将作为招牌的车子摆到了人行道上，修理的也早早将工具摆了出来。这样，原先显得宽敞的人行道就完全变得逼仄了。加之那些歪歪扭扭的行道树，人走在路上，必须也时时仄着身子，否则，摩托车的把手、修理铺的电线等这些东西会将你绊得人仰马翻。他们似乎是理所当然，你别指望占据人行道的这些商家会让你。行人走在道上必须自己小心，不然你就走到慢车道去。走在这里，你必须学会没有脾气。如果你保持一副文明人的做派，最终只能是自作自受。如果碰到下雨，你走在别人的屋檐下，你必得低头——那些装在竹椅里的人搁在廊檐下的木头般的脚，是不会自动缩回去的。奇怪的是，如果天晴，看店铺的，不管男女老少，竟然全都一个姿势——将脸对着店铺，用背对着顾客——不知道这是什么道理！就是那家××木门的漂亮老板娘也概莫能外。好几次，我走过去，想看看那张美丽的脸，却无论如何看不到——那脸，已经深埋在店铺那幽暗的光影里了。

但无论如何，这条柳来路还是来宾城区的主要街道之一。作为交通要道，它的窄小显然已经不敷需求了。所以原先半死不活的花带终于铲去了，街道似乎变得宽了一些。可是那些狗扯羊肠般越扯越长的施工反而将路变得更窄小——急急忙忙的人和车在路面上进行抢道表演，路面因而变得险象环生。我就曾在斑马线上被一辆逆行的面包车的反光镜撞过，而且得到了一句在本地颇为流行的“市骂”：你有病啊？

但不管如何，我还是认定，来宾的早晨是从柳来路开始的。每天早上我一觉醒来，就醒在柳来路的晨光里。毕竟，我租用的陋室、谋生的单位还在这条路上啊。

芳草在沼泽中

蛇年腊月二十九日夜，9点43分。

随着哐当一声，那冰冷的拉闸铁门牢牢地闭合上了。随即，手术室里外顷刻间成了两个世界。

我坐在门外的一条长靠背椅上。头上的荧光灯散发着阴郁的光线，楼道里的穿堂风肆无忌惮地用它冰冷的手触摸着我的身体，让我一惊一乍，心里生出一种从未有过的恐惧。

行将过年了，本已计划好了要携妻、子回妻的老家过年，甚至年货都已置办好了，不承想，妻却住进了医院，一住就三四天。待确诊要动手术时，已是腊月的二十九日晚了。

9点40分，一辆手术车将妻从病房推了出来。小小的轮子碾过冰冷而坚硬的地板时发出的声音震得人心一阵一阵地悸动。9点43分，当数名医务人员簇拥着那辆手术车走进手术室的时候，我的心不禁悬到了半空。手术室的铁门哐当一声关上了。车和人的憧憧身影穿越几道玻璃门渐行渐远了，留下的只是一片死一般的寂静。我眼巴巴地望着手术室那幽深阴暗、空荡荡的过道，一种十分孤独无助的感觉占据了我的身心，整个人似乎陷入了一个十分巨大的空洞，既沉不下去又浮不上来。

一个幽灵般的影子从手术室那头冒了出来，他拉开铁门，将我叫了进去，将几张纸摆在一个杂乱的小桌面上，面无表情地用一种含混不清的话语对我例行公事地背诵了一大通什么东西，我只模模糊糊地听出他说的是对病人进行全身麻醉时可能出现的几种危险至极的现象，如心脏骤停、大出血等，让人听了任何一句都有可能随时精神崩溃。他背完后让我在那几张纸上签字。我满脑空白，机械地拿起笔在他指定的地方签上了自己也看不懂的名字。签完字后那人叫我退出，哐当一声又将那门拉上，那影子一晃一悠地朝走道深处飘去，不久就不见了。手术室内外又是一片死一般的寂静。

我又木然坐在那阴郁的灯光下。原先拿了一本新出的《小说月报》，信手一翻，目录下的第一行字赫然入目：芳草在沼泽中。这是著名女作家迟子建的一个中篇小说的题目。我悚然一惊，一种宿命感悄然地潜入心底：天啊！怎么会有这样的巧合？芳草在沼泽中！真的啊，我的芳草正深陷于沼泽之中，孤立无助，有谁能帮我将她救出呢？

我无心看那书，满脑子空荡荡的，呆坐在那冰冷的长椅上。荧光灯依然阴阴暗暗地浮着它的光，身后久不久传来电梯停靠时发出的暗哑声音。夜深了，出入电梯的人并不多，但给人的印象却是怪怪的，好像那些人都不用脚走路一样，不论快或慢，都是一阵风。只要走过一个人，我就感到身后有一阵风刮过。四周的景物似乎都变得鬼鬼祟祟的，灯光下的影子要不是被拉得无限的长，就是被缩成短短一团，不然就是几条形状怪异的影子交织在一起，让人觉得自己是置身于“聊斋”的妖氛里。

我从未感到如此的束手无策，不管是工作还是生活当中，我一向豁达开朗，从不因一时之困而颓唐，即使是碰到暂无法排解的难题，也能抱着随遇而安的态度来对待它，从而腾出心力来找出解决这些难题的方法。面对困难，我自认是石头底下的铁线草，压得再重再深总会有伸出头来的那一天。但此刻我却是彻底颓丧了。那幽深而空荡的过道所通往的手术室在哪里？我眼睛既看不到手术室的一角，耳朵也听不到手术室里的一丝动静，一丝一毫的信息我都掌握不到，就像一只处在狮子伏击圈的小兔子，明知道危机四伏，却一点也未掌握敌情。不知道有多少只饿狮在虎视眈眈，也不知道这些饿狮到底在哪里。要逃生，不知道要往哪儿逃，任何机会都没有，一根救命的稻草都捞不到，只有等着那饿狮的吞噬！而问题的关键是：本人却不是只甘愿坐以待毙的小兔子！求生的欲望太过强烈，使得求生不得的那种束手无策，那种绝望感显得愈加强烈。

芳草陷在沼泽中。这沼泽有多深，谁也不知道。或许，芳草现在刚好让命运安排在广袤沼泽的一小块实地上。如果真是这样，那真是苍天有眼啊！可如果，如果不是呢？不，不！没有的，没有这个“如果”的，没有这么差的运气的！

寂静中，多想听到手术室里传来一丝丝什么音响，或者出来一个什么人传来些什么信息，让我悬在半空中的心有一丝丝的依托，但是没有。没有，心又有些踏实。想想，手术过程中，有一位医生出来，将我叫进去……这意味着什么？麻醉师手术前那含混不清的话语又响了起来……不，还是别来什么声响，别来什么信息吧！还是让我这么孤独无助地像一只没头的苍蝇被一根要断不断的蛛丝悬吊在半空中，任风和雨来摧残吧。我愿让那罡风恶雨摧残上一个世纪、两个世纪，我也能凭着顽强的意志等待着我的芳草的甦生！

过了近两个钟头，不，是两个世纪，手术室的侧门终于打开了。一身素装的主刀医生对我说，手术做完了，还不错，待麻醉师催醒就可以出来了。咚的一声，我心中高悬的那块石头终于重重地砸到了地上。我这只悬吊在罡风恶雨中饱受煎熬的无头苍蝇终于可以平安落地了。

11 时 43 分，整整两个小时后，随着手术车轱辘的辚辚声，拉闸门终于哗啦一声打开了。这哗啦的一声是如此的悦耳动听啊，比那一声哐当不知要动听上多少倍！它打开的是一片崭新的生命天地啊！

芳草在沼泽中，芳草深陷在沼泽中——终于都过去了！如今，芳草是停在广袤沼泽中一块实地上了啊！苍天有眼，它虽然让我在一年将尽的时刻经受了一场生离死别的考验，但它毕竟让我备受折磨的等待得到了一个最好的回报——听啊，此刻那盐水瓶里传来的滴答滴答声是什么？它是一匹枣红的骏马驮着新春的祝福向我奔来时发出的轻快的蹄声，是对我以顽强毅力顶住痛苦的煎熬的最大的褒奖！

野菊花

家人下乡回来，带回一大把乱草，在暮色里发出某种苦涩的幽香。仔细一看，竟然是一大把开着金灿灿小黄花的野菊！

野菊花很小，大约也就小拇指般大小，比我印象中的野菊花缩水了不少。那花外围一圈花瓣细密有致地围着花蕊，儿子看了，说，好像一朵朵向日葵。我说，真聪明！

这小小的向日葵般的野菊花，搁在我家客厅的大茶几上，静静地发出略带苦涩的清香。我吸了一口，恍惚就回到故乡那遥远的岁月。每在夏天，我们就地取材，在屋外的野地上摘取一抱青幽幽的、苦涩的青艾，交给奶奶。奶奶就将青艾与干草合编成几条大大长长的辫子，然后点燃，分放在厅堂、天井、家门前。那长辫子冒着袅袅的烟气，熏走了气势汹汹的蚊子，我们就得以安然地吃饭和玩耍。

那烟气散发的，除了干草特有的气味，更多的，就是类似眼前这略微苦涩的清香。

这野菊细细的茎，长圆状的卵形叶子，呈羽状分裂，两面光滑，还带着细细的尘土，显得有些污浊。然而那花，却是新鲜洁净的，纤尘不染。花是头状，集生在枝腋。那纤细的花茎，支支立立的，像一群小小手，争先恐后地擎起一朵朵小小的花朵，可爱极了。那一朵朵圆形的花朵，散发着鲜亮的明黄，让在暮色里有些迷糊的人的眼睛，变得灿然一亮。那花瓣有些冰凉的细细的嫩滑，在手指的轻轻触摸中变成了儿子刚出生时的肌肤，实在让人爱怜。

我取来一个簸箕，和父亲一起，将那细细的花朵一朵一朵地小心摘了下来。那开得正热烈的、已经有些枯萎的、含苞待放的，我们都一样小心对待它们，生怕稍一用力，就伤害了谁。一朵一朵的花，轻轻落到簸箕里，渐渐地就堆成一座小山。摘完之后，我用手轻轻将它们拨开，摊平，这样，大大的簸箕里就一片金灿灿了，那簸箕似乎也成了一朵硕大无比的野菊花。

我知道制作这些野菊花的方法。簸箕里的这些明黄，这些金灿灿，在明天的阳光的暴晒和蒸汽的熏蒸之后，将会收缩它们的身体，收敛它们的光芒，隐藏它们身上与生俱来的所有的野性与美。在失去了赖以灿烂的水分之后，它们就会变成一粒粒褐黄的、泥土般的微粒。这些失去了水分的微粒，从此就与花朵的身份告别，成为我家一只透明洁净的大玻璃瓶子的居者。

之后，这些已经化身为茶的美丽芬芳的野菊花，就将分期、分批地被我和我的家人、来访的朋友们慢慢享用。它们将在滚烫的开水的冲击下，将自己所有的收缩的身体、收敛的光芒、隐藏的野性与美，再次，也是最后一次灿然怒放开来，漂浮在洁净的开水里，展现着一朵花最后的娇艳和绚烂。然后就成为某一种营养，进入我们的身体，滋养我们被当下丰富的物质灌喂得胀鼓的、看似丰满其实中空的肌体，同时滋养我们因远离野地过久而日渐枯涩、芜杂、迟钝的心灵。

都晒干了，这细小的野菊花，不能再以落红的姿态回归泥土，化身土壤，滋养它们的子子孙孙以及大地了。但它们还是将它们苦涩的清香，尽其所能地送给并没有给过它们任何雨露滋润、任何养料供养的人们——这恐怕就是一朵花最大的牺牲了。

刀锋下的快感

借着公休假闭关了好几天，终于耐不住寂寞，打算出门见见一位师长，同时也顺便见见阳光，像植物般进行一点光合作用。临出门前随手摸了一把下巴，觉得好扎手，再往腮两边探去，针一般扎人。平时深感长得对不起那些平坦、晶亮的水银涂面，所以很少有“对镜贴花黄”的举动，极少关注自己的“门面”。今天的感觉是有些不对劲，但手是摸索不出脸上的情景的，只好憋屈着去看一下镜子。果然，那平坦、晶亮的水银涂面上，反映出来的影像竟然是一个原始野人——头发已经很长了，但更吓人的还是那满脸丝丝相绕的乱草。吓了自己一跳，赶紧将眼光折断。

奈何那目光也是丝草一般的柔韧，折不断的，被风吹一般，老向水银涂面那方飘。

而今天要去看望的师长可称得上德高望重，他是我的启蒙老师，从乡下来。多年不见，我要好好跟他叙一叙。在他一贯一丝不苟的整洁和威仪面前，我这样的面目无论如何是不能出现的，这一点是一丝不敢马虎的。得赶紧想办法将那些乱草芟除了。

于是，翻箱倒柜，找出用了多年的电动剃须刀，将其抵到下巴，刀头刚刚转动了几下，就嘶的一声断电了，刀头里还卡着几根草。没办法，只好硬将剃须刀扯出。

下巴一阵辣痛。

将电池取出，可充电器却找不到了。再找那把用了很久的吉列刮胡刀。找是找到了，可那刀片似乎肉都割不进的，哪里能割得了那粗硬的乱草？再翻，备用刀片不知道塞到哪里去了，也可能干脆就是没有。只好将刀架扔下，出门找理发店去。

出得门来，一阵热风扑面而来，及至走到楼下，那灿烂的阳光将它惨白的热光一把泼到身上，周身顿时一阵辣疼。尤其是头上、脸上，因为过多的毛发遮护，阳光透进去得快，散出来却难。那热量就在里面作怪。原先头上、脸上有些发痒，曾被我尖利的指甲抓挠过。当时是舒服了。可是在不断涌出的汗水的腌渍和太阳光的蒸腾下，那被我抓得痛快的地方这回变成了“快痛”。那细小的伤口被汗水里的盐分仔细地侵蚀着，那火辣辣的感觉几乎让我抓狂。我本想依着积习将它大抓大挠一通，但指甲刚一碰到头和脸上的乱草，我就赶紧住了手——那乱草此刻已经变成了芒刺，和着盐分和炽热，像一群红蚂蚁，将我的头和脸咬得痒痛难耐。这时，我觉得最需要的就是一阵凉凉的风。果然，心想事成了，就在这一瞬间，一阵风吹了过来，身上是感觉到了一阵凉爽。但是，头上和脸上还是一片燠热。无奈，我只好将五爪金龙当成梳子，将头上、脸上厚实的乱草翻动了一遍，终于能让那阵凉风吹了一点进去。这才觉得舒服了一点。

说来奇怪，我家族里似乎并没有人体毛浓重。我的父亲和伯、叔们，脸上就像那些年成不好歉收的庄稼，只稀稀拉拉长着一些营养不良的软毛。我那平日骑马翻山走岭看风水的祖父早在我父亲还很年少的时候，就骑着一匹白马永远游荡在青山绿水间了，我当然是没法见到他，甚至连照片、画像都没有一张。我对他自然没有一点印象，但据说也是没有多少胡子的。就是这样的家族，到了我这一代，似乎脸上也总是一副歉收的景象。一直到十七八岁，我脸上也只是长着一些灰褐的、细细软软的髭须，而且长的部位也就是上唇，很久之后才在下巴上有一些萌出。不管是长须的地方还是没长的地方，手一摸过，那感觉真是凝脂一般的光滑鲜嫩啊。然而不知道过了几许，我慢慢就发觉脸上有了异样，上唇的髭须是越来越密、越来越厚，也越来越硬了。接着，鬓角、腮帮、下巴，甚至下颌到喉结附近，也渐渐有了见风就长的态势，未几，脸上就成了一片草原，手一摸过，就是一道道扎手的荆棘……如今，如果三天不刮，那毛发就从左、右鬓角分别往腮帮、脖颈、下巴甚至下颌延伸，画成了一个大椭圆，而上唇到下巴之间，又形成一个小椭圆——原来我的脸上竟然是圆套圆啊。再两三天不刮，我就是活脱脱一个李逵再世啦。

有人问，你脸上这么乱，遗传谁的？我说不知道啊，我祖父和父亲以及家族里的人，并没有我这样的啊。来人就很诡异地笑了一下，然后又问：那你母亲这边呢？我恍然大悟，说，我舅脸上比我还乱呢。来人则哦了一声，正常地笑了一下，说，那就对了，你承传了你舅这边的。

如今，在炽烈的阳光下，我抚摸着我外祖父传下来的满脸髭须，无可奈何地往小区门外走去。

头顶着一蓬乱草，脸挂着半帘葳蕤，走到满眼白光的街上，犹豫着不知道往哪里去。一路的美发店倒是不少，但就不知道该进哪一家。那些所谓的美发店，并不是真正能够让你的头发美起来的。那些理发的美女，无非就是拿着一把梳子，将头发高高梳起，然后用剪刀将发尾剪平。那种剪刀剪断头发的咔嚓咔嚓声让你觉得头皮一阵发麻。之后再用电动飞剪修一下发角——要说能够让你头发美起来，是剪完之后的那一道：不是将头发理得怎么样好看，而是让你洗了头发（洗发另外又掏了你口袋的钱），然后用吹风筒对着你的头发左吹吹右吹吹，用梳子东梳梳西梳梳，将理得不好看的地方整得好看——这时，你的头发就有了一个型——你的头发就美了，以此证明你方才在进行的不是理发，而是美发。名副其实啊。

对于理发，我一向是很抵触的。小的时候，理发都是被父亲强摁着坐在一只小木凳上，然后由着他一手紧紧摁着我（怕我突然逃跑），一手握着生锈的推剪，生手生脚地在我头上胡乱推来推去。那借来的推剪又不甚锋利，加之手艺的生疏，每推一次，都牵扯着好几根没有剪断的头发，头皮一阵阵的刺痛，让我每次几乎都要逃走。但父亲的一只手早做了防备，狠劲地摁着我，我哪里有逃跑的机会？于是只好强忍着那一阵阵的扯痛。由于技术的不精，那剪碎的断发很多落到颈窝里，刺得全身的肌肤瘙痒无比……每一次理发的过程简直就是一次受刑的过程。曾经有一段时间，村里的少年们流行自己剃发。那时不知道怎么回事，供销社里进来了一批剃刀，就是我们平常见到的走村串户的阉猪佬工作时使用的那种直柄方头剃刀。不知道谁买了一把，小孩子的好奇心就上来了，于是在油石上磨了又磨，将那剃刀磨得十分锋利。有了这么一件利器，不使用是说不过去的，便到处找人试刀。于是，村里就出现了许多个光亮亮的小头颅。我也曾经亲自操过刀，在我二弟头上操练过。那时并没有掌握下刀的力度，在将二弟的头发濡湿之后，我就一手握西瓜一般，将二弟的头颅掌住，然后右手持刀，一刀下去，二弟的头皮上就出现了一个深深的印子，吓得他差一点就跳了起来。好在力度不大，印子就只是印子，只是后来才慢慢渗出一些红色——也就仅仅渗出这一些了。那天，二弟浓密的头发在我的手下被芟除殆尽，一个光亮的圆形在阳光下闪闪发光。然而在这个光亮的小头颅上，横七竖八地趴着好几条歪歪扭扭的粉红色的蚯蚓——那是手艺不精造成的恶果。幸好那刀口不深，也就舔了一下表皮，没深入到皮底，否则……我的理发生涯也就仅此一次，之后再没有动过刀剪了。

之后，随着年岁的增长，我离开父母到外地求学、工作，理发就只能找理发店了。当年的理发店极少，每一次理发，都必须在那窄小、邋遢的理发店里排队等候许久，才轮到自己。未曾理发，就先考验了你的耐性。那时年轻气盛，老想动，静不下来，用我们本地话说屁股是尖的，坐不住。在那狭窄逼仄、空气污浊、人挤着人的小屋子里，百无聊赖地一待就是一个多两个小时，想来是一件多无聊、多难受的事情。更要命的是，那时自己心性未定，无法掌控自己，要留个怎样的发型也犹豫不决；更掌控不了理发师，每次理发时都任由那没有多少文化、满嘴喷着白沫和粗口话的理发师傅决定，也不管你愿不愿。因此每理一次发，就对自己的心性构成一次打击，身心皆有受罪感。所以，每次都等到实在不行了，才硬推着自己去理发店。一直到心性成熟的年纪，都还是这样。

怎么都不会有韩愈《送惠师》里的“脱冠剪头发，飞步遗踪尘”的那种感觉。

往时理发，我都是在单位附近一个小伙子开的店里理的，没什么理由，一是就近，二是可以利用上班时间偷偷去。理发时也不讲究，按多年的习惯让他随便理理就可以了。但单位离我的住处有数公里远，今天我不可能跑那么远的路专程到那里理发吧？没办法，只好想办法就近解决了。这样就一路慢慢走，一路往马路两边看。路上行人不少，仔细观察，觉得惊奇的是，很多女人虽脸上光溜溜的，没有胡须，却觉得好像若有若无地长着很多毛毛；一些男人脸上长有胡须，但给人的感觉却是光滑水溜的。这样的感觉怎么来的？我想了想，觉得一定是女人脸上细皮嫩肉，不用剃刀刮脸，所以不光鲜；男人脸上皮粗肉糙，敢于用剃刀刮，没有胡须的部分就光滑细溜，刻意留的那些精致的胡须反而衬出没有胡须部分的光滑。就这样一面胡思乱想一面慢慢走，经过路边一家又一家装潢得俗里俗气的发廊，忽然想到某一次在某发廊，那个三十多岁的女人不知怎么竟然将我右边耳朵的上缘剪去了一层皮，鲜血淋漓。

所以一直对那些门口坐着一个或两个姑娘、转着花花绿绿转灯的发廊大不感冒。

不知道怎么就走进了一条小巷。

那小巷的一堵围墙边摆了一张破旧的、老式的理发椅。我走过去，那师傅刚刚处理完一颗花白的人头。我像被什么牵引了一般，未等他用毛巾将落在椅子上的白毛拍去，就一屁股坐了下去。

坐下后，我才发觉那师傅有些异样。

我说，师傅你怎么了？

见我说话，那师傅才回过神来。师傅有些驼背，有些豁唇，讲话有些漏风，不仔细听根本不知道他在说什么。见我问他，就点了点头，说，从来没有……以（你）这样的人来这里、这里理发。

听他这么一说，我也一愣。我这样的人？我什么样的人？像我这样的人不来这里理发？那来这里理发的都是什么人呢？我瞟了一眼四周，发觉不远处还有几个类似的理发摊，那些正在理发的或者坐在一旁等着理发的，几乎都是清一色的老年人或者衣着俭朴的农民工打扮的人。仔细一瞧，发觉那些人坐在椅子上几乎都是一副神闲气定的样子，尤其是那些老人，头仰在椅背上，闭上眼睛，任由那些理发师傅上下左右搬动着脑袋，一副沉浸在美好往事记忆中的陶醉样子。我收回目光，看了看自己，虽然身上并无什么名牌产品，但衣着起码是清洁、整齐的，档次也比他们高一些，这样，看起来跟那些人的区别就很明显了。难怪师傅那么说。我不再说话，一下就靠在那张老旧但却依然舒适的椅子上，再不理那师傅的感受，专心等待师傅在我头上施展手艺。那师傅磨磨蹭蹭的，我也不催他，任他磨蹭。

我面前的镜子是一块长方形的镜子，不大，两尺见方吧，老旧的雕花木框，镜面斑斑驳驳，上面都是一些很可疑的水渍或别的什么。镜面的上半部分竟然用着大红的颜色印了一个大大的“囍”字。那“囍”字的大红经岁月的磨洗，已经变成了黑红色，但那喜气依然跃然镜上。面对这样的镜子，我会心一笑——这笑，是见到老熟人时候才有的。这样的镜子，我是太熟悉了。在我小的时候，见到的每一次婚嫁，这是必备的物件——就如当今的婚嫁中缺不得的房子、车子一样。还别说，那镜子虽然年代久远，且蒙着一层岁月的积尘，但其反映的影像却依然清晰、明了。我看到了镜子里自己那惨不忍睹的憔悴面容，像是一个趴在老墙头上饱经岁月的摧残却不愿就此掉落的老水瓜。我正想闭上眼睛，不忍再看自己那副尊容，这时，我听到几声咳嗽，一看镜子里，那师傅站在我的背后，踟蹰着，迟疑着，一副面对满身是刺的刺猬而无从下口的彷徨。

我说，师傅，怎么了？

师傅说，喔（我）、喔（我）捉（说）……是不是要先先以（洗）以（洗）头？

我想这师傅显然把我当成喜欢发廊那套程序的人了。我暗暗笑了一下，然后说，为什么要先洗头？心想，你这里也没办法洗头啊。

师傅满脸的为难。他有些犹豫，说，发廊里不都是先这样吗？

我说，你这里是发廊吗？

师傅一听，怔了一下，似乎清醒过来了。

于是他用手捏了捏下颌，又摇摇自己的头，像要甩掉头上附挂着的什么东西似的。

甩掉了什么东西的理发师开始动起手来。

于是我端坐不动，让理发师开始在我头上拨弄。心想：都说“男人头，女人腰”，男人的头颅和女人的细腰是同等重要，轻易不能让人动的。男人的头颅是那么的高贵，岂可轻易低下让人搬弄？至少，宋代著名诗人杨万里在《梳头看可正平诗有“寄养直时未祝发”等篇，戏题七字二首》之一里曾告诫说：却因理发得披文，看尽庐山笔底春。寄语可师休祝发，癞边犹有去年痕。谁个男人头上没有瘢痕？哪个男人心底没有伤疤？男人头上的瘢痕就如心底的伤疤，万万是揭不得的啊。呵呵！但那是从“形而上”的高度来说的了，男人的头，理发师还是可以动的吧。所以杨万里庆幸理发师傅帮他“披文”，对头上的旧时瘢痕做了掩饰。这样，似乎也可纳入“正衣冠”的广义之中去了。这么一想，我就从“形而上”下来，直接进入“形而下”。我的头颅，没那么高贵的。这头、这脸，今天就交给这素昧平生的理发师了。

那师傅先拿起喷壶，在我头上前后左右喷了几下，一阵细如薄雾的水帘即刻覆盖了我的头部。之后，那水的清凉就像一群被旱久了的蚯蚓，立马猴急地钻进我的头皮。加之突然来了一丝微风，一阵舒适立刻胀满全身。这样，我的全身立即软了下来，将自己摊成一张柔软的煎饼，任由那师傅摆弄了。

将头发弄湿后，那师傅拿起一把旧得不能再旧的长柄木梳，将我的头发梳了几梳，就拿起剪刀咔嚓咔嚓剪了起来。那剪刀极为快速，那咔嚓、咔嚓的声音清脆且有节奏感，剪下来的头发如瀑布般在我周身飘落，让我疑心自己的头就是一个瀑布的源头。未几，师傅换了电动飞剪，进行整修，这应该是需要微小动作的。但这师傅似乎并不需要这样，他推动电动飞剪的动作依然极为快速，似乎只在原地转了一圈，三下两下将我的整个头整了一遍，就完事了。之后，他拿起梳子，将我的头发梳了一遍，然后从中间分开，拿起剪刀仔细修剪着。我看着镜子里中分的发型，突然想起我即将去看望的那位老师。

老师是附近村的人，年轻时到我们村小学当民办老师。虽说是本地人，但他却没有本地人那常见的面容。村人大都高颧、凸吻、塌鼻、黑皮，他呢，尖脸、小嘴、细高鼻，肤色白皙。因此村里有私塾功底的老者就背后叫他“白面书生”。更让人瞩目的，是他那一头略有卷曲的稀疏头发。那时我们的发型，小孩和老人一律光头，青壮年们则基本是平头，最多还有几个小青年仿效公社干部们，留个小分头。除此之外，不管是理发店的师傅还是民间的业余理发师们，再也想不出（也不敢想）什么新奇的发型。但我们这位老师，这位白面书生，用现在的话说却很“奇葩”：稀薄的头发从头顶往两边平分。

由于头发天生有些卷曲，分得并不是很服帖，于是不知道他用什么东西涂上去，让头发油亮油亮的。但由于头发太少，那些油亮的东西将头发聚贴在一起，头发就不够用了，头上就稀稀疏疏的，这里一大团，那里一小绺，头上反而显得有些蓬乱。只有两边的头顶是遮盖的重点，那里的头发被整理得严严实实，是一点也不会漏的。我们没见过白面书生理发，不知道哪个理发师竟然会理这样的发型。只是我们都察觉，每当一个多两个月，头发长长的时候，白面书生就失踪半把天，然后他出现时那头发就短了一些。后来我们看了电影《红灯记》《江姐》，发现里面的叛徒王连举、甫志高的发型很眼熟，回头一看带我们来看电影的白面书生，才发觉他的发型跟那两个叛徒几乎一模一样！这让我们很兴奋：原来，白面书生的发型是叛徒的发型啊。从此，男生里就有了某种默契，只要见到他，男生们就相互间挤眉弄眼，待他走过之后就哈哈大笑起来，让走过一旁的村人莫名其妙。这个“叛徒发型”后来让白面书生的命运很是坎坷。由于教学工作搞得不错，有一年，他被上级部门看中，准备调他到公社当干部。但上级组织来考核他的时候，他的发型让一位革委会的副主任看了大为光火，说怎么留个汉奸发型呢？这样的人怎么能当干部？这事就黄了。但白面书生并不以此为教训，坚决不理会那副主任让他改变发型的命令，依旧我行我素，一如既往地保持着他的“汉奸发型”。不久又有一次机会，是让他转为公办老师。但这事最后没成，还是卡壳在他的发型上。村人都说他走火入魔了，为他惋惜。当时他正跟邻村一漂亮姑娘谈恋爱。那姑娘眼界是很高的。看中他的原因，就是他与众不同的样貌和气质——当然，主要还是他的特异发型让她觉得新鲜、迷人。大家都说他为了一个姑娘舍弃前程，完全是好色的结果。结果，那漂亮姑娘最后还是被公社的一个干部勾走了。这接连的打击让白面书生万念俱灰。终于在一个阳光灿烂的下午，我们看到了奇特的一幕：在我们的复合式教室里，在屋顶上几片亮瓦透进来的明亮阳光里，一个光亮的头颅在教室的讲台上一闪一闪。头顶的两边，几乎是对称分布着的两块小鸡蛋大的紫红色的瘢痕！原来，老师的“叛徒头型”或者叫“汉奸头型”有着他的用意，是为了深深掩盖不为人所知的个人秘密啊。而今，他竟然将最需要隐藏的部分毫无顾忌地袒露出来了。有谁能够知道，他心里的绝望该有多深？而造成这样致命绝望的，又是怎样一种摧毁的力量？

就在我进入冥想，正在精骛八极、心游万仞的时候，那师傅放下了剪子，然后拿起刷子，往一旧肥皂盒里蘸了蘸不知道多少人用过的肥皂水，就往我头上、脸上抹来。我下意识地一躲，但已经来不及了，冰冷的肥皂水瞬间就涂了我满头满脸。之后，他就拿起一把长长的剃刀来。只见他先将那把老旧的黑柄剃刀熟练地张开，拇指和食指、中指将刀身一夹，长长的刀柄就穿过中指和无名字之间的缝隙——那剃刀就竖在了我的眼前，得意地炫耀着它那闪闪的寒光。但那师傅并没有立即就将那寒光施以我头上，而是先将那刀口在挂在镜子旁边的一块长条粗布上唰唰地来回刷了几下，然后转过身，一把揪住我的头发，将我的头摁在高高的椅背上。

我突然觉得自己变成了一块砧板上的肉。我这块肉睁着眼睛，看着那师傅。只见师傅将那持刀的手轻轻一挥，我立即就感觉一条薄薄的冰凉的蚂蟥吸在我的额际上。我一惊，差一点就坐了起来。好在师傅的左手早就预见了我会有这举动，牢牢地将我钉在椅背上。这个情景我太熟悉了。我今生唯一的一次剃头，就是用这样的举动将锋利的刀口不知轻重地摁在我二弟的头颅上的。其结果就是我二弟的头皮上有了一道深红的印痕……我实在太担心历史的重演了。但事到如今，我觉得一阵绝望，一点办法也没有，也只能顺从了。于是，我赶紧闭上眼睛，一种任由别人杀剐的念头刹那间就英勇地涨满我的心头，我终于体会到了当年一些英雄面对死亡时为什么放声大笑了。那是一种自我打气或者说是自我欺骗啊。

黑暗中，觉得那蚂蟥将一阵一阵让我惊悚的冰凉掠过我的额际、鬓角、耳角、后颈窝……随着那些冰凉，一阵阵利刃舔过皮肤，让我心脏一阵一阵发紧。尤其是，当利刃游走到我的后颈窝的时候，原先有衣领护卫的、一向不外露的后颈突然暴露无遗，我心里顿时方寸大乱。刚想寻找什么庇护一下，这时，一阵令我胆寒的冰凉就被刷上了我的脖颈。这时我突然全身发直，脑子一片空白，简直变成了一截木桩，觉得自己手无寸铁，一点办法也没有。什么叫“引颈待戮”？我想这个就是了吧？这时我终于知道现代人为什么要穿衣服了。这绝不仅仅是教科书上说的用来御寒和遮羞，绝不！衣服是铠甲。相对于古人，现代人面对的外来侵害花样繁多。这些侵害并不仅仅是外来暴力的硬侵害，更多的是那些名目繁多的软侵害。比如某些肢体动作的不当带来的鄙夷，身体某些外在的瘤疾带来的鄙视，内心的虚弱导致不自信而让身体呈现出某种弱点带来的嘲笑等，这些，都需要依靠衣服来掩盖，来庇护。所谓“人靠衣装”指的其实就是这层铠甲功能。它能给人的心理产生一种自欺欺人的自我满足感。所以，现代人无可奈何地将衣服当成了抵御外来侵害的铠甲！尽管这铠甲毫无作用，一般情况下这样的抵御作用也不甚明显，可在某些特殊情境下，比如此刻，在自己的脖颈没有任何遮挡的时候，就发觉原来衣服真的是一种屏障啊。哪怕就是一小片薄薄的衣领，有时候也是刀枪不入的铠甲啊！

可是我还没来得及调整心态，师傅已将椅背放低，将我后脑勺向下摁压着，这时我就变成了一截被伐倒的木桩，或者是一头已被结果而正躺在案板上等待煺毛的死猪了。这样，更大的危险就袭来了——我更危险、更要紧的部位——喉管就已赫然暴露在燠热的空气中。但此刻，我并没有感到空气中的那种燠热，而是不由自主地感到一阵阵发凉。喉管啊！喉管是什么？是命运的咽喉！古时武林高手在对决中，追求的最高境界就是一剑封喉！就是高手在最快最短的时间里击中对方的要害，不给其以反抗的机会，而置人于死地。那要害在哪里？在喉！喉咙就是那利剑所要准确寻找的生命的最要害也是最薄弱的环节！

而现在，我生命的最薄弱环节就这样暴露在我对他一无所知的、来历不明的理发师那锋利的剃刀之下了！

脑子里突然浮起一个典故来：太平天国翼王石达开在起事前曾资助友人李文彩在广西贵县开一理发店，以作为结交地方豪杰的联络站。开张前夕，后来的太平天国南王冯云山为李文彩拟联云：磨砺以须，天下有头皆可剃；及锋而试，世间妙手等闲看。口气已然很大了。但石达开见了，却批道：对得很工，但上下句都显得头重尾轻，难以引起豪杰之士的注意。于是他大笔一挥，将对联改为：磨砺以须，试问天下头颅几许？及锋而试，且看老夫手段如何！

我不禁打了一个寒战。

师傅的手脚好快，刷子一瞬间就将冰一样的肥皂泡涂遍了我的整个下颌和喉颈，我正疑惑这喉颈干吗也要涂？就觉得脖子下喉结附近唰啦唰啦直响。我知道这是那把锋利的剃刀在运行了。我想起自己平时杀鸡的时候，不正是将鸡的手脚绑好，然后将其头部往后一折，以便突出它的颈项，好让我这个屠夫用锋利的刀口顺利地划破那已经暴露无遗的脖颈吗？这个师傅在家估计也是杀过鸡的，如果他突然觉得自己此刻正在操作的正是那个行当，或者是他突然想到他杀的鸡脖子从来都是细的，从来没割过这么粗的脖子……或者从来只用菜刀杀鸡的他突发奇想，觉得试一试用剃刀感觉是不是会更爽一些……或者干脆就是因为昨晚上跟老婆吵架睡不好觉，甚至干脆就是因为昨晚多喝了一杯老酒跟老婆“鏖战”超时了……只需任何一个理由，任何一丁点的理由，甚至……甚至不需要任何理由，那么他那锋利的剃刀就有可能滑过我那突起的喉结……前面那句古人的话怎么说了？对，“一剑封喉”，唔呜呜——我现在就怕一刀割喉啊。

就算这师傅心理素质过硬，老婆贤惠，孩子孝顺，家庭生活幸福，不会因为家庭因素或自身因素弄我一刀，可身后来来往往的行人有没有可能有意或无意地碰一下他拿刀的手？会不会一只虫子无意间就飞进了他的眼睛？或者突然来一阵风将头顶遮挡的编织袋吹落下来，砸在我或他的身上而导致正常运行的剃刀偏离轨迹……不可预测的因素实在太多太多了，要命的是作为潜在的受害人我无法预测这些因素何时产生，无法做出任何的防备。

我心里顿时一阵觳觫，喉管里不由得发出一声咕噜。

我觉出了我的身处险境，大热的天里竟然周身冰凉。师傅的刀口游走到哪里，我哪里的肌肉就一阵僵硬。刀口与毛楂相触的声音本来并不大，但此刻，我一向不怎么灵光的耳朵却突然极度灵敏起来：那声音突然清晰起来，突然强大起来，震耳欲聋，将我紊乱的心更是弄得像头上、脸上处理之前的乱草，将我搅得周身寒彻……

好不容易挨过了几个世纪，觉得师傅终于毫无差错地将剃刀移到相对安全的地带——下颌和嘴角四周时，我才勉强将悬在蛛丝上的一块石头暂时放下了。

这时，我觉得一阵清凉的微风轻轻拂过我的脸庞。那风像是一根轻盈的鸭毛，在我身上的微痒处轻轻地拂拉着，那一种熨帖和舒爽，让我的身心完全放松了下来。这样，我就开始了享受的进程。

我听到剃刀在脸上有节奏的声音了。唰啦唰啦，清脆的，像我小时候割草的声音，我知道这是刀口割断长一些的胡子发出的；之后是轻微的刮啦刮啦声，这是刀口仔细咬啮胡楂的声音。这时刀口紧紧地贴在皮肤上，我甚至能感到那刀口压迫我的表皮的力度，这时它像是一根紧绷的细细的线，将皮肤压得恰到好处，将隐身在皮肤里的短短的胡楂挤压了出来，刀口就那样有力地移动。刮啦刮啦，刀口过处，让我感到了某种快意。让我感到美妙的是，原先被压下的皮肤轻盈地跃起，跃起之后，那肌肤已经变得洁净、清新、松软，甚至粉嫩，有了“肌肤胜雪”的感觉……刮着刮着，我有时候竟然觉得那刀口的压力不够，竟不由得要将脸往它顶去；有时候觉得脸上某个地方有些痒痒，正想着将那块皮肤往刀口挪去……可是不用我操心，那师傅的手艺实在了得，我刚一觉得力度不够，刀口立即就极有韧劲地压了下来；刚一觉得痒痒，刀口就立即一阵风似的刮了过来……随着刀口在我脸上的游移，那种快感开始弥漫全身，让我全身松弛，像一块刚揉出的面饼软软地摊在那椅子上发酵……刮完之后，他还伸出食指和中指的指肚在刮过的地方用力擦过，感觉稍有刺手，就立即再次用剃刀刮过……这时候，那轻微的刮啦刮啦声变成了一首催眠曲，让我觉得那把高椅变成了一个摇篮……在这里，我感觉这个理发师将自己当成了具有无限创造力的艺术家，正在进入繁复的艺术创作境地中，他手下的这个圆咕隆冬的脑袋瓜成了他正在创造的一件艺术品。他这样的举动跟画家们用笔修饰画作是同等境界了……他小心翼翼又大胆夸张，生怕作品不生动、不创新、不圆满、不完美，生怕它有一点点瑕疵，那样就愧对了自己的内心，也愧对了期待一睹他大作尊容的民众的期望……

就在我迷迷糊糊快要入睡的时候，那突然高升起来的椅背将我拉升回到尘世。师傅笑眯眯地将我的脑袋像一个西瓜般左右扭了扭，然后很有成就感地说道：袄（好）了，以（理）完了，安（三）块钱……

我坐直起来，对着挂在墙上的那块水银镜面仔细端详着自己：头发三七分开，整整齐齐，两半之间的缝中露出白皙的头皮，连一丝跨界的发丝都没有；脸上光滑油亮，两鬓、两腮、下巴以及上下嘴唇之间被刮得干干净净，透着铁青色的光泽……原先混浊的眼睛似乎也被刮了一下，眼珠似乎也晶亮起来了，先前的萎靡似乎也随着那些乱草一道被芟除了……人，似乎年轻了几岁，也精神了很多。真个是“进门苍头秀士，出门白面书生”了。看着镜子里的自己，真有“对镜贴花黄”的冲动了。于是我庄严地站了起来，又低头以一种劫后余生的神情望了一眼镜子里变得光亮的面容，觉得精神极了。

想起苏东坡在《次韵子由浴罢》中所说的：理发千梳净，风晞胜汤沐。闭息万窍通，雾散名干浴。那感觉真好。

就在这一瞬间，我下定决心，我的头颅从此就交给这个豁唇的师傅了。

没办法，我喜欢理发过程中的那种危机四伏，迷恋那刀锋下的快感。